아오자이에 핀 무궁화

이 책은 한국출판문화산업진흥원에서 선정한
2015년 세종도서 문학나눔 도서입니다.

아오자이에 핀 무궁화

2014년 12월 5일 초판 1쇄 발행
2015년 12월 5일 초판 2쇄 발행
2019년 5월 10일 초판 3쇄 발행

지은이 김옥주 | **펴낸이** 이찬규 | **편집** 선우애림 | **펴낸곳** 북코리아
등록번호 제03-01240호 | **전화** 02-704-7840 | **팩스** 02-704-7848
이메일 sunhaksa@korea.com | **홈페이지** www.북코리아.kr
주소 13209 경기도 성남시 중원구 사기막골로 45번길 14
　　　우림라이온스밸리2차 A동 1007호
ISBN 978-89-6324-390-0 (03810)

값 13,000원

아오자이에 핀
무궁화

김옥주
장편소설

북코리아

차례

오카리나 · 7

엄마 이름은 리엔 · 45

설과 뗏 · 84

아빠가 애비일 때 · 122

새벽을 열다 · 163

당 람 지 버 이 · 207

아오자이에 핀 무궁화 · 240

작가의 말 · 273

오카리나

부스럭부스럭.

따이한(한국군)인가? AK-47 소총을 쥔 손에 땀이 났다. 고개를 숙였다. 이쪽이 베트콩이라는 것을 알면 금방 총격이 쏟아질 것이다. 오금이 저렸다. 서늘한 기운이 온몸을 타고 흘러내렸다.

숨 막히는 적막감.

목이 조여 왔다. 낮게 깔린 정글의 수풀 위로 조심스럽게 머리를 내밀기 시작했다. 눈동자를 번개처럼 굴리며 사방을 살피면서도 몸은 극도로 천천히 움직였다.

그 순간 저쪽에서도 똑같이 나뭇잎으로 위장한 철모 하나가 수풀 위로 쏘옥 올라왔다. 따이한 정찰병이었다.

그러나 마주한 두 쪽은 그 누구도 방아쇠를 당기지 못했다. 잠시 서로 눈만 껌뻑거렸다. 따이한이 윙크를 했다. 그게 신호라도 되는 양 나도 따이한 정찰병도 동시에 수풀 속으로 몸을 숙였다. 우리는 서로 누가 먼저랄 것도 없이 부스럭거리며 뒷걸음질로 그 자리에서 도망을 쳤다.

수없이 죽음의 선을 넘겼는데도 따이한을 본 순간엔 문턱에 다가온 죽음이 두려운, 나는 평범한 인간이었다.

두극이의 외할아버지는 베트콩이었다.

"신짜오, 빨리 가자."

윤수가 두극이 별명을 부른다.

뭐 나쁘지 않다. 안녕이라는 베트남어 인사말 '신짜오'를 아이들이 확실히 알게 되니까. 아무리 몸부림쳐도 베트남 사람인 엄마가 한국태생이 될 수는 없었다. 초등학교 때는 별명이 베트콩이었다. 같은 반이었던 종국이가 어느 날부터 베트콩이라고 부르는 바람에 아이들이 따라서 그렇게 불렀다. 여러 명이 총 쏘는 시늉을 하면서 베트콩이라고 놀릴 땐 가슴이 울컥 했다. 그렇다고 엄마를 원망할 수도 없었다. 외할아버지에겐 죄스럽기도 했다. 그럴 땐 화장실에 앉아 얼굴도 모르는 종국이네 할아버지를 원망하곤 했다. 베트남에서 전쟁이 일어났는데 어쩌자고 멀고 먼 거기까지 갔을까 되뇌었다.

괴로운 날들이었다.

베트콩을 적군이었다고도, 훌륭한 전사였다고도 할 수 없었다.

두극이가 학교 강당으로 걸음을 옮기며 윤수를 바라보았다. 윤수는 얼굴이 발갛게 달아올라 있었다. 어딜 그렇게 쏘다녔는지 숨을 쌕쌕거렸다. 그렇게 쏘다니는데도 윤수는 살이 통통하다. 많이 먹는다. 많이 먹는 게 쏘다니는 것보다 힘이 센 모양이다. 통통해서 보기 좋은데, 아이들은 뚱뚱하다고 놀린다. 말라깽이보다야 뚱뚱한 몸이 백 배 좋다. 엄마도 뚱뚱해지면 얼마나 좋을까.

"자리가 좋아야지, 뭐. 무대에서 왜 내려오는데?"

"……?"

윤수가 재재거린다. 식물원에서 자주 보는 직박구리 같다. 소란스럽긴 하지만 그렇게 유난스럽게 지저귀어서 오히려 정겨운 새다. 뺨에 난 갈색 반점도 귀엽고, 잿빛 등도 솔방울빛 배도 쓰다듬고 싶다. 일 년 내내 쉬이 볼 수 있어 그리워하지 않아도 되니 무엇보다 좋다. 보고 싶은 걸 참는 건 참 괴롭다.

윤수가 하는 말이 무슨 뜻인지 모르겠다. 음소거를 한 채로 동영상을 보는 것 같다. 한국어로 말하는 윤수의 말은 들리지 않으면서 유독 베트남어로 말을 건 윤수의 말만 귀에 들어온 것은 아무래도 아침에 있었던 일 때문인 것 같다.

두극이는 등교하기 전에 집에서 있었던 일로 종일 머릿속이 복잡했다.

할머니가 엄마에게 화를 내는 일은 자주 있는 일이었지만, 이제는 텔레비전에서 흘러나오는 뉴스를 보면서도 그냥 넘어가지 않는 할머니였다. 하긴 엄마가 느닷없이 비명을 지른 것이 할머니 마음을 불편하게는 했을 거다. 두극이도 엄마의 비명 소리가 하도 커서 깜짝 놀랐다.

고래 때문이다.

"무서워라! 한국에서는 고래를 잡아먹나요, 어머니?"

그까짓 고래 때문에 아침부터 여자가 소리를 지르느냐며 할머니 표정이 험상궂게 변했다. 한바탕 할 모양인가? 그렇다고 무턱대고 그 자리에서 도망칠 수도 없었다. 도망도 치지 못하는 엄마가 마음에 걸린 건 아니었다. 아침에 이런 일이 생기는 건 좀처럼 없는 일이어서 기회를 놓쳤을 뿐이다.

두극이는 할머니와 엄마 목소리 대신 텔레비전에서 흘러나오는 아나운서의 목소리에 귀를 기울였다. 뉴스가 보고 싶어서가 아니라 할머니와 엄마 목소리를 듣고 싶지 않아서 어쩔 수 없이 텔레비전 화면에 눈길을 주었다.

고래를 잡았다고?

그것도 마구마구?

몇 해 동안이나?

큰 고래를 그물로 잡아서는 토막토막 잘라 20킬로그램씩 그물에 넣어서 바다에 숨겼다 했다.

고래를 잡아먹는다고 비명을 지르는 베트남 출신 엄마와 그까짓 고래라고 말하는 할머니의 목소리가 종일 귀에 쟁쟁거렸다. 엄마는 종일 할머니 눈치를 보고 있겠지. 두극이는 한숨이 나왔다.

고래는 멸종 위기 동물이라서 보호해야 한다.

고래를 잡아먹는 건 야만인이나 할 짓이다.

지구상에서 고래를 사냥하는 나라는 일본과 노르웨이, 네덜란드, 아이슬란드 네 나라뿐이다.

그린피스, 환경 보호 운동을 하는 사람들. 그린피스, 고래를 보호하는 사람들.

…….

수업을 마치고 나가는 과학 선생님 뒤를 따라가 얻은 고래에 관한 이야기는 두극이를 더 혼란스럽게 했다.

그랬다. 뉴스를 볼 때 '불법'이라는 낱말이 자막으로 나왔었다.

선생님이 고래를 사냥하는 나라는 4개국뿐이라 했으니 한국에서 고래를 잡았다면 그건 불법이다. 두극이는 '불법'을 중얼거리며 얼굴을 찡그렸다.

할머니가 자주 쓰는 말이 있다.

그런 법이 어디 있나. 법 무서운 줄 알아야지. 법이 그렇다며.

할머니가 자주 법이라는 말을 해서 두극이는 한때 할머니가 법 공부를 한 줄 알았었다. 두극이 주변에서 할머니보다 더 자주 법을 들먹거리는 사람을 본 적이 없었다. 그런 할머니가 불법이라는 소리를 듣고서 엄마를 야단쳐서는 안 되지 않는가 말이다. 할머니의 야단을 들을 사람은 법이 무서운 줄 모르는, 고래를 불법으로 잡은 사람들이었다. 할머니는 '그까짓 고래'라고 하면서 고래를 불법으로 잡은 사람들은 용서하고, 엄마를 야단쳤던 것이다.

한국에서는 고래 고기를 먹나요?

고래 그까짓 게 뭐라고.

두극이가 중얼거렸다. 고래 잡는 것은 불법이고 고래 고기를 먹는 것은 불법이 아니다? 도둑질은 나쁘고 도둑질한 물건은 나쁘지 않다는 뜻 아냐, 이건?

두극이는 머리를 마구 흔들었다. 떨쳐버리고 싶은데도 자꾸만 고래가 두극이를 찾아왔다.

한국에서는 고래를 잡는 것이 불법인데 왜 할머니는 엄마에게 벌을 줄까.

두극이는 '우리나라'라고 하지 않고 엄마처럼 한국이라고 했다. 엄마는 국적이 베트남이라서 한국이라고 말할 수도 있지만, 두극이는 대한민국 국적을 가지고 있는 대한민국 국민인 것을. 초등학교 입학하기 전까지는 주변의 한국 아이들과 자신이 다르다는 걸 한 번도 느끼지 못했다. 아이들과 다른 것은 엄마가 베트남 사람인 것밖에 없는데 아이들은 두극이를 한국인에 끼워주지 않았다.

아이들의 세상에서는 다른 아이들 모두는 우리나라 사람이고, 두극이는 베트남 사람이었다. 아이들이 그렇게나 원한다면 베트남 사람이 되어 주고 싶었다. 하지만 아빠를 생각하면 선뜻 베트남 사람이 될 수도 없었다. 아빠는 한국인이었다. 두극이는 '우리나라'라는 말을 사용하지 않았다. 두 나라 모두가 두극이에게는 우리나라라고 엄마 아빠가 아무리 말해 주어도 소용이 없었다.

고래 그까짓 게 뭐라고.

두극이가 중얼거렸다. 두극이는 흠칫 놀랐다. 종일 시달린 탓에 두극이는 저도 모르는 사이에 할머니 말을 흉내 내고 있었다. 두극이는 고개를 번쩍 들었다. 윤수를 따라 강당에 들어왔고, 자

리도 잡았다. 두극이는 애써 고래 생각을 떨쳐내고 강당을 휘둘러

보았다.

개교 60주년을 기념한다고 음악회를 한단다. 그냥 하루 놀려

주면 좋은데 음악회라니, 성가시다.

비로소 자리가 좋아야 된다고 했던 윤수 말이 떠올랐다. 뒷자

리에 앉게 되었으니 윤수가 바라던 대로 된 것은 아닐 거다. 두극

이가 늑장을 부린 탓인가 싶어 조금 미안했다.

고래 때문이야.

아니 할머니 때문인가.

또 고래가 뇌리를 파고든다.

한국에서는 고래를 잡아먹어요?

엄마 말이 이어졌다. 베트남에서는 고래를 잡아먹지 않는다는

말이다.

한국에서는 고래를 그물로 잡은 거야, 고래가 그물에 잡힌 것

처럼 하는 거야?

사실 지금까지는 고래를 잡아먹는지 어쩌는지 전혀 관심을 두

지 않았던 일인데, 어쩌자고 이렇게 고래가 자신을 복잡하게 만들

고 있는지 모르겠다. 두극이가 눈을 감은 채 고개를 가로젓고 있

는데 윤수가 어깨를 툭 쳤다.

"야, 네 생각은 어떤데?"

두극이가 눈을 뜨자 윤수가 물었다. 윤수가 무슨 얘기를 한 모양인데 전혀 모르겠다. 강당 안이 엄청 시끄럽기도 했다. 대답은 하지 않고 고개를 돌렸다. 강당이 시끄러운 것은 유치원생과 초등학생이 많이 와 있어서이기도 한 것 같다. 고 녀석들이 얼마나 쨱쨱거리는지 윤수는 입을 다물어 버렸다. 두극이와 눈이 마주치자 윤수가 멋쩍게 웃었다. 윤수도 떠드는 고 녀석들을 이길 수는 없는 모양이다. 쨱쨱거리는 참새들은 교장 선생님이 인사말을 해도 멈추지 않았다. 교장 선생님이 또 귀에 익숙한 내용을 말한다.

"우리 학교는 숲속에 자리 잡은 아름다운 학교가 아닙니까! ……제1회 아름다운 학교 숲 대상을 받았지 않습니까! ……자연친화적 환경 속에서 첨단시설을 바탕으로 우수한 공교육을 하는, 경상북도 중학교 중에서 세 개밖에 없는 전원학교이지 않습니까!"

교장 선생님의 '아닙니까 연설'의 다음에 나올 내용도 얼추 짐작할 수 있다. 대한민국 좋은 학교 박람회에 참가한 얘기도 빠질 수 없을 것이다. 내 고장 학교 부문에 경상북도 대표로 참가한 청하중학교가 아닌가. 틀림없이 좋은 학교일 거다. 코앞에 있는 시내 중학교를 마다하고 청하면에 있는 이 학교로 온 윤수를 보면.

"현재 2학년은 5명이, 1학년은 18명이 학구가 다른 지역의 10개

초등학교에서 우리 학교로 진학했지 않습니까?"

옆에 앉은 윤수가 교장 선생님의 '아닙니까 연설' 흉내를 내고 있다. 텔레비전이며 신문에 자주 등장하는 학교라 학교 소개 내용에 익숙해져 있다.

사교육이 필요 없는 학교라며 밤 9시까지 학교에 붙잡혀 있는 건 고달픈 일이다. 희망하는 사람만이라고 하는데도 별로 자유롭다는 생각이 들지 않는다. 학교에서 알아서 교육을 해 준다니 반대하는 엄마, 아빠가 별로 없는 모양이다. 참가하지 않는 아이는 몇 명밖에 없다. 다섯 시가 되자마자 교문을 나서는 아이들이 부러울 때가 종종 있다.

1인 1악기 교육도 반갑잖다. 1학년은 기타 아니면 오카리나를 선택하도록 되어 있다. 윤수가 좋아하는 기타 반을 택한 반면에 두극이는 별로 깊이 생각하지 않고 오카리나 반을 택했다. 자연의 소리를 닮은 오카리나라고 음악 선생님이 연주해 보여줘도, 두극이에게는 악기 소리보다 식물원의 새소리가 훨씬 더 좋다.

영어도 만만하지 않은데 중국어까지 해야 한다. 베트남어를 잘하는 두극이는 4개 국어와 만나고 있다. 하지만 베트남어에 익숙한 두극이는 영어와 중국어를 배우는 것이 그리 힘들지는 않다. 한국어와 베트남어는 다른 점이 많은데, 베트남어와 중국어 그리고 영어는 먼 친척 같이 비슷한 데가 있다. 친척이라는 말은 식물원에서 더 자주 듣는 말이다. 생달나무와 후박나무가 닮았고, 말오줌나무와 아왜나무가 그렇고, 수선화와 꽃무릇이 그렇고.

수업 시간도 아닌데 음악 감상 자리에 와있다는 게 그리 달갑지 않아 따분한 마음으로 초등학생들을 보았다. 꼬맹이들도 두극이와 같은 마음인지 교장 선생님이 무슨 말을 하든 자기네들끼리 장난을 치는 데만 신들이 났다.

물끄러미 초등학생들과 유치원생들을 보고 있는데 낯익은 목소리가 울려 퍼졌다. 얼른 고개를 들었다. 식물원 원장님이다. 원장님은 이곳 청하중학교 재단이사장님이기도 하다. 원장님 얘기는 독특해서 귀를 기울이지 않을 수 없게 만든다.

"학교의 환갑잔치는 우리 재학생들이 열어야 하는데, 동창회에서 하고 있습니다."

아, 그렇구나. 재학생들이 해야 하는구나.

두극이는 허리를 쭉 펴고 자세를 바로잡았다. 아이들 머리 때문에 원장님을 바라보기가 쉽지 않아 다시 고개를 숙였다.

"우리가 잘생긴 얼굴을 말할 때 흔히 이목구비가 뚜렷하다고 하는데, 이목구비라는 말에서 왜 하필이면 귀를 뜻하는 이(耳)를 앞세웠을까요. 좋은 소리를 듣는 것이 중요하기 때문이지요. 귀는 사방에서 오는 소리를 들을 수 있는데 눈은 앞만 볼 수 있습니다. 눈은 깜빡거리지만, 귀는 항상 열려 있어요."

열려 있는 귀로 원장님의 목소리가 파고들었다.

원장님은 학교에는 아름다운 소리가 가득해야 한다며 음악회를 여는 의미를 설명하고 있었다. 두극이는 그제야 무대에 앉아 있는 도립교향악단을 바라보았다. 무대가 좁았나 보다. 무대 아래에도 악단이 자리를 잡고 있었다. 강당으로 올 때 왜 무대에서 내려왔느냐며 윤수가 불만을 터뜨릴 만도 했다. 덕분에 객석이 뒤로 밀려나버렸다.

텔레비전에서는 노래를 부르는 가수가 등장하면 대기하고 있던 지휘자의 지휘에 따라 반주를 시작하는데, 원장님이 얘기를 끝내자 지휘자가 나와 인사를 했다.

음악이 흐르기 시작하면서 두극이는 매우 낯선 느낌에 휩싸였다. 무대에서 퍼지는 음악이 귓전에 맴돌고 있다. 옆에서 윤수가 뭐라고 하는 소리가 음악에 묻혀 버린다.

"좋은 소리를 듣는 것이 중요하기 때문이지요."

두극이는 원장님의 말을 되새기며 눈을 감았다.

귓전을 후려치는 소리에 눈을 뜨니 무대에서는 동네의 큰 가마솥 같은 북을 신나게 두드리고 있다. 어쩐지 음악이 곧 끝날 것 같다. 두극이는 숨을 멈추고 점점 더 격렬해지는 북소리에 빠져들었다. 음악이 끝나자 숨을 몰아쉬며 열렬하게 치는 박수로 두극이는 아쉬움을 달랬다. 무대 아래위에서 소리를 내던 그만그만한 도구라고 생각했던 것이 이제는 악기라는 이름으로 두극이의 가슴을 세차게 두드렸다.

이어지는 경쾌한 음악에 맞춰 강당의 청중들은 박수로 호응했다. 지휘자는 청중들이 박수를 치도록 이끌었지만 두극이는 박수를 치고 싶지 않았다. 음악이 스스로 두극이 귀로 찾아오는 길에 박수 소리가 걸림돌이 되었다. 짜증이 났다.

내가 이런 일에 짜증을 다 내네.

두극이는 자신이 몹시 신기했다.

지휘자의 '페르귄트 모음곡' 해설이 이어졌고 다시 음악이 흘렀다. 악기 하나하나가 주인공처럼 두극이의 눈에 들어왔다.

교향악단은 앙코르 곡으로 교가를 연주했다. 교가가 이렇게 감동적이었던 것도 처음이었다. 연주에 맞춰 목청껏 부르는 교가를 가슴으로 들으며 두극이는 가만히 눈을 감고 있었다.

…… 육대주 뻗친 바다 가슴에 안고

관송전 옛터에 자리 잡았네 …….

음악회가 끝나고 교실로 돌아가는 길에 윤수가 여기저기를 가

리키며 두극이에게 쉼 없이 말을 걸었다. 두극이는 윤수의 말조차 연주 같아 벙긋거렸다. 윤수는 제풀에 신이 나서 목소리를 높였고, 두극이는 마지막 곡으로 연주된 광시곡 '독도'의 여운에 젖어 있었다. 독도를 향해 출항하는 뱃고동소리, 그리고 파도소리, 새소리. '독도'는 애국가로 끝을 장식한 것이 특히 뇌리에 남았다. 월포 바닷가의 파도가 학교 강당으로 밀려와 출렁거리는 듯 했다.

두극이가 갑자기 교실로 향하던 걸음을 멈추었다.

"너 먼저 가. 음악실에 들렀다 갈게."

"두극아, 빵 준다던데?"

윤수야 당연히 빵이 반가울 거다. 윤수에게 손을 흔들며 두극이가 달리기 시작했다. 단숨에 2층으로 올라가 음악실 문을 왈칵 열었다. 음악실 밖으로 가져가 불어도 좋다는 오카리나 하나를 들고 계단을 내려왔다. 솔숲으로 뛰어가다가 방향을 바꾸어 교무실로 향했다.

숨을 헐떡이며 교무실에 들어섰다. 담임선생님이 숨결을 고르느라 애를 쓰는 두극이의 얼굴과 손에 쥔 오카리나를 번갈아 보았다. 선생님과 눈이 마주치자 곧 눈길을 떨어뜨렸다. 선생님이 지금 자신이 들고 있는 오카리나를 어떻게 생각하고 있을까. 두극이는 고개를 떨어뜨린 채 오카리나만 만지작거리고 있었다.

"오카리나 불고 싶니?"

"······."

"지금?"

"······."

대답은 않고 고개를 들고 선생님을 바라보았다. 선생님도 다음
말을 잇지 않았다. 안 되겠지, 싶어서 단념을 하려고 할 때였다.

"책가방은 식물원으로 보내줄게."

두극이는 깜짝 놀랐다. 두극이가 학교 건너편에 있는 식물원으
로 가려는 걸 선생님이 어떻게 알았을까.

교무실에서 식물원으로 가는 가장 빠른 길은 학교 역사관 옆
출입문을 이용하는 것이다. 식물원으로 건너간 두극이는 식물원
매표소 아줌마에게 인사한 뒤 곧바로 식물원 사무실까지 다녀왔
다. 이 시각에 두극이가 식물원에 와서 의아했겠지만 두극이가 워
낙 빠르게 움직여 식물원에 있는 그 누구의 말도 두극이의 걸음을
막지 못했다. 관찰로 입구인 양치식물원이 아닌 해변식물원을 가
로지르는 관찰로를 달려 바로 수생식물원의 용연지 쉼터로 올라
갔다. 멀구슬나무를 뒤로하고 잘 다듬어진 나무 벤치에 앉아 가쁜
숨을 몰아쉬었다.

맞은편에 서 있는 낙우송이 큰 키를 뽐내며 원뿔 모양의 아름

다운 자태로 두극이의 눈을 사로잡았다. 가슴이 뻥 뚫리는 것 같다. 낙우송 우듬지에는 구름을 머금은 하늘이 펼쳐져 있다.

오카리나를 슬며시 입으로 가져갔다. 지금까지 새들의 노래를 듣기만 했으니 이번엔 오카리나 소리로 화답해주고 싶다. 떠오르는 곡이 없다. 악보 읽기도 서툴고, 리듬에 익숙해지는 것도 힘들어 음악 시간이 괴로웠던 것이 새삼스레 떠올랐다. 어떤 아이들은 악보를 보자마자 오카리나를 부는 간단한 동요도 두극이는 여러 번 연습을 해야 불 수 있었다.

"학교 종이 땡땡땡 어서 모이자!"

겨우 동요 한 곡을 불었다. 멋지게 불고 싶은데 불 수 있는 곡이 없다. 좀 더 열심히 할걸. 물끄러미 낙우송 우듬지를 바라보았다. 구름도 낙우송 끝에서 답답해 하고 있었다. 구름 사이로 파란 하늘이 보였다. 순간 한 곡이 번쩍 떠올랐다. 겨우 오카리나 운지법을 익혔을 때 배운 곡이다.

"반짝반짝 작은 별, 아름답게 비치네."

두극이처럼 음감이 둔한 아이들을 위함인지 음악 선생님이 오카리나를 색다르게 부는 방법을 가르쳐주었던 것이다.

도도솔솔 라라 솔, 파파미미 레레도.

투쿠투쿠투쿠투쿠 투쿠투쿠 투 - , 투쿠투쿠투쿠투쿠 투쿠투쿠투 – .

한 음을 두 번씩 소리를 내는 것이다. 오카리나에서 울려나오는 맑은 소리가 이어지니 스스로 굉장한 곡을 부는 느낌으로 다가왔다. 두극이는 신이 나서 불고 또 불었다. 그러다가 한 음을 세 번씩 소리를 내어보았다. '투쿠투 기법'이다.

투쿠투투쿠투투쿠투투쿠투 투쿠투투쿠투 투 – , 투쿠투투쿠투 투쿠투투쿠투 투쿠투투쿠투투 – .

노랫말처럼 수없이 많은 작은 별들이 달려와 두극이 주변을 맴돌았다. 정작 솔숲에서 받았던 음악수업 시간에는 제대로 연습도 하지 않았던 두극이는 이제야 오카리나 맛을 안 느낌이다. 두극이는 나무 벤치에서 일어났다. 강당을 가득 메웠던 손님들을 떠올리며 정중하게 인사를 했다. 용연지가 두극이의 독주회 무대가 되어버렸다. 용연지의 수련이며, 연꽃이며, 창포, 큰벚의 비름, 수국, 부처꽃, 바람하늘지기, 물옥잠, 부들…… 수많은 청중들이 두극이를 응시하리라. 용이 사랑을 나누는 연못, 오카리나 소리가 용의 사랑을 아름답게 만들어 주지 않을까. 눈을 지그시 감고 오카리나를 불기 시작했다. 곡이 점점 빨라졌다.

문득 박수 소리가 들렸다. 깜짝 놀라 눈을 떴다. 밀짚모자를 쓰고 카메라를 목에 건 원장님이 박수를 치고 있었다. 두루마기를 걸친 이사장님이 아니고 일할 때 즐겨 입는 생활한복 차림의 원장님이다.

"세계적인 연주자가 우리 식물원을 찾아 주었구나."

쉼터에서 재바르게 내려온 두극이가 꾸벅 인사를 했다.

"이렇게 좋은 소리를 들어본 적이 없다. 모차르트 선생도 칭찬을 아끼지 않았을 게다. 머리와 입이 내는 소리보다 가슴과 마음이 짓는 소리가 역시 좋구나. 잘 들었다, 두극아."

두극이는 뭐라고 해야 할지 몰라 입 속에서 혀만 굴리고 있었다. 침을 삼키다가 아이들이 들고 가던 음료수며 빵이 떠올랐다. 개교기념일이라서 먹는 거다. 갑자기 몹시 배가 고팠다. 그걸 가지고 올걸, 아쉽다. 그렇게 두극이가 빵 생각을 하고 있을 때 원장님은 두극이의 머리를 쓰다듬어 주고는 대나무 숲으로 갔다. 남아 있는 두극이의 머릿속은 온통 빵으로 가득 찼다. 고픈 배를 움켜쥐고 집으로 걸어갈 생각을 하니 숫제 배가 아팠다. 누리장나무의 강한 향기도 속이 상하게 했다. 연보라색 꽃이 핀 꽃범의꼬리가 하늘거리며 두극이를 반겼지만, 신이 나지 않는다. 고개를 푹 숙이고 터덜터덜 걸어서 입구로 갔다. 매표소 아줌마가 불쑥 빵과 음료수를 내밀었다. 깜짝 놀라서 한 걸음 물러섰다.

"윤수가 너 주랬어."

빵을 받아든 두극이의 눈에 키가 훤칠하고 약간 야위어 보이는 매표소 아줌마가 몹시도 예뻐 보였다. 의자에서 두극이의 책가방이 주인을 기다리고 있었다. 얼른 가방을 멨다. 안녕히 계시라고 인사를 하자 앉아서 천천히 먹고 가라며 매표소 아줌마가 붙들었다. 매표소에서 먹는 게 쑥스러워 응하지 않았다. 매표소 몇 걸음 밖에서 자라는 기린초를 지나기가 무섭게 빵 봉지를 뜯었다. 무궁화동산 입구에 이르렀을 때는 빵이 반도 남지 않았다. 여름내 줄기차게 꽃을 피우던 무궁화가 가을 문턱을 넘어서도 여전히 꽃을 피우고 있었다. 참 오래도 핀다, 잠시 서서 무궁화를 보았다. 무궁화동산을 지나며 마지막 한 입 남은 빵을 입에 넣고 음료수를 마시자 벌써 다 먹었나 싶어 허전했다. 오래오래 먹을 수 있는 빵이면 좋은데.

식물원을 나와 정문 앞에 뻗어있는 청하로 175번길을 걷기 시작했다. 집 방향으로 나 있는 오솔길을 지나쳐 갔다. 버스가 다니는 넓은 청하로에 들어섰다. 청하장터를 지나며 원장님 말을 되새겼다.

군자대로행(君子大路行).

군자? 멋진 사람. 두극이 마음속에 들어 있는 군자는 그런 사람이다. 멋진 사람은 큰길을 택하여 간다. 예수는 '좁은 길로 가라'고 가르쳤다는데? 위인들이 모두 같은 말을 하면 덜 헷갈릴 텐데.

지름길인 오솔길을 지나친 것을 이렇게 저렇게 되짚어본다. 사실은 이렇게 수업이 일찍 끝난 날엔 곧장 집으로 가고 싶지가 않다. 엄마와 할머니는 잘 지냈겠지, 그런 생각을 하자 가슴이 답답해졌다. 엄마는 왕창 먹고 통통해지면 안 되나. 통통해지면 할머니의 걱정을 덜 들을 텐데.

"제 서방을 잡아먹었으면 저라도 실해야지. 아이고, 서글퍼라."

할머니가 그런 말을 할 때마다 두극이는 불안하다. 할머니가 방바닥을 치면서 울고불고 하면 엄마도 울음을 터뜨리고 만다. 할머니를 위로하기도, 엄마를 편들기도 힘들다. 그럴 때마다 불쑥 집을 나와 찾는 곳이 '여인의 숲' 공원이다. 두극이는 '여인의 숲'을 할매림으로 바꿔 불렀다. 식당 간판에 붙어 있는 '할매……'가 정겨웠다. '원조 할매……'도 있다. 하지만 '원조'가 붙는다고 더 정겹지는 않았다. 이웃 도시 경주에 계림이 있는 것도 흉내를 냈다. 할매림, 그럴싸했다.

할매림 주인공은 김설보 할머니다. 아니 김설보 할매다. 옛날 이야기에 등장하려면 할머니보다 할매가 더 어울린다. 할매림 기념비 앞에 앉으면 답답한 마음이 좀 풀린다. 설보 할매는 조선 초기에 이곳에서 큰 주막을 했단다.

"할머니, 주막이 뭐예요?"

"나그네들이 길 가다 쉬어가는 술집이지 뭐. 아니구나. 밥도 팔았으니까 식당이라고 해야 하나. 잠을 재워주기도 했으니 여관이었남……. 뭐, 그런 게 있었어."

뭐, 그런 거. 복잡한 곳이었던 모양이다. 어떤 사극에서 주막을 보여주었지만 말이 거칠고 수다를 떠는 주막 아낙을 보면 어쩐지 설보 할매와 어울리지 않았다.

설보 할매는 돈을 많이 벌었다고 한다. 설보 할매가 큰돈을 마을에 내놓아 나무를 심게 되었는데, 훗날 이 마을에 엄청난 홍수가 났을 때 설보 할매의 숲 덕분에 많은 사람들의 목숨과 재산을 구했다고 한다.

두극이는 그 얘기가 좋았다. 설보 할매를 기려서 세운 기념비 앞에 앉아 있으면 설보 할매의 넉넉한 품이 느껴지곤 한다. 두극이는 집에 있는 할머니가 까닭 모를 화를 낼 때면 더욱 이곳 이야기 속의 설보 할매가 그립다. 언제 집에 있는 할머니가 고함을 칠지 몰라 조마조마하기까지 하다. 할머니 말은 왜 잔소리고 심술로 들리는지 모르겠다. 아빠가 두극이 말을 들었으면 몹시 섭섭해 했을 거다.

빵이 허기를 잠재운 터라 두극이는 집보다 할매림으로 가고 싶다. 상수리나무 숲에 앉아 아름다운 꽃이 핀 쉬나무를 보면 마음이 환해진다. 그 옛날의 설보 할매의 마음은 500년이 흐른 지금에도 숲으로 남아서 이렇게 기리는 사람들이 있는데, 할머니는 어쩌자고 한 집에 사는 엄마를 그렇게 못마땅해 할까. 두극이에게 화를 냈다가도 결국에는 모두 엄마 탓으로 돌리는 게 싫다. 설보 할매는 큰 홍수가 났을 때도 마을 사람들의 목숨과 재산을 지켰다는데, 할머니는 같이 사는 손자 마음도 몰라준다.

'눈에 넣어도 아프지 않을 우리 손자.'

고개를 마구 저었다. 그럴 리가 없다.

'Cháu trai của tôi Cưc(짜우 짜이 끄아 또이 끅, 내 손자 극).'

베트남에서 외할머니가 이웃 사람에게 두극이를 소개했다. 자애로운 눈길과 다정한 말투. '눈에 넣어도 아프지 않을 우리 손자'라고 말할 사람은 외할머니라야 되지 않나.

덕천리 이정표 앞에서 머뭇거렸다. 심화학습이 없어 일찍 마친 오늘 같은 날은 할매림에 들렀다가 집으로 가도 되는 여유로운 날이다. 학교를 마치고 큰길로 돌아올 때면 이런 게 문제다. 할매림이 손짓을 하기 때문이다. 덕천리라고 새겨진 돌을 내려다보는데 노인요양시설 이정표가 눈에 들어왔다. 두극이는 할매림으로 가지 않고 마을을 향해 몸을 돌렸다. 걸음을 옮기다가 들판을 가로

지른 농로를 바라보았다. 농로 양쪽 길섶을 따라 자란 청하향초가 살랑거린다. 농로를 따라가면 곧장 할매림에 다다를 수 있다. 할매림에 가고픈 미련이 남아 있는 거다.

두극이는 가방 속에 넣어온 오카리나를 떠올렸다. 엄마와 할머니 앞에서 멋지게 연주를 해 보아야겠다. 원장님이 모차르트 선생도 칭찬을 아끼지 않을 것이라고 하지 않았나.

걸음을 재촉했다.

"학교 다녀왔습니다."

두극이가 경쾌하게 인사를 했다. 반가운 표정으로 방에서 나오던 엄마가 방문 앞에 앉아 있는 할머니를 보자 멈칫했다. 할머니와 눈을 맞추며 두극이는 한국어로 크게 외쳤다.

"엄마, 할머니 방으로 와 봐. 내가 오카리나 불어볼게."

두극이는 원장님이 세계적인 연주 솜씨라고 칭찬한 '작은 별' 연주를 시작했다.

투투투투 투투 투 - .

엄마와 할머니가 미소를 지었다. 신이 난 두극이는 좀 더 어려운 곡을 불어 보였다.

투쿠투쿠투쿠투쿠 투쿠투쿠 투 - .

'투쿠 기법' 연주를 들은 엄마와 할머니의 눈이 둥그레졌다. 오카리나 소리를 따라 하늘의 '작은 별'들이 방안으로 쏟아져 들어왔다. 음악 선생님이 오카리나 소리를 자연의 소리니 하늘의 소리니 하던 것이 이제야 비로소 실감이 난다. 엄마와 할머니는 오카리나 소리를 처음 들었는지 퍽 신기해 했다.

"어머니, 오카리나라는 게 저런 거군요. 두극이 저런 걸 불기까지 하네요. 멋지죠, 어머니?"

할머니의 손을 잡은 엄마가 큰 소리로 외쳤다. 두극이가 한 음을 세 번씩 부는 '작은 별'을 막 연주하려 할 때였다. 조금 전까지도 오카리나 소리를 신기해 했던 할머니의 표정이 별안간 바뀌었다.

"오밤중에 피리는 무슨……. 두극아, 치워라. 뱀 나올라!"

오밤중도 아닌데 '오밤중'이라는 말까지 써가며 못마땅한 표정으로 할머니가 말했다. '작은 별'에 취해 있던 게 아니었나 보다.

"그러면 뱀 나오나요? 잡아먹으면 되잖아요, 어머니."

"에미야, 지금 무슨 그런 흉측한 소릴 하냐. 뱀을 잡아먹다니. 두극이가 듣는데 에미라고 할 소리냐, 그게."

할머니가 버럭 고함을 치는 바람에 그때까지 반짝이던 별들이 다투어 방을 나가버렸다. 투쿠투 기법으로 '작은 별'을 불려던 두극이가 할머니의 고함 소리에 놀라 오카리나를 떨어뜨렸다. 떨어뜨린 오카리나를 그대로 둔 채, 두극이는 왈칵 문을 열고 나와 버렸다. 운동화를 신는 둥 마는 둥 집을 뛰쳐나오는 두극이의 귀에 고함치는 할머니 소리와 할머니를 진정시키는 엄마 소리가 섞여 들려왔다.

두극이가 멈춘 곳은 고갯마루 절 앞이었다. 돌탑 옆에 촛불이 켜져 있었다.

"부처님, 제 소원을 듣고 계시나요. 오늘은 한꺼번에 돌을 세 개나 올렸어요. 제발 제 소원 좀 들어주세요."

"다른 사람들도 소원을 빌어야 하니, 욕심 내지 마."

돌을 정성스레 올리는 두극이에게 엄마 목소리가 들렸다. 메콩델타에서는 볼 수 없었음에도 엄마는 사람들 따라 돌을 얹곤 했다. 돌 두 개를 다시 내려놓았다. 터벅터벅 걷다 보니 덕천교 다리 앞이다.

두극이는 덕천교 앞에서 발걸음을 헤아리기 시작했다. 좋은 일이 생길까 어떨까. 두극이는 은근히 여든여섯 걸음에 맞춘다. 엄마가 여섯이라는 숫자를 좋아하기 때문이다. 베트남에서는 여섯이 행운을 가져오는 숫자라고 한다. 여든여섯을 넘기면 여든아홉 걸음에 맞추려 애를 쓴다. 여든여덟 걸음을 걷고도 덕천교 다리 길이가 아직 남아 있으면 두극이는 썩 기분이 좋다. 엄마가 아홉은 가장 좋은 숫자라고 했기 때문이다.

"베트남에서 아홉은 숫자 중에서 으뜸이야. 넉넉함, 용서, 화해. 이런 좋은 뜻이 들어 있거든."

발걸음 수가 여든을 넘기자 두극이의 걸음이 조심스럽다.

……여든다섯, 여든여섯, 여든일곱.

그럴 줄 알았다. 여섯도 아니고 아홉도 아니다. 할머니의 고함 소리를 듣고 나오는 길인데 여섯이나 아홉에 맞춰질 리가 없다. 두극이는 억지로 힘을 내어 할매림 기념비로 향했다. 기념비 앞에는 교실 의자처럼 편안한 돌덩이가 세 개가 정겹게 놓여 있다. 기분이 울적한 두극이는 그 중 제일 작은 돌덩이에 앉았다. 신이 나서 마구 달려온 날은 제일 큰 돌덩이에 장군처럼 앉곤 하는 두극이였다. 희미한 불빛 아래에서도 할매림 기념비는 제 모습을 드러내 주었다. 두 손을 모아 기도하는 모습이 더욱 가슴을 파고든다. 간절한 마음이면 두극이의 소원도 들어줄지 모른다. '여인의 숲'이라고 새겨진 글자를 응시했다. '여'보다 '인'의 크기가 배는 된다. 작은 '여'를 큰 '인'이 보듬어 안는 듯하다. 온화하고 부드럽다. 설보 할매의 마음이겠지. 덩달아 마음이 푸근해진다. '여인의 숲'이라는 글자를 머리그림으로 할매림이라고 바꿔 본다.

"밤공기가 제법 차. 벤 끅, 들어가자."

벤 끅. 엄마가 베트남 말로 두극이를 부르는 소리다. 엄마는

'끅' 앞에 튼튼하다는 뜻인 '벤(bền)'을 붙인다. 쑤언 이모가 자신의 이름에 예쁘다는 '댑(đẹp)'을 붙일 때처럼.

예나 다름없이 엄마가 왔다. 이런 날엔 두끅이가 으레 이곳에 있을 줄 알고 찾아오는 엄마다. 엄마가 곁에 앉아 겉옷으로 몸을 감싸주었다. 엄마에게 살며시 몸을 기댔다.

"엄마."

"응?"

"그냥 불러봤어."

"벤 끅! 아까 그 악기 말이야."

"오카리나?"

"그래, 오카리나. 외가에서 닭을 키웠거든. 그중에서 목청이 좋은 닭이 있었어. 아까 그 소리가 어릴 때 듣던 닭 울음 같았어. 아주 좋았어, 벤 끅."

정말 좋았을까, 오카리나 소리가? 두끅이가 엄마를 위로하고 싶었던 것처럼 엄마도 아들을 격려하고 싶은 걸까. 고래 때문에 속이 상한 할머니 마음이 쉽게 풀릴지도 모르겠다 싶어 오카리나를 불었는데, 일이 더 꼬여버렸다.

엄마 목소리가 서늘해진 두끅이 마음을 여며 주듯, 엄마는 엄마의 엄마, 외할머니가 몹시 그리울 거다. 엄마와 같이 살고 있는 두극이도 가끔 엄마가 그리운데 같이 살지도 않고, 자주 가 볼 수도 없는 베트남이 아닌가.

"엄마, 바잉쯩과 바잉자이 얘기 듣고 싶어."

엄마 목소리가 가만가만 어둠을 쓰다듬었다.

옛날 제6대 홍왕은 전쟁에서 은나라를 물리치고 나서, 왕위를 아들에게 물려주고 싶었대 …… 맛있으면서도 의미 있는 설날 상을 차릴 수 있는 사람에게 왕위를 물려주겠노라 …… 그때부터 사람들은 설날이면 땅을 닮은 바잉쯩과 하늘 모양의 바잉자이를 먹는 풍습이 생겼다지 뭐야.

어릴 때부터 수백 번 들었던 얘기다. 아빠가 좋아했던 얘기이기도 하다. 바잉쯩과 바잉자이는 찹쌀로 만든다. 바잉쯩에는 녹두와 돼지고기도 들어간다. 그래선지 좀은 느끼하다. 뗏(베트남 설날)이 다가오면 바잉쯩을 산더미같이 만들어서 파는 가게를 쉽게 볼 수 있다. 넓은 라종 잎으로 싼 뒤에 대나무 줄기를 가늘게 쪼갠 끈으로 묶어서 찌면 그 냄새가 주변을 흔든다. 엄마가 바잉쯩을 만들면 아주 맛있을 거다. 두극이가 엄마 손을 잡았을 때 엄마 손가락에 일회용 반창고가 붙어 있었다.

"엄마, 손이 왜 이래?"

"괜찮아. 조금 다쳤을 뿐이야."

아까 집을 뛰쳐나올 때 오카리나를 떨어뜨렸는데 깨졌나 보다. 깨진 오카리나를 치우려다가 엄마가 다쳤겠지. 할머니의 야단을 들으며 허둥거렸을 엄마 모습이 그려졌다. 엄마 손가락도 걱정이 긴 하지만 학교 악기가 깨져버렸으니 어쩌나 싶다. 갑자기 오늘이 개교기념일이라는 게 싫다. 개교기념일이라도 교향악단 공연이 없었으면 오카리나를 불고 싶지도 않았을 것 아닌가. 음악회? 음악회! 교향악단 연주는 괜찮지만 학교에서는 왜 1인 1악기 교육을 하는 거야. 아니, 음악 시간에 가르쳐줄 수는 있지만 집에 가져가도 좋다고 한 건 못마땅하다. 집에 가지고 올 수 없었다면 집에서 오카리나를 불지 않았을 것이고, 할머니가 엄마를 야단치지 않았을 것이고, 오카리나를 깨지 않았을 것이고, 엄마가 다치지 않았을 것이다. 플라스틱으로 만든 값이 싼 게 있다던데, 도자기는 무슨. 그것도 불만이다.

"엄마, 어떡하지?"

"걱정하지 마. 아프지 않아."

엄마는 다친 손가락 때문에 두극이가 걱정하는 줄 아는 모양이다. 그게 아니라고 할 수도 없고.

"걱정하지 말라니까. 벤 꺽, 괜찮아."

엄마는 두극이의 마음을 아는지 모르는지 자꾸만 걱정하지 말

라고 한다. 할매림을 나오면서 설보 할매에게 잘 계시라고 인사할
새도 없이 발걸음을 재촉했다. 가로등이 없어 캄캄한 들녘 한가운
데를 가로질러 왔다. 엄마의 손전등이 없어도 너무나 잘 아는 길
이다. 낮에 보았던 청하향초가 흔들리는 불빛 따라 나타났다 사라
졌다 했다.

"Bền Cực, dậy đi nào con(벤 끅, 여이 디 나오 꼰)!"
이튿날은 '극아, 일어나!'라는 엄마의 말을 듣고도 일어나고 싶
지 않았다. 엄마는 언제나 일찍 일어났다. 어릴 때부터 버릇이라
좀처럼 바뀌지 않는다 했다. 새벽에 엄마는 언제나 책을 읽는다.
엄마의 독서는 한국어 공부이기도 하다. 엄마가 읽는 책은 제목이
얼마나 자주 바뀌는지 모른다. 엄마의 휴대폰엔 표준국어대사전
앱도 있다. 발음이 정확해야 한다며 텔레비전보다 라디오를 즐겨
듣는 엄마다. 아나운서들이 진행하는 프로그램에 관심이 많다. 공
부에 열심인 엄마가 두극이보다 더 학생 같다. 두극이도 베트남어
아침 독서를 하지만 엄마만큼 열심히 하려면 멀었다.
　일찍 일어나는 엄마를 무척 마음에 들어 하는 할머니다. 잠결
에 어쩌다가 한 번씩 엄마와 할머니의 대화를 들으면 그날 하루
는 어쩐지 좋은 일이 일어날 것 같아 얼마나 마음이 설레는지 모른

다. 이불을 힘껏 걷어차고 일어나 괜스레 할머니에게 다가가 할머니를 와락 껴안아보기도 하고, 마치 학교 친구 윤수에게 '농구, 어때?' 하고 묻듯이, 엄마를 슬쩍 어깨로 밀어보기도 한다.

엄마는 두극이가 초등학교 1학년 입학식 하는 날부터 여섯 시에 깨웠다. 입학식 전날 아빠는 두극이가 이제 학생이 되었다고 한껏 축하를 해주었다. 두극이의 아빠인 것이 자랑스럽다고 하여 두극이는 초등학생이 되는 것이 자신에게만 일어나는 굉장한 일인 것 같아 몹시 우쭐했었다. 엄마는 두극이에게 귓속말을 했다.

"Bền Cực, dậy đi nào con(벤 끅, 여이 디 나오 꼰)!"

엄마의 목소리가 두극이의 귓전에 다가와 뺨을 어루만지고 포근히 안아 주었다. 혼자 일어날 수 있음에도 이런 느낌이 좋아 엄마 목소리를 기다린다.

처음 엄마가 두극이를 깨울 때는 베트남 동요를 불러 주곤 했다. 그때는 두극이도 잠을 깨면서 함께 그 동요를 불렀다.

"Kéo cưa lừa xẻ(깨어 끄아 르아 쌔)!"

'톱질하세'라는 내용으로 엄마가 가르쳐준 동요 중에서 두극이가 제일 좋아하는 노래다. 이 노래는 두 사람이 번갈아 부르는 것이라 놀이처럼 노래를 부르곤 했다. 아득한 곳에서 엄마의 목소리가 들려왔다. 동요의 처음 시작은 엄마와 두극이가 같이 했다. 잠에서 미처 덜 깬 두극이가 따라하지 못하니 엄마가 계속 되풀이했다. 두극이는 겨우 입술을 달싹이며 중얼거렸다. 한참이 지나서야 눈을 감은 채 두극이가 다음 소절을 불렀다.

"옹 터 나오 커애(힘이 더 강한 사람은)"

아직도 꿈결 속인 듯 두극이가 중얼거리자 엄마의 다음 소절이 이어졌다.

"Thì ăn cơm vua(티 안 껌 부어, 왕의 밥을 먹게 될 거야)"

조금은 잠에서 깨었지만 여전히 눈을 뜨지 못한 두극이 차례다.

"옹 터 나오 투(힘이 약한 사람은)"

"Thì về bú mẹ(띠 페 부 메, 집에 돌아가 엄마젖을 먹어라)"

이렇게 두극이 노래가 끝나기 무섭게 엄마가 다음 소절을 불러 노래를 끝냈다. 노래가 끝나도 두극이가 잠에서 덜 깬 상태일 때가 많다. 그럴 때면 엄마가 다시 처음부터 노래를 부르곤 한다. 어떨 땐 엄마가 일부러 순서를 틀리게 해서 두극이가 눈을 반짝 뜨고 잘못을 바로잡게 만들기도 하고, 두극이 차례인데 엄마 혼자 노랠 불러 두극이가 화들짝 놀라게도 만들었다. 엄마와 동요를 부르는 시간은 날이 갈수록 짧아졌지만 가끔은 노래 부르는 그 시간이 좋아서 일부러 엄마를 붙들고 노래를 부르기도 했다.

두극이의 아침은 그렇게 엄마의 목소리로 시작된다. 아빠는

'톱질하는 모자'라고 노래 제목을 붙였다. 힘이 세면 왕 같은 밥을 먹고, 힘이 약하면 엄마 품이 기다릴 테니 다 좋은 일이라며 흥얼거렸다.

"벤 끅, 저이 디 나오 꼰(끅아, 일어나)!"

두극이가 밖으로 나가지 않자 다시 엄마가 들어왔다. 엄마가 장난스럽게 두극이 발음 흉내를 내어 베트남어로 말했다. 평평하게 아래로 내려서 소리 내는 두극이의 타인후이엔 성조(聲調)가 독특하기 때문이다. 이런 날엔 엄마가 '톱질하는 모자' 노래라도 불러 주었으면 좋겠다. 느닷없이 아빠 생각이 나서 울적해지기까지 했다. 마냥 어린애처럼 굴 수가 없어 겨우 일어나긴 했다. 학교 시작 시간보다 워낙 일찍 일어나기도 하거니와 학교도 가까이 있어 아침 시간은 항상 여유가 있었다.

여느 때 같으면 학교로 출발했을 시각이 지났지만 여전히 두극이는 머뭇거리고 있었다. 깨진 오카리나 때문에 찜찜했다.

"엄마, 베트남에서는 고래를 안 잡아먹어?"

"고래? 응, 안 잡아먹지."

엄마가 빙긋 웃었다. 또 고래 생각이야, 그런 웃음.

"엄마가 베트남에 살 때는 바닷가에 죽은 고래가 떠밀려 왔던 얘기를 곧잘 들었어. 외할아버지가 고래 얘기를 들려 주셨지."

"그래서, 엄마?"

"한번은 외할아버지가 고래를 보러 가셨대. 퍽 먼 길인데 꼭 가
봐야 한다고 생각하셨다나."

"구경하려고? 고래가 컸대?"

"구경이 아니고 제사를 지내려고."

"무슨 제사?"

"베트남에서는 오래전부터 고래를 '고래님'이라고 부르며 고래
에게 고마워했거든. 풍랑을 막아준다고."

"그런데 왜 고래 시체에게 제사를 지내러 가셨어?"

"그건, 그건, 어떻게 설명해야 될지 모르겠어."

엄마가 시계를 보았다. 엄마가 진짜로 몰라서 더 말을 하지 않
는지, 학교에 가라고 말을 끊었는지 모르겠다.

8시부터 하루 일과가 시작되기 때문에 더 이상 버틸 수가 없자
하는 수 없이 집을 나섰다. 초등학교를 지나가는데 경쾌한 동요가
흘러나왔다. 초등학교에서 흘러나오는 아이의 노랫소리가 점점
잦아드는가 했더니 꾀꼬리며 후투티, 휘파람새…… 온갖 새들의
지저귐이 귓전을 두드리기 시작한다. 학교에 도착한 것이다. 주변
을 둘러보지 않고 소리만 듣고도 학교에 도착한 줄 안다. 교문 앞
에서 잠시 걸음을 멈추고 새의 지저귐에 귀를 기울인다. 하지만

교문을 바라보자 다시 오카리나가 떠올랐다. 엄마는 오카리나 소리가 닭 울음소리 같다고 했다.

교문 기둥 위 돌 조각상을 물끄러미 올려다보았다. 나무 심는 사람 모습이다. 청하에 오기 전까지는 어디서도 볼 수 없었던 글자체로 새겨진 교문 기둥의 문구를 들여다보았다. 매일 보았던 것이지만 한 번도 읽으려고 애를 쓰지 않았던 글귀의 내용을 눈에 담는다. 내용을 몰랐음에도 어쩐지 친근한 느낌이었던 것은 설보 할매가 사는 할매림 기념비와 글자체가 같았기 때문이리라. 유명한 사람의 솜씨라고 한다.

"여기 觀松 배움터에서 반세기 동안……."

관청에서 사용할 소나무라고 관송이라는 이름이 붙었다는데, 왜 官松(관송)이 아니고 觀松(관송)이지?

"두극아, 빨리 가자!"

고개를 갸우뚱거리고 있을 때 언제 왔는지 윤수가 곁에 와 있었다.

"두극아! 오늘 왜 이렇게 늦었어?"

두극이는 윤수와 교실로 향했다.

"윤수야, 교무실에 들렀다 갈게."

"왜 교무실에?"

"……."

"왜애?"

"먼저 가, 윤수야."

멀뚱해진 윤수를 뒤에 남겨 놓고 교무실로 갔다. 담임선생님이 앉아 있는 모습이 보였다. 꾸벅 고개를 숙였다. 고개를 들자 담임선생님과 눈이 마주쳤다.

"선생님, 제가……오카리나를, ……오카리나를 깨뜨렸어요."

"알고 있어, 두극아. 엄마가 전화하셨던걸."

다른 아이들이 오카리나를 깨뜨렸을 때 출랑거린다고 은근히 비난했었다. 오카리나가 깨지면 음악 선생님은 바로 오카리나를 고쳐 왔다. 그래선지 세 번씩이나 오카리나를 깨뜨린 아이는 그 후로도 별로 주의를 하는 것 같지 않았다. 자기 것이 아니라고 함부로 사용하는 것은 품위를 지키지 못하는 것이라고 식물원 소장님이 자주 말했었다. 줄사철의 흡착근은 비록 다른 나무줄기에 터를 잡고 있지만 그 나무를 해치는 일은 없다. 베푸는 이에게 해를 입히는 건 인간답지 못하다고 했다. 갑자기 왜 소장님 생각이 나는지 모를 일이다. 오카리나를 깨뜨렸다고 야단을 맞는 것도 아닌데, 서럽다.

"두극아, 꼬리 부분이 깨졌다면서? 음악 선생님한테 가 봐."

쭈뼛거리며 두극이가 음악 선생님 앞에 가니 선생님은 아무렇지도 않은 듯이 책상 위에 올려놓은 오카리나를 들었다. 엄마가 얼마나 휴지로 겹겹이 쌌는지 묶여 있는 손수건을 풀고도 선생님이 오카리나를 볼 때까지 한참이나 걸렸다.

"꽃무늬 있는 오카리나가 좋아 보였어?"

깨져서 고친 오카리나들은 다시 붙인 흔적을 없앤다고 붙인 자리에 꽃무늬가 그려져 있곤 했다. 음악 선생님의 목소리가 부드러웠건만, 음악 시간 내내 오카리나를 불기보다 만지면서 노는 시간이 더 많았던 두극이는 퍽이나 계면쩍었다. 그렇게 어색하게 서 있는 두극이를 선생님이 어깨를 잡고 돌려세우더니 가볍게 밀었다.

"두극아, 또 가져가서 많이 불어라."

두극이는 돌아서서 꾸벅 인사를 했다. 음악 선생님은 장난스럽게 웃고 있었다.

"또 깨지면 또 붙이지, 뭐."

선생님이 가볍게 손을 흔들었다. 순간 두극이도 마구 웃고 싶어졌다.

할머니가 엄마를 야단치게 했던 오카리나가 꼬리 부분에 꽃무늬를 달고 곧 돌아올 것이다. 깨진 오카리나에서는 소리가 나지 않지만, 꼬리를 붙인 오카리나는 멋진 닭 울음소리를 내어 엄마를,

할머니를 웃게 할 거다. 오카리나 연주 소리와 새들의 합창이 교실로 향하는 발걸음에 박자를 맞추고 있었다.

엄마 이름은 리엔

금요일 아침은 독서하는 날이다. 교실 안이 무척 조용했다. 조심스럽게 문을 열고 들어가니 담임선생님이 눈짓으로 비어 있는 자리를 가리켰다. 어쩐 일인지 창가 자리가 비어 있었다. 독서하는 날은 자유롭게 자리에 앉는 날이기도 하다. 창가 자리는 밖을 내다보기가 쉬웠고, 벽에 기대기도 좋아 두극이가 무척 좋아하는 자리였다. 그런 이유로 다른 아이들도 좋아했는지 오늘처럼 늦게 교실에 도착하면 차지할 수 없는 자리인데 비어 있다. 고개를 든 윤수가 어깨를 으쓱했다. 윤수 덕분이다. 두극이도 윤수에게 어깨를 으쓱해 보였다.

책을 펼쳤지만 두극이의 머릿속은 무척 어지러웠다. 글자는 눈에 들어오지 않고 오카리나가 눈앞에 어른거렸다. 그러다가 베트남 해변에 떠밀려온 고래가 눈앞에 나타나, 어른거리던 오카리나를 말끔하게 지워버렸다. 식물원 관찰로에 피어난 질경이처럼 눈길을 끌지 못했던 고래가 섬개야광나무나 아왜나무 열매처럼 또렷한 모습으로 다가왔다. 여름을 견뎌낸 섬개야광나무의 붉은 열매가 울릉도원 입구에서 방문객의 호기심을 자극했다. 섬개야광나무 아래쪽에는 섬백리향이 그 향기를 드날리고 있었다. 살짝 손으로 흔들어주거나 바람이라도 살랑 불어주면 향기는 방문객의 탄성으로 바뀌어 울릉도원에 즐거움이 출렁거리도록 만든다. 그런가 하면 상록수의 낙원인 아열대원의 끝자락에서는 돈나무, 종가시나무, 붉가시나무, 생달나무, 다정큼나무, 후박나무…… 사이에서 아왜나무의 붉은 열매가 포도송이처럼 늘어져 발걸음을 붙잡는다.

"질경인들 사람들이 밟고 다니는 길에 나오고 싶었겠니. 햇빛을 좋아하는 질경이가 다른 식물 속에서는 버텨낼 수가 없었을 거야. 길거리로 나오니 햇빛을 마음껏 볼 수 있어 좋은데 짓밟히는 걸 견뎌내야 하는 문제가 생겼지 뭐냐. 질긴 섬유질을 만들어 자손을 퍼뜨리는 작전을 쓰게 되었지."

식물원의 소장님은 그게 식물의 생존 전략이라 했다. 그나마 질경이처럼 버텨나가면 좋은데 섬개야광나무는 쫓기다가 쫓기다가 다다른 곳이 절벽이라 씨앗이 뿌리를 내리기가 힘들어 멸종 위기 식물이 되어 버렸다. 울릉도가 고향인 섬개야광나무는 기청산 식물원에서 특별히 보호하도록 나라에서 정해 놓았다. 덕분에 식물원의 보살핌을 받아 아주 잘 자라고 있다. 특별히 보호를 받는 여덟 종류의 식물에 속하는 섬개야광나무는 함부로 망가뜨릴 수 없다. 허락을 받지 않고는 옮겨 심을 수도 보관해서도 안 되는 나무다. 징역이니 벌금이니 하는 말이 따라붙어 오싹하게 만드는 식물이다.

멸종될 위기에 놓인 동물, 고래. 식물원에서 섬개야광나무를 보호하는 것처럼 고래를 보호하도록 엄하게 법을 만들어 놓았을 거다, 틀림없이.

불법으로 고래를 잡아온 사람들. 한국에서는 고래를 잡아먹느냐고 놀라던 엄마. 그까짓 고래 때문에 법석이냐고 엄마를 야단치던 할머니. 이런저런 것들이 두극이 머릿속에서 어지럽게 춤을 추었다. 게다가 질경이와 섬개야광나무까지 파고들어 혼란스러웠다. 머리를 흔들어 모든 생각들을 쫓아내고 책에 집중하려고 했지만 책에 실려 있는 시클로까지 엉켜 머릿속은 자연림이 되어 버렸다. 숲속 미로를 마구 헤매고 있을 때 갑자기 시클로 위로 자그맣고 어여쁜 손이 나타났다. 제비나비 애벌레가 상산이나 누리장나무 가지를 기어가는 것처럼 곱고 가느다란 손가락이 손등에서부터 쏘옥 나오는가 했더니 책을 톡톡 두드렸다.

"책장이 좀처럼 안 넘어가네. 그 사진이 마음에 드니?"

담임선생님이 소리를 낮추어 물었다.

그제야 두극이는 책을 펼칠 때부터 줄곧 그렇게 시간을 보냈다는 걸 깨달았다. 고래야 질경이야 섬개야광나무야 하며 머릿속이 복잡한가 했는데 실은 시클로가 마음을 헝클어놓고 있었던 것이다. 시클로는 자전거로 이끄는 수레의 하나인 베트남 교통수단이라고 책에 적혀 있다. 앞자리에 탄 사람이야 편안하겠지만 자전거를 타고 수레를 밀어야 하는 사람은 얼마나 힘이 들까. 지난번에 외가가 있는 베트남에 갔을 때 보았던, 시클로와 자동차와 오토바이가 무리지어 덩어리처럼 움직이는 호치민의 거리가 떠오른다. 눈이 휘둥그레지도록 많은 오토바이가 엉키면서도 서로를 비켜가는 모습은 묘기를 넘어 마법이었다.

앞서 두극이가 여러 번 다녀온 베트남 방문과는 달리, 같은 반인 규민이는 도교육청의 지원으로 베트남에 다녀왔다. 엄마 나라 방문하기 행사에 참여한 것이다. 할머니의 반대로 두극이는 참가

신청서도 못 냈다. 엄마와 할머니가 갈등하는 걸 보는 것보다 가고 싶은 마음을 억누르는 편이 나을 것 같았다. 두극이가 없는 집에서 엄마와 할머니가 사는 모습을 상상하니 도저히 가겠다는 말이 나오지 않았다. 하긴 엄마 나라에 한 번도 다녀오지 않은 아이들도 있을 텐데 신청해 보았자 차례가 돌아오지 않았을 거라며 두극이는 애써 마음을 달랬다.

베트남에 다녀온 규민이는 베트남 얘기를 별로 하지 않았다. 규민이는 베트남 사람인 새엄마 얘기도 전혀 하지 않는다. 규민이가 말을 않고 있는 베트남 얘기가 궁금하고, 이미 다녀와서 호기심도 줄어든 듯한 규민이가 부럽다. 두극이는 초등학교 3학년 때 다녀오곤 다시 가지 못했다.

"바 어이, 바 쾌 콩 아?"

'외할머니, 잘 지내세요'라는 인사를 할 때도,

"껀 녀 이 쑤언 람."

'쑤언 이모 보고 싶어요'라고 말할 때도 메콩델타가 떠올라 감당하기 어렵다.

메콩델타. 외가에 가려면 호치민에서 버스로 두 시간 정도 걸리는 미토로 가야 한다. 엄마 말로는 호치민에서 80킬로미터 떨어졌단다. 한국에서 비행기를 타고 호치민으로, 호치민에서 버스를 타고 미토로, 미토에서 택시를 타고 마을 입구로, 마을 입구에서 오토바이를 타고 외가에 도착했었다. 마을 입구부터는 그 어떤 차도 들어갈 수가 없다. 길도 무척 좁았고, 군데군데 수로를 잇는 다리가 놓여 있기 때문이다. 다리 폭이 좁은 곳은 두 사람이 나란히 걸어가기도 힘들었다. 나무로 엉성하게 만들어놓은 다리를 오토바이를 타고 지나갈 때 얼마나 조마조마했는지 모른다. 다리 폭이 좁아서 떨어질 것도 같고, 무너질 것도 같아서다. 곧 무너져 내릴 것 같은 다리가 보기보다 튼튼해서 처음엔 무너질까 걱정하다가 나중에는 그 흔들거림이 재미있어서 일부러 다리 위에서 발을 굴려보기도 했다. 물에 빠져도 어른의 허리 정도밖에 되지 않는 물 깊이를 알기 때문에 겁이 달아나기도 했을 것이다.

한국에서는 호치민까지밖에 통하지 않는다. 띠엔장 성에서 가장 큰 도시인 미토지만 아이들이 미토를 기억하게 하는 게 쉽지 않았다. 띠엔장 성의 미토는 경상북도에서 가장 큰 도시인 포항과 비슷하다고 하니 아이들이 고개를 끄덕여준 것으로 만족했다. 호치민에서 미토까지 고속도로가 놓여 이제는 한 시간이면 갈 수 있다고 하던데……. 한국에는 없는 오토바이 택시, 쎄옴을 타면 미토에서 외가 마당까지 곧장 다다를 수 있는데…….

전화선을 타고 넘어오는 외가 식구들의 목소리만으로는 그리움을 달랠 수가 없다. 외가 마당에 가득한 과일나무. 좁은 수로에 걸쳐놓은 통나무 다리를 건너 이어지는 과수원. 뒤뜰 화덕에서 오랫동안 끓던 돼지고기, 닭고기, 오리고기 냄새. 외가 동네에서는 돼지나 닭을 키우는 집보다 오리를 키우는 집들이 더 흔했다. 수로 위에 지어진 오리 우리를 보는 건 아주 쉬운 일이었다.

코코넛나무에서 갓 딴 열매의 윗부분을 칼로 잘라 과즙을 먹곤 했다. 그럴 땐 롱 외삼촌과 함께였다. 단단한 코코넛을 자르기 위해 사용되던 투박하고 무겁던 네모난 칼도 다시 보고 싶다. 나이테가 없는 열대나무 줄기를 잘라 만든 둥근 도마에 칼을 눕혀 마늘이며 파를 찧던 외할머니. 어른 손바닥 두 개를 나란히 놓은 크기의 도마가 앙증스럽다. 로안 외삼촌 아들인 홍도 많이 자랐을 거다. 다섯 살 홍은 두극이를 졸졸 따라다녔다. 맨발로 마당이며 방이며 쏘다니다가 두극이가 집을 나서면 급히 슬리퍼를 끌고 따라나서곤 했다. 가끔은 두극이가 홍처럼 맨발로 마당을 돌아다녔지만 발바닥을 닦지 않고는 방으로 들어가지지 않았다. 손가락 두 마디 크기밖에 안 되던 아주 작은 바나나인 쭈어이는 두극이가 가장 좋아하는 과일이었다. 외할아버지는 두극이가 언제든지 먹을 수 있도록 쭈어이 다발을 베어다 놓았다.

그리고 마이. 한국어 매(梅)의 베트남 발음, 마이다. 곧 눈물이

흘러내릴 듯 슬픈 눈빛을 가진 소녀 마이. 매화 꽃잎을 보면 마이
의 눈이 떠오르곤 한다.

독서 시간이 끝나자 윤수가 쪼르르 쫓아왔다.

"두극아, 너 왜 늦게 들어왔는데?"

"음악 선생님한테 갔어."

"왜?"

"……오카리나 땜에."

"오카리나 땜에?"

"응. ……깼거든."

"에이, 괜찮아. 어떤 애는 기타도 부숴먹는데, 뭐."

윤수가 별일 아니라는 듯 어깨를 툭 쳤다.

"신짜오, 겨울방학 때 베트남 가?"

윤수가 베트남이라는 책 제목을 보며 물었다. 두극이가 윤수를
물끄러미 바라보았다. 윤수가 집게손가락으로 자신의 이마를 살
짝 찌르며 목소리를 깔았다.

"신짜오, 베트남은 있잖아……."

윤수가 이렇게 작정을 하고 떠들면 웬만해서는 말릴 수가 없
다. 윤수가 떠드는 베트남 얘기는 책을 펼치면 쉽게 접할 수 있는
얘기였음에도 윤수는 마치 혼자 아는 것 같다. 아니 베트남에 다

녀온 두극이나 규민이보다 윤수는 더욱 실감나게 베트남 얘기를 했다. 어쩌다 텔레비전에서 본 베트남 얘기까지 보태어진 윤수의 베트남 여행기는 두극이의 마음에 엉켜있는 미로를 서서히 정돈해 주었다. 윤수의 베트남 여행기가 할 수 없이 끝난 것은 1교시 수업 종이 쳤기 때문이다.

1교시는 과학이다. 두극이는 온몸이 근질거리기 시작했다. 구석구석에서 과학에 반응을 하는 것이다. 창밖을 바라보았다. 산수국이며 섬향나무며 층층나무에게 가벼운 눈웃음을 보냈다. 앞 건물과 뒤 건물을 잇는 통로에 과학 선생님이 나타난다. 과학 선생님은 운동선수처럼 날렵한 몸매로 나는 듯이 걷고 있다. 두극이는 놀이공원에 가는 아이처럼 나타나는 과학 선생님을 바라보는 것이 좋다. 이런 얘기는 윤수에게도 하지 않았다. 윤수에게 말해 버리면 은밀한 즐거움이 달아날 것 같다. 외가 식구들을 그리워하는 마음을 아무에게도 말할 수 없는 것과는 달랐다. 아빠 얘기를 쉽게 입에 담을 수 없는 것과는 아주 달랐다.

과학 선생님이 교실 문을 열고 나타나자 환호와 함께 떠나갈 듯 박수를 쳤다. 박수는 선생님이 교탁 앞에 멈춰서 같이 박수칠 때까지 이어진다. 과학 시간엔 수업을 시작할 때와 끝날 때 인사 대신 이렇게 소리를 지르며 박수를 쳤다. 처음엔 서로 눈치를 보던 아이들이 시간이 갈수록 소리가 커졌다. 어떤 아이들은 소리를 지르기 위해서 과학 시간을 기다리기도 했다.

파워포인트 자료가 칠판에 나타났다. '물과 무기 양분의 흡수'라는 제목이 도드라져 크게 나타나 멈춘다. '나의 생각 표현하기' 배경에는 벌써 가을이 무르익었다. 단풍이 든 풍향수 나뭇잎에 햇빛과 그늘이 보인다.

"식물이 잘 자라려면 잎이 햇빛을 잘 받아야 합니다. 잎에서는 어떤 작용이 일어날까요?"

환호와 박수로 시작한 달뜬 기운이 채 가라앉지 않은 아이들은 알고 있는 것들을 마구 쏟아낸다. 아우성 속에서 선생님이 몇 사람을 지명했다. 두극이는 서서히 발표할 준비를 했다. 선생님과 두어 번 눈이 마주친 때문이다.

"다음은······."

"하 박사!"

아이들이 두극이를 향해 입을 모았다.

"그래, 하 박사 생각 좀 들어보자."

과학 선생님이 두극이에게 붙인 별명을 아이들이 재미로 불러주었다.

"광합성 작용이 일어납니다."

광합성에서 시작한 두극이의 발표는 탄수화물, 단백질, 지방으로 넘어가 유기물과 무기물 얘기로 끝났다. 두극이는 선생님의 기대를 저버리지 않았다.

그래, 박사 맞네.

여기저기서 한 마디씩 하는 소리에 섞여 '생활 속의 과학'이 나오고 '생각 열기'가 이어졌다.

— 낙엽을 태우면 어떤 냄새가 나는가? 낙엽이 타는 모양은 어떤가? 낙엽이 타고 나면 남는 것은 무엇일까?

다음 등장한 장면은 '산불 조심'이었다. 선생님은 화왕산 억새밭 태우기 때의 비극을 되새겼다. 두극이는 갑자기 가슴이 답답해졌다. 선생님의 설명은 산불 때문에 일어난 불행으로 이어졌다.

속이 거북하다 싶더니 두극이는 토하고 싶도록 힘들어졌다.

"하 박사. 두극아, 어디 아프냐?"

별명을 부르다가 두극이의 모습이 심상치 않았던지 선생님이 황급히 말을 바꾸었다.

"어, 두극아, 네 얼굴이 흰 종이 같애."

윤수가 소리쳤다. 아이들이 웅성거렸다.

"선생님, 토할 것 같아요. 화장실에 다녀와도 돼요?"

선생님의 허락을 받기가 무섭게 자리를 박차고 일어났다. 서둘

러 변기 앞에 무릎을 꿇고 앉았다. 아무것도 올라오지 않았다. 괴
로웠다. 억지로 토해보려 했지만 그것도 마음대로 되지 않았다.
변기를 잡고 눈을 질끈 감았다. 눈앞에 방금 교실에서 보고 나온
화왕산의 붉은 하늘과 수많은 사람들의 모습이 펼쳐졌다. 어지러
웠다.

이를 악물었지만 코끝이 찡해지더니 이내 매워지고 눈물이 흘
렀다.

"아빠."

변기를 붙잡고 흐느꼈다.

무릎에 아픔이 느껴져 내려다보니 여전히 꿇어앉은 채였다. 힘
들게 일어났다. 거울을 보니 운 모습이 역력하다. 세수를 하여 흔
적을 지웠다. 손으로 물을 훔친 후 거울을 보았다. 눈에 다시 눈물
이 고였다. 물과 눈물은 같지 않았다. 손등으로 눈물을 닦았다.

"하두극."

큰소리로 이름을 불렀다.

"하 더우 끅."

이번엔 베트남어다.

거울의 사나이를 향해 씨익 웃음도 던졌다. 팔로 얼굴의 남은
물기를 훔쳤다. 다시 한 번 웃어보았다. 합격이다. 이제 교실로 돌

아가도 괜찮을 것 같다. 발걸음을 떼면서 보니 양말 바람이다. 교실에서는 실내화를 신지 않는다. 서두르다가 미처 신발을 챙기지 못했다. 현관에서 발바닥을 바지에 문질러 먼지를 털어낸 다음 교실로 들어갔다. 선생님과 아이들이 일제히 두극이를 보았다. 연습한 대로 씨익 웃었다. 선생님이 괜찮으냐고 물었다. 고개를 끄덕였다. 칠판에는 '잠깐 쉬어 갈까요?'라는 제목으로 학교 모습이 배경이 되어 있다. 아이들 중 한 명을 주인공으로 등장시켜서 가르친 내용을 정리하는 선생님의 독특한 방법이다. 결국은 공부지만 꼭 이야기를 듣는 기분이라 아이들이 무척 좋아한다.

수업을 마칠 때도 박수를 친다. 박수를 치면서 다가온 선생님이 괜찮으냐고 또 물었다. 괜찮다고 했다. 아니 괜찮아야 했다. 견뎌내야 했다. 엄마와 할머니 모습이 스쳤다.

"선생님."

두극이는 선생님 뒤를 쫓았다. 우선 선생님 앞에서 괜찮아지고 싶었다.

"인터넷을 검색해 봤거든요. 고래……."

"요즘 하 박사가 고래에 관심이 많다?"

"그냥 그렇게 됐어요. ……불법으로 고래를 많이 잡았다는 뉴스를 봤어요."

"고래를 국제적으로 보호하고 있다는 말을 내가 했던가?"

"특히 일본과 노르웨이에서는 잔인하고 무차별적으로 고래를 잡고 있다고 하셨어요."

"고래를 잡는 것은 우리나라에서 불법이야. 그런데?"

"아니, 그게, ……그러니까, 잘 모르겠어요. ……무슨 말을 하고 싶은지요."

"알았다. 생각나면 찾아와, 하 박사."

선생님이 살짝 미소를 지으며 교무실로 향했다. 선생님의 미소를 보니 한결 마음이 가벼워졌다.

점심을 먹고 윤수는 공을 차러 운동장으로 갔다. 두극이는 마음이 내키지 않아 생태 연못으로 갔다. 네모진 연못은 벤치로 경계를 만들어 놓았다. 벤치에 앉아 있으니 클래식 음악이 흘러나왔다. 연못 주위에서는 점심시간에 음악을 들을 수가 있다. 음악을 감상하고 싶어서는 아닌데 발걸음이 이쪽으로 옮겨졌다. 연못 앞에 있는 아담한 규모의 잔디밭을 멍하게 바라보았다. 잔디밭 한쪽을 차지한 내장단풍 아래에 놓인 벤치를 눈으로 헤아렸다. 천천히 고개를 돌리고 있을 때 맨드라미가 눈에 띄었다. 강렬한 붉은색이다.

"어머, 화마오가(hoa mào gà). 어머니, 화마오가 꽃을 좋아하세요?"

"화? 화, 뭐라고? 맨드라미 말이냐?"

지난해 가을, 마당 한쪽에 피어 있는 맨드라미를 보고 엄마가
할머니에게 물었다.

"맨드, 라미요?"

엄마는 '맨드'는 낮게, 그리고 한 박자를 쉰 다음에 '라미'를 높
게 끝냈다. 노래를 부르는 것 같았다. 같은 꽃을 보고 할머니는 베
트남어를 따라할 수가 없었고, 엄마는 한국어가 낯설었다.

"남자닭 머리에 있는 거 닮았잖아요, 화 마 오 가, 이 꽃이."

얼른 생각이 나지 않았는지 엄마가 수탉 대신 남자닭이라고 했
다.

"화마오? 어렸을 땐 닭벼슬꽃이라 했다."

잊고 있었던 엄마와 할머니 생각이 났다. 맨드라미 얘기를 할
땐 엄마와 할머니 모습이 무척 정겨워 보였다. 할머니도 어렸을 적
얘기를 했고, 엄마도 베트남 외가 얘기를 했었다. 그게 할머니에겐
구수한 옛날이야기였고, 엄마에겐 그리운 것이었나 보다. 목소리
가 그랬고, 얼굴 표정이 그랬다.

엄마와 할머니를 애써 잊고자 했다. 엄마 눈에 또 눈물이 맺혔
을 것 같다. 뉴스를 보다가 고래를 먹느냐고 놀라는 바람에, 오카

리나 소리를 들을 땐 뱀을 잡아먹자고 하는 바람에 야단을 맞는 엄마다. 엄마는 베트남 사람과 결혼하지 왜 아빠와 결혼했을까. 고래나 뱀을 먹고 안 먹고 하는 게 그렇게도 야단맞을 일인가. 툭하면 할머니에게 야단을 맞으면서도 엄마는 왜 할머니와 같이 살고 있을까. 큰아빠, 큰엄마는 따로 잘만 사는데. 동네 할머니가 놀러 오면 엄마 칭찬한다고 바쁜 할머니가 왜 자꾸 엄마를 울릴까.

왜,

왜,

왜?

엄마.

엄마를 불러보았다.

응웬 티 리엔(Nguyễn Thị Liên).

베트남 사람인 엄마 이름이다. 엄마는 베트남에서 태어났고, 자랐고, 국적도 베트남이다. 한국어를 잘해서 귀를 기울여 듣지 않으면 외국인이라는 표시가 별로 나지 않는다.

간밤에 할매림에 온 엄마에게 물었다.

"엄마, 엄마는 뱀이 안 무서워? 베트남에서는 여자들도 뱀을 안 무서워해?"

베트남에선 고래는 안 잡아먹어도 뱀은 자주 잡아먹나 보다.

"그런 거 아냐. 사람마다 달라. 난 뱀이 무섭지 않아. 베트남 외가 식구들이 다 그래. 그냥, 야구를 좋아할 수도 있고, 축구를 좋아할 수도 있다는 것과 같은 거야."

엄마는 한국어를 잘했다. 보통 사람들은 엄마가 먼저 말하지 않으면 베트남 사람이라는 걸 알아채지도 못한다. 그런데도 엄마는 동네에서 베트남 새댁으로 통한다. 엄마야 여전히 국적이 베트남이니 베트남 새댁이라 해도 틀리지도 않았고 억울할 것도 없지만, 아이들이 한국 국적을 가진 두극이를 베트남 사람으로 대할 땐 기분이 묘했다. 아이들이 아빠를 보면 두극이를 어느 나라 사람이라고 할까.

아빠는 그렇게도 먼 베트남에서 엄마를 데려와 놓고, 그리고 두극이를 세상에 태어나게 해 놓고, 어느 날 갑자기 엄마와 두극이 곁을 떠나버렸다. 너무도 갑자기. 엄마와 두극이는 허둥거리며 할머니 집으로 옮겨왔다.

처음엔 할머니가 엄마와 두극이를 몹시 반겼다. 아니 이렇게 말하면 정확하지 않다. 지금도 할머니는 엄마와 두극이를 좋아한다. 다만 느닷없이 할머니가 화를 내는 걸 감당하기 어렵다. 무슨 일 때문인지 모르고 야단을 들을 때도 많다.

할머니가 놀러 가라고 해서 다녀온 두극이를 향해 방바닥을 치며 한탄을 했다.

"내 피가 섞인 손자 놈인데, 할미와 있는 게 싫어 여인의 숲인지 할매림인지 기어코 나갔다 오는 저놈 꼴 좀 보소. 동네 사람들아, 아들 잃은 몸이 손자 놈 저런 꼴까지 봐야 되겠소. 아이고, 이 꼴 저 꼴 안 보려면 내가 죽어야지. 아이고, 하늘님, 나 좀 영감한테 데려다 주소. 영감은 어쩌자고 날 안 데리고 가서 온갖 험한 꼴을 다 보게 하는고."

할머니가 허락해서 다녀왔지 않느냐고 하면 말대꾸한다고 노여워하고, 아무 말도 하지 않으면 반항한다고 울분을 터뜨렸다. 엄마 앞에서 웃으면 제 어미만 좋아한다고 하고, 할머니 보고 웃으면 비웃는다고 트집을 잡곤 한다. 더 견디기 어려운 것은 처음엔 틀림없이 두극이를 야단쳤는데 어느새 그 야단을 듣고 있는 사람이 엄마로 바뀔 때이다. 할매림으로 달려가곤 하는 두극이를 할머니가 못마땅하게 여겼지만 엄마는 두극이를 말리지 않았다. 엄마를 생각하면 엄마 옆에 있어야 하는데, 할머니가 고함을 지르며 방바닥을 치는 모습을 바라보는 게 몹시 괴롭다.

엄마와 할머니 생각에 울적해져 있을 때 땀범벅이 된 윤수가 다가왔다. 체격이 동글동글한 윤수는 보기보다 무척 날렵했다.

"한 골 넣었다."

윤수가 손바닥을 좌악 폈다. 윤수의 기분을 맞춰 주기 위해 두극이가 윤수에게 하이파이브를 했다. 윤수 덕분에 울적한 기분을 떨치고 싶다. 그렇건만 집에 돌아가서도 울적함은 쉬이 사라지지 않았다. 집안에 깔려있는 냉랭함이 싫었다.

방으로 들어가자 엄마가 따라 들어왔다.

"벤 끅, 기운 내."

"괜찮아, 엄마. 할머니 취미 생활이잖아."

엄마가 쓸쓸하게 웃었다.

종일 이런저런 생각에 빠져 있어서인지 고단함이 몰려왔다. 두극이가 침대를 정리하자 엄마가 말없이 몸을 돌렸다. 엄마는 가끔은 한국식으로 '잘 자라'고 말하고, 또 가끔은 베트남에서 그랬던 것처럼 밤 인사를 하지 않았다.

"엄마, 아빠와 결혼한 거 지금도 후회하지 않아?"

막 문을 열고 방을 나가려는 엄마에게 불쑥 말을 걸었다. 엄마가 잠시 멈칫했다. 엄마가 뒤돌아서서 고개를 끄덕이더니 불을 끄고 나갔다. 두극이는 침대에 누운 채 엄마의 뒷모습을 바라보았다.

그럴 거다.

두극이가 몸을 돌려 문을 등졌다. 벽에 걸린 디지털시계 불빛 덕택에 이내 방안이 눈에 익숙해졌다. 손가락으로 벽에 마구 낙서를 했다. 처음엔 무얼 쓰고 있는지 두극이 자신도 몰랐다. 꼭 남의 손가락 같았다.

두극이는 아빠를 쓰고, 엄마를 쓰고, 베트남을 썼다.

엄마가 아빠를 만났을 때는 국제결혼이 요즘처럼 많지 않던 시절이라 결혼하는 것 자체가 매우 어려웠다. 온갖 어려움을 겪으며 결혼을 하고 한국에 왔을 때 한국어를 몰라 겪는 어려움은 이미 각오를 했지만, 베트남에서도 남쪽인 메콩델타에 살다가 온 엄마에게 한국의 겨울은 견디기가 몹시 힘들었다. 그렇다고 여름이 견디기 쉬운 것도 아니었다. 메콩델타에선 한낮을 지내기가 조금 어려울 뿐이다. 견딘다는 말이 필요할 만큼 더위가 심하지 않은 것이다. 한국의 여름은 하루 종일 밤새도록 더위에 시달려야 했던 것이다.

지금은 엄마라고, 에미라고, 올케라고, 제수씨라고만 불리지만, 엄마도 리엔으로 불리던 때가 있었다. 한국 땅에서 엄마를 자주 리엔이라고 부른 사람, 엄마가 누구누구 씨라고 부른 유일한 사람, 아빠. 도민 씨.

리엔이 한국에 온 첫 해는 오직 한국어로 말하기 위해 살았다는 생각이 들 정도로 한국어 배우기에 열중했다. 지금이야 울산에 있는 어느 고등학교에 아랍어과가 생기고, 아산에 있는 어느 고등학교에는 베트남어과가 있는가 하면, 대학이며 도서관이며 다문화가정지원센터에서 한국어 교육을 위해 애를 쓰지만, 리엔이 한국에 오던 때만 해도 베트남 사람이 한국어를 배우기가 무척 어려웠다. 어디 베트남뿐이랴. 미국인도 프랑스인도 한국어 배우기가 어려운 건 같을 거다.

서울과 부산의 어느 대학의 베트남어과가 한국어 배움 길을 여는 데에 도움을 주었다. 도민 씨는 한국어를, 리엔은 베트남어를 가르치는 선생이 되었다. 도민 씨는 성조를 어려워하고, 리엔은 조사와 어미 활용, 그리고 발음이 어려웠다. 꽃을, 꽃과, 꽃잎을 왜 [꼬츨, 꼳꽈, 꼰닙]으로 소리를 내는지, 신라는 [실라]이면서, 횡단로는 [횡단노]가 되어 버려 복잡하고 혼란스러웠다.

"깜 언 앰 다 존 안(나를 선택해 줘서 고마워)."

도민 씨가 자주 그런 말을 했었다.

처음 도민 씨가 청혼을 하려고 고향으로 부모님께 인사하러 오던 날, 도민 씨의 베트남어는 낱말 몇 마디가 전부였다. 베트남에 먼저 와 있던 회사 동료에게 급히 배웠던 것이다. 호치민에서는 리엔과 도민 씨 사이에 언제나 도민 씨의 회사 동료가 있어 대화를 할 수 있었다. 리엔이 먼저 고향으로 내려왔다. 도민 씨가 다른 병

사들과 함께 찍은 군복 차림의 사진을 들고.

도민 씨는 리엔을 보는 순간 내 사람이라는 생각이 들었다고 훗날 말했다. 리엔 역시 도민 씨를 보는 순간 그랬다. 말이 통하지 않는데도 신기하게도 도민 씨가 무슨 말을 하고 싶어 하는지 알 수 있었다.

'자 딩(가족).'

리엔은 도민 씨가 가족을 만나고 싶고, 알고 싶어 한다고 길게 설명했다.

'틱(좋아하다).'

'껫혼(결혼).'

도민 씨는 가족들 앞에서 그렇게 청혼을 했다.

하루 이틀 지나자 할머니는 언제 그랬느냐는 듯 인자하고 다정한 할머니로 돌아왔다. 아빠가 사고를 당했을 때 엄마는 이삿짐도 챙기지 않고 두극이와 함께 황급히 할머니 집으로 왔었다. 한국 땅에서 아빠 다음으로 엄마와 가까운 사람은 할머니였다. 엄마가 할머니 집으로 가자고 했을 때 두극이도 왜냐고 묻지 않았다. 갑자기 아빠가 엄마와 두극이 곁을 떠난 집에 들어가기가 두려웠다. 낯설었다. 결국 이사는 모든 걸 이사전문업체에 맡겼다.

이사를 오니 할머니가 예전의 할머니가 아닌 때가 많았다. 처음엔 어쩌다 한 번, 그리고 가끔, 이제는 자주. 할머니는 생각지도 못한 일로 방바닥에 퍼질고 앉아 바닥을 치며 울었고, 엄마와 두극이를 원망했고, 마구 야단쳤다. 도저히 이해할 수 없는 할머니의 고함은 짧으면 몇 분, 길면 며칠로 이어지기도 하지만, 고함이 멎으면 너무도 다른 모습이라서 처음엔 얼마나 당황했는지 모른다. 우리 할머니가 아니라 이웃집 할머니가 놀러온 것 같았다. 왜 할머니의 고함이 시작되었는지 모르는 것과 마찬가지로 어떻게 해서 풀렸는지도 알 수 없었다. 고함치는 할머니가 진짜인지, 그렇지 않은 할머니가 그런지 그것도 잘 모를 지경이다.

예전에 살던 곳으로 되돌아가자고 할 수 없는 이유가 다정하고 인자한 할머니 모습 때문이다. 그런 때의 할머니에겐 온갖 어리광을 부려도 괜찮기 때문이다.

……

아니다. 이건 일부러 찾아낸 이유다. 사실은 아빠가 엄마와 두극이 곁에 없다는 걸 아직도 믿고 싶지 않기 때문이다. 두극이는 할머니에게 다니러 온 것으로 생각하곤 한다. 엄마가 곧잘 두극이가 기억하지 못하는 때의 얘기를 들려주기도 한다. 마치 아빠가 잠깐 출장이라도 떠난 것처럼. 두극이가 시무룩해 있을 땐 엄마가 옛적 얘기에 더욱 열을 올린다. 얘기 속에서 아빠는 도민 씨가 되어 버린다. 그런 때는 두극이의 아빠는 아니고 엄마의 도민 씨만 되는 것 같아 섭섭했다. 아빠 얘기를 할 때면 힘이 나는 엄마 모습이 참 보기가 좋은 건 또 무슨 일인가.

리엔이 처음 한국 땅을 밟은 때는 겨울이었다. 도민 씨는 당분간 베트남에 있다가 봄이 되면 한국으로 오라고 권했다. 하지만 도민 씨와 떨어져 지내고 싶지 않았던 리엔이 우겨서 택한 한국행이었다. 살을 에는 추위가 어떤 것인지 몰랐다. 겨울 추위가 서둘러 한국에 온 리엔을 호되게 나무랐다.

도민 씨는 겨울 추위를 몹시 걱정하며 한국어를 가르쳐 주었다.

"메콩델타, 덥다. 한국 겨울, 얼음."

도민 씨가 리엔에게 얼음 속에 사람이 들어간 서툴기 짝이 없는 그림을 보여주며 겨울을 설명했다. 얼음을 채운 사탕수수 주스를 좋아하는 리엔이다. 그 차갑고 시원한 얼음 맛이란. 두꺼운 옷을 입고 얼음 같은 추위를 느끼게 될 것이다. 추위는 리엔을 기분 좋게 할 것이다. 눈이 내린다는 한국의 겨울은 얼마나 아름다울 것인가.

기어코 겨울에 한국으로 가겠노라 큰소리치는 리엔에게 도민 씨가 겨울옷을 보냈다. 처음 입어본 겨울옷은 무겁고 거추장스럽기 짝이 없었다. 이런 옷을 입어야 하는 한국의 겨울은 몹시 불편할 것 같았다. 한 계절 옷만 있으면 되는 메콩델타에서는 옷을 보관할 변변한 장롱이 없어도 괜찮았다. 겨울이 걱정스럽지는 않았다. 이내 겨울옷을 벗을 작정이었으니까. 식구들 앞에서 옷을 입자 식구들이 배꼽을 잡고 웃었다. 막내 롱은 마치 왕릉 입구를 지키는 코끼리 조각상 같다며 어슬렁거리는 흉내를 냈다. 답답해서 옷을 벗어 던지며, 이렇게 두꺼운 옷을 입어야 견딘다는 한국의 겨울이 은근히 기대가 되었다.

한국으로 향한 리엔은 겨울을 맞이할 생각으로 가슴이 부풀었다.

한국 겨울, 얼음.

리엔은 두툼한 겨울옷으로 완전 무장을 했다. 이제 곧 차갑고 시원한 얼음이 찾아오리라. 그러나 한국의 겨울은 리엔에게 사납게 다가왔다. 혹독하게 추웠다. 날카롭게 잘려진 대나무의 뾰족한 끝이나 베어진 코코넛의 딱딱한 줄기가 뺨에 스치는 것처럼 따갑고 아팠다. 금방 눈물이 흘렀다. 그 추위라는 것 때문에 눈물을 흘릴 수도 있다는 걸 몰랐다. 겨울옷을 금방 벗어버리기는커녕 얼굴도 손발도 겹겹이 감싸고 싶었다. 사무치게 어머니가 보고 싶었다.

부모 형제가 보고 싶어도 마음대로 오갈 수도 없잖아.

아기를 가지면 먹고 싶은 것도 많은데, 누가 그런 걸 챙겨 주겠니.

음식이야 안 먹고 말면 된다지만, 그게 위안이고 힘이 될 수 있단다.

어머니는 리엔의 결심이 흔들리지 않자 그때부터는 머나먼 곳에서 마음을 달래는 법을 가르쳤다. 리엔은 귀담아 듣지 않았다. 어려운 일은 도민 씨가 해결해 줄 것이다. 어머니가 그리우면 전화를 하면 될 것이 아닌가. 그것으로도 안 되면 비행기에 몸을 실으면 그만이다. 도민 씨는 해마다 베트남에 다녀올 수 있게 할 것이라 약속하지 않았던가.

어머니가 리엔의 혼인을 말리면서 했던 수많은 걱정을 제쳐두고 한국의 겨울이 어머니를 그리워하게 만들다니. 처음으로 어머니가 한 걱정거리가 구체적인 모습이 되어 속이 탔다.

"안 쎄 루온 어 벤 엠!"

도민 씨가 '항상 옆에 있어 주겠다'고 말했다. 몇 개의 낱말로만 대화를 했던 도민 씨의 베트남어가 문장으로 바뀌어 있었다. 도민 씨가 마련해 둔 따뜻한 집도, 장롱에 걸려 있는 겨울옷도 이렇게 베트남어로 해주는 말만큼 힘이 되지는 않았다.

음식에 익숙해지는 것, 물론 중요하다. 그러나

"살림보다 중요한 건 한국어를 배우는 일이야."

도민 씨의 말에 이의를 갖지 않았다.

처음 한글을 본 것은 비행기에서였다. 한글의 모습은 몹시 낯설었지만 가지런한 모습이 차분해 보였다. 그때까지는 생각해 본적이 없었지만 한글을 보고 꾸옥응어(베트남 문자)를 생각하니 꾸옥응어는 문자의 키가 세 가지 모습을 하고 있었다. 로마자를 기본으로 하여 타인응아(~)나 타인호이(?)와 같은 여섯 가지의 성조를 나타내는 기호가 붙어있는 꾸옥응어에 비해 반듯한 네모 속에쏙 들어갈 것 같은 한글의 모습은 질서정연해 보였다. '상'처럼 복잡해 보이는 글자도 있고, '구'처럼 단순해 보이는 글자가 있는 한국어는 전체적으로 순한 인상이었다. 리엔은 곧 익숙해져야 할 한글을 지긋이 응시했다.

비상구.

공항에 도착하자 도민 씨가 연꽃을 예쁘게 그린 팻말을 들고환하게 웃고 있었다.

－Mừng đón Liên. 리엔, 환영해요!

도민 씨가 들고 있는 팻말에 쓰인 한국 문자가 눈앞으로 다가왔다. 비행기에서 본 차분한 한글이 아니라 용틀임하며 하늘로 치솟는 거대한 한국이 되어 리엔 앞에 우뚝 서 있었다.

시집 식구들과 먹은 음식이 리엔의 입에 맞지 않았을 것이라며 도민 씨가 리엔을 위해 '반미(베트남식 샌드위치)'를 만들어 주었다. 도민 씨 곁에 온 것이다.

말이 먼저지 음식은 나중이라고 했던 도민 씨와 한 한국에서의 첫 나들이는 장보기였다. 리엔이 혼자 외출하기도 힘들고 평일에는 도민 씨의 퇴근이 늦어 한 주간 먹을거리를 미리 사 두어야 한다고 했다. 도민 씨가 베트남에 있을 때 먹었던 요리를 생각하여 한국에서도 만들 수 있는 베트남 음식 목록을 미리 만들어 두었다.

"퍼(베트남 쌀국수)."

도민 씨가 속삭였다.

"thịt kho trứng(팃코쯩, 돼지고기 조림)."

이번엔 리엔이 말했다. 도민 씨가 베트남에서 맛있게 먹었던 음식이다.

돼지고기, 닭고기, 달걀, 당근, 파, 마늘……. 쌀국수 대신 밀가루국수나 당면이 등장했어도 참을 수 있었다. 요리에 단골로 들어가는 코코넛이 없어도 아쉬워하지 말아야 하는 건 겨울이 가르쳐 주었다.

꿈꾸듯 말하던 엄마가 갑자기 표정을 바꾸었다.

"벤 끅, 우리 이번 주말에 죽도시장에 같이 갈까?"

"왜 엄마?"

"어물은 죽도시장이잖아. 할머니 드리려고."

죽도시장은 전통 시장이다. 엄마가 할머니 핑계를 댄다고 모를까. 두극이도 외할머니를 따라 베트남 시장에 가 본 적이 있었다. 고개를 끄덕였다. 엄마가 방을 나갔을 때 두극이는 미소를 지었다. 엄마는 베트남과 조금이라도 더 닮아서 전통 시장을 찾겠지만, 죽도 시장에 가면 개복치를 볼 수 있어서 기대가 되었다. '몰라몰라'라고도 하고, '선 피쉬(sun fish)'라고도 부르는 커다란 개복치는 참 재미있게 생긴 물고기였다. 물고기를 입과 눈이 있는 윗부분과 꼬리지느러미가 있는 아랫부분을 댕강 잘라서 윗부분만 남겨 놓은 것 같았다. 개복치가 헤엄치는 모습을 동영상으로 본 적이 있다. 얼마나 귀엽던지. 어린 개복치는 두극이가 안으면 품안에 들어올 만큼 작지만 다 자란 개복치는 5미터를 훌쩍 넘어선다.

주말을 기다려 죽도시장으로 갔다. 잔뜩 기대를 했는데 개복치는 없었다. 이미 여러 번 읽은 '전국에서 유일하게 개복치를 파는 상점'이라는 안내판만 또 읽고 돌아서야 했다. 허전하고 시들했다. 엄마 뒤를 느릿느릿 따라다녔다. 엄마는 가게보다 길거리에 물건을 펼쳐 놓은 노점상을 더 좋아했다. 외가 동네에서 큰길로 나오면 그런 시장이 있었다. 외가 동네의 상인들은 꼭두새벽부터 장터로 향했다. 한낮이면 더워서 물건을 팔기도 사기도 힘이 들었다. 그런가 하면 아침밥을 사 먹는 사람도 많아서 이른 시각부터 시장은 무척 활기를 띤다.

개복치를 못 보니 뭘 봐도 활기가 없다. 따분하고 심심했다. 뭘 보고 싶어서가 아니라 할 일이 없어서 이리저리 눈길을 주었다.

고래 고기.

두극이는 걸음을 멈추었다. 어느 식당 간판에 적힌 '고래 고기'가 눈에 확 들어왔다. 그것도 포항 수협에서 지정한 식당이라고 적혀 있다. 그때부터 두극이는 엄마가 돌아가자고 할 때까지 생각에 깊이 빠져 있었다.

어쩌다 그물에 걸린 고래를 그냥 썩도록 내버려 둘 수가 없어서 먹는 것이라면 고래 고기를 파는 식당이라는 간판을 내걸 수 있을까. 고래를 잡는 것이 불법이라고 했는데 어떻게 고래 고기를 파는 식당이 문을 열 수가 있을까. 그것도 포항 수협에서 지정을 받는. 꾸준히 고래 고기를 팔 수 있을 만큼 고래가 그물에 걸린다는 얘기인가. 꾸준히 고래가 그물에 걸린다면 그물에 걸리지 않도록 해야 하지 않는가 말이다. 불법으로 고래를 잡은 어부가 잡혔노라는 뉴스가 떠올랐다. 여러 가지 생각이 뒤죽박죽이 되었다.

"엄마, 베트남에서는 고래 고기를 안 먹는댔지?"

"줄곧 말이 없더니. 또 고래 생각한 거야?"

"죽도시장에서 고래 고기를 파는 식당을 봤거든."

두극이는 컴퓨터 화면에 고래 사이트를 펼쳐 놓은 채 물었다.

"고래 고기? 고래는 고기가 아니야."

이건 또 무슨 뜻인가.

엄마는 한국에서 살아온 지가 15년째다. 그럼에도 문득 낯선 일이 생기고, 이해하기 어려운 일과 마주친다. 고래 뉴스를 볼 때도 그랬고, 오카리나 불 때 뱀이야 잡아먹으면 되지 않느냐고 가볍게 말할 때도 그랬다.

도마뱀이 마당은 물론 천장이며 방바닥이며 가리지 않고 나타나는 곳에서 자란 엄마니까 도마뱀을 보아도 집에서 기르는 개나 고양이처럼 엄마는 아무렇지도 않다. 뱀도 물고기를 잡아먹는 것처럼 생각하는 엄마였다. 할머니는 그런 엄마가 마음에 들지 않는 모양이다. 하지만 동네 사람을 만나면 할머니는 어른 모실 줄을 안다며 엄마를 얼마나 칭찬하는지 모른다. 칭찬을 듣는 엄마와 야단을 맞는 엄마가 다른 사람이 아닌데. '다르다'는 걸 아직도 할머니가 모르고 있나. 인정하지 않는 걸까, 모른 척하는 걸까.

할머니는 반트를 잘 알고 있었다. 보아서가 아니라 들어서였다. 조상을 모시는 제단이라는 말은 잊어버리지도 않는다.

반트에는 침상도 놓여 있고 손님을 접대하는 응접 시설도 되어 있다. 조상의 보호 아래 잠들고, 그 든든한 자리의 믿음을 내 집을 찾아준 귀한 손님들과도 나누는 것이다. 매일 밥상도 같이 하는 조상은 이미 떠나버린 존재가 아니고 늘 함께하는 존재이면서, 후손들을 지켜주는 존재이기도 하다.

반트를 말할 때는 그럴 수 없이 고와 보이는 엄마가 늘 함께 하는 사람들끼리는 일상적인 일로 인사하지 않는다는 베트남 얘기를 할 때는 할머니 마음에 들지 않았나 보다.

"학교 다녀오겠습니다."

두극이가 인사를 할 때 가끔 할머니의 모습이 재미있다. 뒷짐을 지고, 거드름을 피우며 엄마를 건너다본다. 할머니의 야릇한 모습은 좀처럼 사라지지 않았다.

'봐라, 에미야. 이런 인사를 들으며 사는 게 진짜 사는 맛이다.'

할머니가 입 밖으로 말하지는 않았지만 할머니의 표정을 보면 그런 말을 하고 있다는 게 엄마의 설명이다. 인사성이 밝아야 한다며 인사성, 인사성이라고 노래를 하는 할머니다. 어른이 엉덩이만 떼어도 인사를 하는 것이 한국의 예절이라고 하도 강조하여 잠결에 아빠가 움직이는 소리만 들어도 안녕하냐고 했다는 엄마이고.

엄마가 베트남에서 한 생각은 할머니와 달랐다. 학생인 쑤언 이모가 이른 시간에 길을 나서면 당연히 학교에 가는 것이고, 하품을 하며 방으로 들어가면 잠을 자러 가는 것이다. 배가 고프면 밥을 찾아 먹으면 되고, 혹시 밥상이 차려지는 걸 모를 땐 알려 주면 된다. 끼니때는 누가 정하는 것이 아니고 배가 고플 때가 끼니때다. 모든 사람이 같은 시각에 허기를 느끼는 것은 아니다. 필요하면 모여서 밥을 먹으면 된다.

한국에 와서 하루 세 번씩 상을 차리는 일이 처음엔 몹시 번거롭고 불편하고 힘이 들었단다. 엄마는 요즘도 가끔 상 차리는 데 시간이 너무 많이 든다는 말을 한다. 아빠하고 같이 있을 땐 한국 음식을 먹는 날과 베트남 음식을 먹는 날을 나누기도 했지만, 음식에 곧잘 들어가는 코코넛도 없는 한국이고 보니 제목은 베트남 음식이지만, 흉내만 낸 한국 음식이기 일쑤였다.

"외할아버지는 새벽이 아니라 밤중에 일어나서."

두극이는 외할아버지가 얼마나 일찍 일어나는지 외가에 있을 때도 몰랐다. 두극이가 눈을 뜨면 해가 하늘 중간에 높이 떠 있었다. 외할아버지는 해가 뜨기 전에 일어난다는 얘기다.

외가 동네는 외할아버지만 일찍 일어나는 건 아니다.

메콩델타 생활은 이른 새벽 시간에 시작된다. 한낮은 덥기 때문이다. 아침은 가볍게 각자 알아서 먹는다. 점심은 모여서 먹는 수가 많은데 대체로 11시경이다. 시간이 중요한 게 아니라 먹는 방법을 말하고 싶은 것이다. 베트남 가정에서 즐겨 먹는 팃꼬쫑이 그날의 중심 음식이면 거기에 씻은 야채를 곁들이고 밥통을 가져다 놓는다. 코코넛의 달고 진한 맛이 나는 팃꼬쫑은 돼지고기 조림이다. 찍어먹을 소스로 느억맘이 필요하다. 앞앞이 젓가락과 공기 하나면 밥상 차리기는 끝이다. 국물이 있는 요리면 공동 숟가락이 요리에 얹히고, 국물을 즐기면 숟가락을 사용하지만 대체로 젓가락만으로 해결이 된다. 오륙 명이 모여 먹어도 설거지는 순식간에 끝난다. 어질러 놓은 그릇 수가 많지 않기 때문이다. 음식이 남아도 걱정할 일이 아니다. 개와 고양이가 있다. 닭과 오리는 많다.

"한국에는 밥에 국이 곁들여졌어요. 밥그릇, 국그릇이 따로 있고요. 반찬도 삶고 볶고 무치고 복잡해요. 반찬이 여러 가지고 복잡하기 때문에 한꺼번에 먹지 않으면 많이 번거로워요."

엄마가 아빠에게 그렇게 말하면 아빠는 껄껄 웃었다.

베트남에는 특별히 남자일과 여자일을 구분하지 않는다. 나물을 다듬거나 상을 차리는 일일 때 그 일이 굳이 여자일은 아니다. 밭에 나가 일을 할 때도 마찬가지로 굳이 남자일이 아니다. 할 수 있는 사람이 하면 되는 것이다. 하지만 한국에서는 부엌과 관계가 있는 많은 일들이 온통 여자의 일이다. 주부들에게 명절이 반갑지 않다는 말이 나올 정도로 말이다.

엄마가 고래 얘기를 피하고 있다. 두극이의 혼란을 알고 있는 것일까. 더 이상 기다릴 수가 없어서 엄마 얘기에 끼어들었다.

"엄마, 고래 봤어?"

"아니, 못 봤어."

한국에서라면 멀다고도 할 수 없는 거리지만 마음을 크게 먹어야 하는 먼 길을 가야 바다를 볼 수 있는 곳에 외가가 있다. 바닷가에 가 볼 일이 없는 거다. 외할머니와 외할아버지는 살고 있는 마을을 떠나지 않고 한 해를 보낼 때가 많았다. 엄마도 고등학교를 졸업할 때까지 마을을 떠날 일이 별로 없었다고 했다. 엄마가 마을을 떠나 호치민에 갔을 때 엄마에게 그건 대모험이었다. 그 대모험 속으로 아빠가 나타났던 것이다.

두극이는 엄마 얘기 속에서 언제 고래가 나타날 것인가 궁금했다. 엄마는 무슨 얘기건 아빠 얘기를 집어넣어야 말이 되는 모양이다. 여기서 멈추지 않으면 엄마가 아빠 얘기로 화제를 바꿀 수도 있었다.

"엄마, 외할아버지도 이사하셨다며?"

"알고 있었어?"

"응. 아빠가 말해 줬어. 외할아버지에게 들었대."

외할아버지의 고향은 호치민을 중심으로 미토만큼 떨어진 북쪽이었다. 내륙이었다. 거리로 따지면 포항에서 부산까지도 되지 않았지만, 도로가 변변찮아서 가려면 큰맘을 먹어야 하는 곳에 해변 도시 붕 타우가 있었다. 외할아버지는 딱 한 번 붕 타우에 가 본 적이 있었다. 붕 타우 해변에 거대한 고래가 와서 죽었을 때다. 수천 명이 몰려가 고래를 보았다. 고래 고기를 나누어 먹으려고 모인 게 아니라 죽은 고래를 제사 지내기 위해서였다는 것이다. 고래가 풍랑을 막아준 덕분에 배가 무사히 육지에 닿을 수 있어 목숨을 건졌다는 얘기가 수도 없이 많은데, 아무리 가난했지만 고마운 고래님을 먹을 수는 없었다. 제사를 지낸 후 죽은 고래를 땅 속에 묻어 살이 저절로 썩기를 기다린다. 3년이 지나면 살이 썩고 뼈만 남게 되는데 그 뼈를 거두어 사당에 모신다는 거다.

"사당에 모셔진 고래 뼈를 보는데 얼마나 가슴이 뛰던지."

외할아버지는 그때의 감격을 두고두고 말했다. 수백 마리나 되는 고래 뼈가 모셔져 있었던 붕 타우에 다시는 가보지 못했지만, 고래 사당이 있다는 벤째라도 가보고 싶다고 가끔 소망을 말하던 외할아버지였다.

"엄마, 벤째에 가 봤어?"

"아니, 외할아버지를 모시고 가보고 싶었어. 아빠와 같이 가려

했는데…….”

또 아빠 얘기다.

외할아버지가 제사했던 그 죽은 고래는 한국 동해안에서 내려 갔을까? 예전엔 물 반 고래 반이었다는 인터넷 자료가 떠올라 뜬 금없는 궁금증이 일었다. 두극이는 뇌리에서 아빠를 몰아냈다.

“엄마, 내 얘기 좀 해 봐.”

아빠를 그리워하는 마음이 일어날까 봐 두극이가 얼른 말했다. 혼자 있을 때가 그리움을 달래기가 좀 더 쉬웠다.

두극이가 태어났을 때 막내아들이 손자를 안겨 주었다고 그리 도 좋아하던 할아버지, 할머니였다. 할아버지는 틀림없이 사내아 이라며 아예 사내아이 이름을 지어놓고 기다렸다. 태몽이 한 번도 틀린 적이 없었노라며 식구들의 혹시 아니면 어쩌나, 하는 마음을 못마땅해 했다.

할아버지의 바람대로 사내아이가 태어났지만, 이름은 두극이 었다.

두극(極). 두 개의 극이 조화를 이루면 하나의 태극이 된다는 엄마, 아빠의 소망을 담은 이름이었다. 베트남 이름으로는 두극(豆 極)이 더우 끅. 두 쪽으로 갈라지는 콩이 하나로 합쳐진다고 ‘두’라고 했다나. 메콩델타에서는 녹두로 만드는 숙주나물을 즐겨 먹는다. 그래서 아빠가 '콩 두(豆)'를 생각했을 것이다. 하지만 할아버지는 두극이가 말을 배우기도 전에 세상을 떠나는 바람에 할아버지라는 말도 듣지 못했다. 할아버지가 일찍 세상을 떠나자 아빠는 할아버지가 미리 지어놓은 이름으로 두극이를 불러줄걸 그랬다고 마음 아파했다. 이름이 두 개인 사람도 흔한데 왜 그걸 미처 생각하지 못했을까 안타까워했다.

두극이를 가졌을 때도, 두극이가 젖먹이일 때도 리엔은 끝없이 두극이와 대화를 했다. 엄마가 어떤 꿈을 꾸고 있는지, 얼마나 행복한지, 어떤 소원을 빌고 있는지를. 두극이에게라 했지만 실은 엄마 자신에게 말하는 것이었다. 어떻게 아기를 키워야 할지 두렵기 짝이 없었다. 좋은 일이 있어도, 슬픈 일이 있어도 제일 먼저 떠오르는 그 얼굴. 베트남에 있는 외할머니가 몹시 보고 싶었다. 그리움은 단 한 마디에 지나지 않았지만, 그리움이라는 낱말은 메콩델타의 풀과 나무, 강과 하늘, 마을 어귀에 있는 조상의 제단이며 쏟아지는 비 냄새를 끄집어냈다. 계절을 뛰어넘어 내리는 비는 빗물이 아니라 눈물일 때가 더 많았다.

엄마 목소리가 잠기고 있었다.

"엄마, ……이제 그만 말해."

"아니, 괜찮아. 그때 아빠가 엄마 곁에 있었다는 말을 하고 싶어서."

아, 또 아빠 얘기다. 아빠는 할머니의 아들이기 전에, 두극이의 아빠이기 전에, 확실히 엄마의 도민 씨다.

설과 뗏

"엄마, 큰아빠네와 고모네가 가셨으니까 우리 식물원에 놀러
가자."

"우리끼리?"

두극이가 쪼르르 할머니 방으로 달려갔을 때 할머니는 자리를
펴고 누워 있었다. 친척들이 떠나고 나면 일어나는 예정된 순서였
다. 아마도 할머니는 나서지 않을 거다.

"매일 보는 풀이고 나문데 돈 쓸 일 없다."

할머니는 귀찮은 듯이 말하며 몸을 일으키려 했다. 두극이는
잽싸게 할머니 방을 물러났다. 할머니의 고함보다 더 빠른 속도
로.

할머니 집에서 세 번째 지낸 추석이다. 아빠와 같이 할머니 집에 왔을 땐 큰아빠나 고모네처럼 야단법석을 떨다가 집으로 돌아갔다. 할머니와 같이 사니까 손님이 아니라 주인이 되었다. 친척들이 오기 전에는 맞이한다고 분주하고, 돌아가고 나면 정리한다고 또 한참동안 바쁘다. 큰아들과 딸이 온다고 들떠 있던 할머니도 친척들이 돌아가고 나면 꼭 이렇게 자리에 눕는다. 몸이 아픈지 마음이 허전한지 모르겠다. 아빠와 함께 할머니 집을 나설 때는 몰랐는데, 친척들이 떠나고 나면 집이 드라마에서 본 폐가처럼 텅 빈 것 같다.

"엄마, 추석 좋았어?"

"응, 좋았어."

"할머니 집에 사니까 엄마가 너무 고생이야."

"아냐 그런 거. 사람들이 우리 집으로 행운을 가져오는데 뭐."

"무슨 뜻이야?"

"외할머니가 늘 그랬거든. 집에 손님이 올 땐 행운을 가지고 온다고."

엄마가 두극이를 보고 방긋 웃었다.

"외할머니는 몇 달 뒤에 올 손님을 위해서 닭을 사 놓고 기다리셨어."

"베트남에서는 추석이 큰 명절이 아니라며?"

베트남에서는 추석이 휴일도 아니었다. 한국의 어린이날과 비슷한 추석은 크게 떠들썩하지 않았다. 그러나 한국의 설날인 뗏은 새해맞이를 단단히 했다. 사람들마다 차이가 있기는 하지만 한 달 내내 설이었다. 한국에서 추석에 송편을 먹고, 설에 떡국을 끓여 먹는 것처럼 곳곳마다 바잉쯩을 만들어 뗏 준비를 한다.

"베트남에서 왜 한 달 전부터 뗏 준비를 하는지 알아?"

가난한 사람들이 설을 맞이하려니 조금씩 준비할 수밖에 없어서라고 롱 외삼촌이 말했었다.

"명절은 좋은 거니까."

"너도 그래?"

"응. ……아니, 별로."

명절이 좋은지 어떤지 잘 모르겠다. 아빠가 곁에 있을 땐 명절이 좋았다. 할머니 집으로 가기 전에 이것저것 준비하는 엄마, 아빠를 보며 덩달아 들뜨기도 했다. 오랜만에 사촌들을 만날 생각에 기대가 되기도 했다. 할머니 집으로 이사 오니 기분이 달랐다. 변함없이 사촌들을 만날 수 있지만 예전처럼 무턱대고 반갑지는 않았다. 예전엔 어려서도 몰랐지만, 할머니랑 같이 살지 않아서도 몰랐던 일들이 눈에 들어왔다. 명절이 된다는 것은 집에 있는 엄마가 엄청 바빠지는 걸 뜻했다. 큰엄마도 고모도 손님이어서 온갖 일을 엄마가 도맡았다. 사촌들이 온다는 것은 엄마를 더 바쁘게 만든다는 뜻도 되었다. 사촌을 생각하면 명절이 나쁠 것은 없었다. 엄마를 생각하면? 고개를 내저었다. 좋은 명절이고, 기다려지는 명절이 아닌 게 맞다. 별로다. 아빠가 곁에 있을 땐 설날 세뱃돈을 받는 게 그렇게도 즐거웠는데, 그것마저도 시들하다.

식물원에서는 다른 방문객을 만나기가 어려웠다. 식물원을 엄마와 둘이서 차지하고 있는 듯해 나쁘지 않았다. 자원봉사자로 활동하는 두극이야 말할 것도 없이 식물원에 자주 오지만, 엄마도 가끔 식물원 나들이를 한다. 그렇다 해도 엄마와 두극이가 같이 식물원 나들이를 하는 일은 흔치 않았다.

여름을 한껏 수놓던 뻐꾹나리 꽃이 다 지고 없었다.

"엄마, 곤충이 꽃을 선택하는 게 아니고 꽃이 곤충을 선택한대."

"무슨 뜻이야? 꽃이 피어 있으면 벌이 붕붕거리며 날아가는 거 잖아."

두극이는 이미 꽃이 져버린 식물을 가리켰다. 뻐꾹나리 이름표에 꽃 사진이 있었다.

"뻐꾹나리는 이렇게 잘록한 허리를 중심으로 윗부분과 아랫부분으로 나누어지거든. 아랫부분이 꽃잎이고 윗부분은 암술과 수술이야."

"눈여겨보지 않았는데, 그러고 보니 위로 솟구친 모습이 꼭 분수 같네."

"그렇지? 뻐꾹나리 꽃이 이런 모양이 된 게 우연이 아닐 거라고 소장님이 그러셨어."

호박벌이 꽃잎에 앉아서 이리저리 꿀을 찾아다니면 수술에 있는 꽃가루가 호박벌 머리와 등에 잔뜩 묻게 된다는 거다. 꽃의 크기가 호박벌과 딱 맞다나. 뻐꾹나리에는 다른 벌은 거의 오지 않고 호박벌만 오게 되는데, 호박벌이 좋아하는 향기를 내뿜는지도 모른다.

"벤 끅 자원봉사자, 아주 멋져!"

엄마가 환하게 웃었다.

"소장님이 설명을 잘해 주시거든."

소장님 덕분이라고 말하면서도 어쩐지 자신이 굉장한 일을 한 것 같아 기분이 몹시 좋다. 두극이가 어떤 질문을 해도 진지하게 답을 해 주는 소장님이 새삼스럽게 고마워진다. 생태조경연구소 대표인 소장님의 설명을 듣고 있으면 가끔은 다큐멘터리를 시청하는 것 같다. 하긴 다큐멘터리보다 낫다. 오직 두극이만을 위하여 두극이 눈높이에 맞춰 실물을 보면서 설명을 해 주니까. 식물원에서 계절마다 달라지는 관찰로를 바라보는 것도 좋지만 할아버지 같은 원장님과 아빠 같은 소장님을 볼 수 있어서 식물원으로 향하는 발걸음이 더 잦아지는지도 모른다.

울릉도원에서 섬초롱꽃 얘기를 할 때는 두극이가 신이 났다.

"엄마, 일본에서 독도가 자기네 땅이라고 난리잖아?"

"그래, 센 힘을 이용해서 국제 사회를 움직여 보려고 야단이지. 하지만 한국도 예전처럼 쉽게 일본의 힘에 흔들리지는 않을 거야. 국력이 아주 강해졌잖아."

"일본 주장이 엉터리라는 걸 꽃으로도 증명할 수 있어."

"무슨 말이야?"

"여기 학명을 읽어 봐, 엄마."

두극이가 들뜬 목소리로 섬초롱꽃 이름표를 가리켰다.

"캄파눌라 다케시마나 나카이(Campanula takesimana Nakai)?"

엄마가 천천히 학명을 읽었다.

"캄파눌라는 초롱꽃에 속한다는 뜻이야. 나카이는 이 식물에 이름을 붙인 일본인 학자 이름이고. 그 학자가 일제강점기 때 한국 식물 연구를 많이 했대. 바로 그 나카이라는 학자가 울릉도에서 자라는 섬초롱꽃에 '다케시마'라는 단어를 사용한 거야."

두극이는 관찰로를 왔다 갔다 하며 이것저것 식물 이름을 가리켰다. 섬남성, 섬단풍나무, 울릉장구채, 섬현삼, 섬나무딸기, 섬바디나물, 섬광대수염⋯⋯. 모두들 '다케시마나'라든지 '다케시멘스(takesimense)'라든지 하는 장소가 학명에 들어 있었다. 나카이라는 일본 학자는 울릉도에서 자라는 식물에 모두 다케시마를 붙였다. '다케시마'는 독도가 아닌 울릉도라고 일본인 스스로 일찌감치 학계에 알렸던 것이다.

울릉도 주변에 작은 섬이 하나 있는데 그게 죽도(竹島)라 한다. 일본말로 죽도가 다케시마가 되니 독도를 다케시마라고 우기는 일본인들이 한심하다.

"굉장해! 훌륭해!"

"물론 소장님이 스승님이셔."

"소장님이 아주 영특한 제자를 두신 것 같아."

엄마도 덩달아 신이 났다.

다케시마라는 낱말은 한참 동안이나 엄마와 두극이의 입에 오르내렸다. 일본에게 분노하고, 일본을 규탄했다. 흥분해서 열을 올리던 엄마가 갑자기 발을 멈추었다. 마구 떠들던 두극이가 엄마가 바라보는 곳으로 시선을 돌렸다.

파초였다.

처음 식물원에 다녀왔다고 하던 날 엄마가 바나나 이야기를 했었다. 식물원에서 바나나를 발견하고 무척 반가웠노라고. 하지만 엄마가 본 것은 바나나가 아니고 파초였다. 파초라는 이름표를 못 본 모양이었다. 엄마는 볼 필요를 느끼지 못했었다. 어김없이 바나나였으니까. 이렇게 추운 지방에서도 바나나가 자랄 수 있다는 생각에 반갑기만 했다. 어떻게 그 정도로 착각할 수 있을까, 소장님에게 물어보았더니 파초와 바나나는 한 집안이기 때문이라 했다. 집안이란 건 참으로 신기하다. 베트남에 가서 이모를 볼 때도 같은 생각을 했으니까.

엄마 생각이 베트남으로 날아갈까 봐 얼른 엄마 손을 잡고서 발걸음을 재촉했다.

"엄마, 이곳이 식물원에서 제일 따뜻한 곳이잖아? 대나무 숲이 바람을 막아주니까."

"그래서 아열대원이라는 이름이 붙었다며!"

"아열대원이라서 여기엔 상록수 종류가 많아. 봐, 엄마."

"벤 끅, 붉가시나무니 종가시나무니 하는데, 왜 가시가 없는 거야?"

"가시라는 말은 열매를 뜻하기도 한대."

"소장님 말씀?"

"웅, 인터넷 자료를 주셨어."

또 소장님 덕이다.

"내가 혼자 알아낸 것도 있어, 엄마. 이순신 장군이 거북선을 만들 때 이 가시나무를 사용했다는 글을 읽은 적이 있거든."

"그래? 이 나무가 단단한 모양이지?"

"웅, 참나무 종류가 제일 단단한데, 그중에서도 가시나무는 더 단단하대."

가시나무와 어울려 있는 아왜나무를 바라보았다. 나무에 물기가 많고 잎은 불꽃이 나지 않아 불에 강한 나무라 한다. 그럼 산마다 아왜나무를 심으면 산불을 막는 데 도움이 될 것이 아닌가. 따뜻한 곳을 좋아하는 나무라는 걸 잊고 한 말이었다. 두극이가 잠시 아왜나무를 생각하는 동안 이번엔 엄마가 앞장을 섰다.

식물원의 아열대원 다음에는 용연지가 나타난다. 이곳을 지날 때 즈음이면 다리쉼이 필요한데 때를 맞춰 쉼터가 보이는 것이다. 쉼터로 올라가는 길에 '그리운 아버지의 자리'라는 안내문이 있다.

원장님이 어린 시절부터 탐내던 땅이었는데, 나이가 들어 오랫동안 땅을 사려고 애를 써도 이루어지지 않던 것이 세상을 떠난 아버지가 이 자리에서 너털웃음을 웃는 모습으로 꿈에 나타난 그날, 땅주인이 스스로 땅문서를 가지고 팔려고 왔다 했다. 따뜻하고 시야가 좋은 명당자리라 이곳에 집을 짓고 살고자 했으나 뜻을 이루지 못했는데, 세월이 흐르면서 혼자만이 아니라 많은 사람들이 쉬어갈 수 있는 곳이 마련되는 것을 보니 그게 또한 하늘의 계획이고 아버지의 뜻인 듯하다는 내용이다.

엄마도 이미 읽었을 텐데 꼭 처음 보는 것처럼 한참 동안 서 있었다. 추석이어서 엄마도 엄마의 엄마가 보고 싶은 거다. 아니, 말을 아끼고 싶지만 어쩔 수 없이 할 수밖에 없는 말이 있다. 추석이어서 친척들이 많이 몰려왔다가 가니 아빠가 더 보고 싶어진 모양이다. 사실 두극이도 억지로 참고 있는 중이다.

두극이가 먼저 벤치에 앉았다. 여름이 막 시작될 때 연한 보랏빛 꽃이 피어 하늘을 수놓던 멀구슬나무를 바라보았다. 꽃은 지고 열매가 꽃처럼 달려 있다. 말없이 멀구슬나무를 바라보고 있을 때 엄마가 두극이 옆에 앉았다. 엄마와 두극이는 한동안 수련을 보고 있었다. 두극이는 물 수(水)를 쓰는 것이 아니고 잠잘 수(睡)를 쓴다는 수련을 생각하고 있었다. 그냥 눈앞에 있는 수련을 바라보고 싶었다. 수련 주위에는 창포가 가득했다. 부들처럼 생긴 창포꽃도 생각했다.

"벤 끅, 아빠 따라 한국에 와서 처음으로 맞이한 명절이 설날이었거든."

역시 그랬다. 엄마는 설날 얘기를 끄집어냈지만 도민 씨 얘기를 하고 싶은 거다.

새해를 맞이하는 한국인의 모습은 리엔을 매우 놀라게 했다. 해 뜨는 모습을 보려고 움직이는 엄청난 자동차 물결은 한국이 얼마나 풍요로운 나라인지를 실감하게 했다. 그러면서도 단지 해가 뜨는 모습을 보려고 그렇게 많은 사람들이 바닷가로 모여든다는 건 좀처럼 믿어지지 않았다. 그런가 하면 명절이라며 떠들썩하긴 했지만 설날은 참 허망한 날이었다.

리엔은 울산에서 31번 국도를 따라 들뜬 마음으로 청하로 향했다.

시집에 도착하니 서울에 사는 동서네는 아직 오지 않았다. 시어머니는 몹시 분주했지만 리엔은 뭘 해야 하는지를 몰라 앉았다가 섰다가 마음만 바빴다. 리엔이 시어머니에게서 가장 많이 들은 말은 빨리 한국 사람이 되라는 것이었다.

"예, 어머니."

리엔이 할 수 있는 말은 그것뿐이었다.

저녁 무렵이 되었을 때 동서네가 도착했다. 길이 막혀서 늦었노라는 식구들의 모습에 고단함이 역력했다. 리엔이 놀란 것은 다음날이었다. 아침을 먹자마자 바로 서울로 돌아간다는 것이었다. 겨우 밥 두 끼를 같이 먹었을 뿐이다. 서울행 승용차에는 시어머니가 챙겨주는 갖가지의 농산물이 바리바리 실렸다. 오후가 되자 시누이 식구들이 왔다. 어수선한 가운데 하룻밤을 보내고 다음날 아침밥을 먹고 나자 다들 제 사는 곳으로 떠났다. 참 허망하기 짝이 없는 명절이었다. 전날은 음식 한다고 바쁘고, 다음날은 차례를 지내고, 한복을 입고 절을 하는 것. 그게 다였다.

시집을 나서서 집으로 돌아오는 길에 리엔이 물었다.

"설날, 명절 맞아요?"

도민 씨가 쿡쿡 웃었다. 도민 씨는 베트남에서 설날을 어찌 보내는지 알고 있기 때문일 것이다.

"길 막히는 거, 봤지? 오고 가는 길도 고단하고, 시집이며 친정에도 가 봐야 하고. 한국 사람들은 많이 바빠."

"더 많이 쉬면 되지 않나요. 얼굴만 잠시 보고 헤어지면 너무 슬퍼요."

"그렇지? 베트남 식으로 하면 한국 설날은 명절 기분이 별로 나지 않을 거야."

"여자들은 몹시 바쁜데, 남자들은 느긋하게 쉬고만 있는 것도 이해하기 어려워요."

"당신, 벌써 한국 주부 다 됐네. 한국에서는 며느리들에게 명절 증후군이 있다고 하거든. 많이 힘들다는 거지. 명절을 지내고 나면 부부 싸움이 많아지기도 해."

도민 씨가 리엔 말에 동의했다. 사실 설 연휴 동안 시집 식구들마다 리엔에게 말했다.

하루빨리 한국 사람이 되라.

식구들이 노래를 부르는 것처럼 리엔에게 같은 말을 하자 도민 씨가 나섰다. 물론 돌아오는 길에 도민 씨가 설명을 해 주어 오고 간 내용을 알 수 있었다. 리엔은 한국어가 매우 서툴렀기 때문이다. 리엔은 일부러 좋은 내용으로 바꾸려 애쓰지 말고 있었던 그대로 말해 달라고 도민 씨에게 부탁했다. 한국어와 베트남어가 섞이면서 겨우겨우 대화 내용을 이해할 수 있었다.

"엄마, 부모님과 친정 식구들, 그리고 고향을 어떻게 쉽게 잊어버릴 수가 있어요. 저 사람에게 고향을 잊으라는 그런 모진 말씀은 하지 마세요."

"아니 출가외인이라는 말도 있는데, 그런 각오도 안 하고 이쪽으로 왔을 리가 없잖아."

"누나는 일만 생기면 친정 나들이잖아요. 저 사람은 친정이 멀어서 쪼르르 달려갈 수도 없어요. 저 사람 입장 좀 생각해 주세요,

엄마."

"네 누나와 작은애가 같으냐. 누나는 외국으로 시집가지 않았
다. 작은애가 좋아서 너를 따라온 건데, 제 나라를 떠날 때야 그만
한 각오를 하지 않았을라고."

"맞아요, 어머니. 야, 누나하고 제수씨는 달라. 제수씨는 외국
인이잖아. 당연히 한국 사람이 되어야지."

고분고분하게 대하던 시어머니와 달리, 아주버니가 나서자 도
민 씨가 격해졌다.

"내가 저 사람을 한국에 오게 한 것은 한국 사람으로 만들려는
게 아니었어요. 엄마도 형도 저 사람을 있는 그대로 받아들여 봐
요."

"막내야, 시끄럽게 굴 것 없다. 누가 뭐래도 리엔은 귀한 내 며
느리다."

식구들의 입을 다물게 한 사람은 시아버지였다.

그렇게 큰소리가 난 게 모두 자기 탓만 같아 리엔이 풀이 죽은
채 아무 말이 없자 한동안 말이 없던 도민 씨가 잠시 차를 세우고
리엔을 안고 속삭였다.

"우리 집에 가서부터는 보름 동안 뗏 명절이야, 어때?"

리엔이 장난스럽게 까르륵 웃었다. 도민 씨는 꽃집에서 노란 국

화를 한 아름 사 가지고 와서 거실에 꽂아 두었다. 그야말로 보름 동안 피어있도록 정성껏 물을 갈아주고 시든 꽃잎을 따서 버렸다. 베트남 뗏 거리와 집집에는 노란 꽃 마이, 매화가 흐드러졌다. 매화를 구하지 못하면 노란 국화나 해바라기를 준비했다. 노랑은 행운을 안겨다 주는 색이라고 믿었기 때문이다. 노란 꽃이나 노란 열매가 달린 화분을 실어 나르는 트럭, 오토바이, 자전거, 그리고 수로 위의 작은 배들만 보고도 뗏이 가까워졌음을 실감할 수가 있다.

도민 씨의 정성으로 노랑꽃이 한국에서 맞이하는 뗏을 풍요롭게 해 주었다.

별안간 엄마가 소리 내어 웃어서 두극이는 깜짝 놀랐다. 노란 국화가 엄마를 웃게 만들었다. 순간 엄마보다 먼저 진정이 된 두극이가 물었다.

"엄마, 언제부터 한국어를 잘하게 된 거야?"

엄마가 웃음을 그치고 주변을 한 번 둘러보았다. 엄마가 두극이 손을 꼭 잡았다.

"언제부터인지 모르겠어. 어느 정도로 말해야 한국어를 잘하는 건지도 모르겠고."

"엄만 한국어 굉장히 잘해. 엄마가 먼저 베트남에서 왔다고 말하지 않으면 사람들이 모르잖아."

말은 그렇게 했지만 생각은 달랐다. 엄마가 아무리 한국어를 잘해도 엄마가 베트남 사람인 건 변하지 않는다. 한국 국적을 가진 한국인인 두극이가 여전히 신짜오인 것도 변하지 않고. 한편으로는 엄마가 일본 사람이 아니고 베트남 사람인 게 무척 고맙다. 일본인 엄마를 둔 아이가 당하는 서러움을 보았기 때문이다. 그 아이도 두극이처럼 한국 국적을 가진 한국인이었지만 엄마가 일본인이어서 한국과 일본이 대립할 때마다 아이들에게 시달림을 받았다.

일본으로 꺼져.

너네 나라로 가라.

다행스럽게도 아이들이 두극이에게는 그런 말은 하지 않았다. 한동안 베트콩으로 불리긴 했지만 베트콩에서 신짜오로 별명이 바뀌면서 견디기도 한결 나아졌다. 베트콩을 죽인다고 하며 베트남의 민간인을 학살한 적이 있는 한국군 이야기를 담임선생님이 들려준 덕분이었을 것이다. 나라를 빼앗겨 뼈에 사무치게 괴로움을 당한 일본과 한국을 침략한 적이 없는 베트남과는 달라도 아주 달랐다. 일본과 베트남이 아니고, 필리핀이나 태국이어도, 네팔이라 해도 다문화가정 아이가 괴로움을 당하는 건 마찬가지였다. 러

시아나 미국이어도 한국인이 아니기는 같았다. 조선족이라고 해
도 예외는 아니었다.

혼자 나들이를 할 수 없는 리엔은 도민 씨가 출근한 후 줄곧 한
국어 공부에 열중했다. 도민 씨가 세심하게 마음을 쓰는데도 혼자
우두커니 앉아 있으면 메콩델타가 그리웠다. 생각하지 않으려 아
무리 애를 써도 떠오르는 어머니는 눈물 바람을 불러일으켰다. 도
민 씨 마음이 묻어나는 밥을 먹고 한국어 공부를 하면서도 문득 눈
물이 핑 돌았다. 이 눈물 저 눈물을 닦으며, 퇴근한 도민 씨에게 더
많은 한국어를 말해야지 하는 욕심이 그나마 버팀목이 되었다. 도
민 씨는 꾸준히 베트남어 공부를 했다. 가능하면 도민 씨는 베트
남어로, 리엔은 한국어로 대화를 했다.

한국어 문자, 한글은 아주 어렵지는 않았다. 열흘 정도 열심히
하니까 읽을 수는 있었던 것이다. 그래서 지금도 세종대왕이 한글
을 만들었다는 걸 한국인만큼이나 자랑스럽게 생각하는 리엔이다.

"리엔, 당신이 포항 어머니에게 자주 전화를 드리면 안 될까.
놀라울 정도로 빠르게 당신의 한국어 실력이 나아지고 있거든. 은
근히 자랑하는 게 어때?"

"내 한국어 괜찮아요?"

"응, 완전히 토박이 한국인인걸."

설마 그 정도일까 하는 생각이 없지 않았지만 도민 씨의 격려가 싫지 않았다. 시어머니에게 전화를 하는 것 자체는 어려운 일이 아니었다. 웃어른을 공경하는 것은 베트남에서부터 익숙한 일이었기 때문이다. 하지만 서툰 한국어는 적지 않은 걸림돌이 되어, 전화기를 드는 팔을 무겁게 했다.

"어머니는 원래 성격이 좀 무뚝뚝한 분이야. 말투가 꼭 싸우는 것 같으서. 화가 난 것 같기도 하고. 리엔, 놀라지 마."

시어머니의 목소리에는 가끔씩 냉기가 전해져왔다. 물론 처음엔 안녕하냐고, 밥 먹었느냐고 묻는 게 고작이었다. 대화랄 것도 없어 무뚝뚝한지 어떤지 생각할 겨를도 없었다. 잔뜩 긴장을 한 채 몇 마디를 하고 나면 등에 진땀이 날 지경이었지만, 도민 씨가 아닌 다른 사람과 말을 해 보는 것이 무척 신기하고 스스로가 대견했다. 용기를 내어 동서에게도, 시누이에게도 전화를 하곤 했다. 도민 씨는 리엔의 전화 내용에 관심이 많았다. 다정한 남편이긴 하지만 '그래서, 그래서' 하며 전화를 끊을 때까지 어떤 내용이 오고갔는지 자세하게 듣고자 하는 게 조금 의아했다. 그런 도민 씨의 태도가 리엔의 한국어를 들은 가족들의 반응이 궁금해서인 줄로만 알았다.

도민 씨의 격려로 리엔은 홀로 집 밖으로 나갔다. 가격이 얼만지, 음식을 어떻게 하는지 물어 보았다. 울산 사투리는 또 하나의 외국어였지만 도민 씨와 공부할 때면 표준말을 알게 되어 사투리도 구사할 수 있게 된다. 거리로 나가면 도민 씨의 보호를 받을 때보다 홀로일 때가 더 낫다. 도움을 청하면 모든 사람들이 도와줄 마음이 되어 있었기 때문이다. 서툰 한국어를 사용하는 리엔은 무척 인기가 있는 외국인이었다. 서툰 한국어인데도 잘한다고 얼마나 칭찬하는지 부끄러우면서도 기뻤다. 게다가 만나는 사람마다 활짝 웃으며 인사를 하자 한국인들은 더없이 친절해졌다. 리엔은 상대방을 알지 못하는 일이 있어도 리엔을 만난 한국 사람에게는 외국인인 리엔을 확실하게 기억하게 만들었다. 아파트 단지에서도 시장에서도 리엔은 활짝 웃는 베트남 새댁으로 통했다. 좀 더 친근해진 이웃은 베트남 새댁이 아니라 리엔이라고 불렀다.

"리엔아."

그렇게 불릴 때마다 메콩델타라고 착각하곤 했다.

Liên à.

리엔 아, '아'자를 넣어 20년 넘는 세월 불렸던 이름이다.

리엔은 장 보는 게 몹시 즐거웠다. 노점상에게서 물건을 사는 것은 베트남 고향 마을의 시장을 옮겨놓은 것처럼 똑 같았다. 군

고구마 냄새가 났을 때는 냄새를 따라 고구마 장수를 찾아가기도 했다.

코아이랑은 고구마.

고구마는 쉽게 익힌 낱말이었다. 숙주나물은 더 반갑고 쉬웠다. 고향의 개울둑이고 밭둑이고 흔한 게 녹두이고, 음식에 단골로 쓰이는 게 숙주나물이었던 것이다. 땅콩도 옥수수도 호박도 마늘도……. 정겨웠다. 노점상 할머니에게 파는 물건 이름을 묻고, 어떻게 음식을 만들 수 있는지를 물으면 할머니에겐 그게 전문 영역이었다. 그렇게 입말에 익숙해졌다.

"아빠가 한국어를 잘해야 한다고 무척 강조했거든. 열심히 배웠어, 엄만."

"엄만 지금도 한국어 공부 열심이잖아. 울 엄마, 진짜 대단해."

두극이가 엄마에게 기대며 말했다. 진짜로 엄마는 대단하다. 엄마 말버릇 중에서 외국인 표시가 나는 게 있긴 했다. 하늘 파랗다, 오른쪽 돌아, 왼손 물감 묻었어……. 귀를 기울여 들으면 엄마는 한국인보다 조사를 많이 생략했다. 그렇다고 해도 엄마의 한국어 솜씨는 어디에 내놓아도 빠질 것 같지 않다.

"아빠가 엄마에게만 한국어를 배우라고 하지는 않았어. 아빠도 베트남어를 열심히 배웠거든. 아빠 그런 사람이야. 내가 열심히 공부하지 않을 수가 없었어."

"그래서 내가 베트남어도 할 수 있는 거구나. 베트남어를 아니까 영어 배울 때도 도움이 되던걸. 베트남어랑 한국어가 비슷한 말도 많아서 좋아, 엄마."

"대학에서 배운 건데, 중국의 전등신화의 영향으로 한국에는 금오신화가, 베트남에는 전기만록(傳奇漫錄)이라는 작품이 탄생했대. 옛날엔 베트남에서도 한자를 사용했거든. 한자를 모르는 다른 외국인들은 한국어를 배울 때 한자어가 많아서도 당황해."

그렇다고 엄마가 베트남에서 한자를 배운 것은 아니었다. 베트남에서 한자가 사라진 건 이미 2-3백 년이 되었다. 한자도 한국에 와서야 공부했다. 한국어는 한자를 알아야 뜻을 이해하기가 더 쉬웠기 때문이다. 베트남에서 외가 식구들에게 한국어를 가르칠 때 한자어 때문에 힘들었다.

뗏이 가까워서 노란 꽃을 들여놓는 외할머니에게 여름에 피는 꽃 '무궁화' 얘기를 했었다. 한국의 국화, 애국가에도 나오는 꽃이 무궁화다. 피고 지고 또 피어 무궁화라는 뜻을 한참이나 걸려서 겨우겨우 설명했다. 외할머니가 뜻을 알아들었는지 확인할 길도 없다. 한자를 공부했지만 자주 사용하지 않아서 볼 때마다 헷갈리는 문자가 아니던가.

"처음엔 너에게 베트남어를 가르친다고 친척들이 반대를 많이
했어."

"그랬어, 엄마?"

"응."

"그래서 어떻게 했어?"

아기를 가진 건 리엔의 삶에 일어난 큰 사건이었다. 결혼한 사
람들에게 아기가 태어나는 일이 아침 해가 떠오르는 것처럼 당연
한 일이었던 것이, 자신이 아기를 가지자 넓고 넓은 들판에 산봉우
리가 불쑥 솟아난 것처럼 놀라운 일이 되었다. 놀라운 기쁨과 함
께 커진 건 불안이었다. 불안은 불안을 낳아, 갖은 걱정거리가 줄
을 이었건만 드러내는 것보다 삼키고 삭여야 할 게 더 많았다. 한
국어에 익숙해지는 것은 화제가 많아짐과 동시에 '아' 다르고 '어'
다른 차이까지 느끼게 되어 상처가 되곤 했다. 친정어머니의 걱정
을 대수롭지 않게 여기고 오직 남편의 곁으로 빨리 달려올 생각에
젖어 있었던 자신을 보는 어머니의 마음이 어땠을까. 자식을 낳아
봐야 부모 심정을 알 수 있다고 했다.

두극이가 한두 마디 말을 배우게 되자 리엔은 두극이의 엄마가

아니라 '우리' 두극이에게 해를 끼칠 수도 있는 존재가 되어 버렸다. 두극이는 베트남 아이가 아니라 한국의 아이라는 것이다. 울산에는 가까운 피붙이가 없었다. 하지만 두극이를 위한다는 명분을 앞세우는 피붙이들에게 거리는 아무런 문제가 되지 않았다.

올케, 우리말도 제대로 할 줄 모르는 두극이야. 양쪽 나라 말을 가르쳐 혼란스럽게 하지 않는 게 좋아.

영어라면 모를까, 아무 소용도 없는 베트남어를 왜 가르쳐. 제수씨는 참 모를 사람이야.

두극이 데리고 베트남에서 살 생각은 아예 하지 마라, 작은애야.

도민 씨와 머리를 맞대고 깊이 생각했다. 엄마 나라 말을 하고, 엄마 나라 문화를 아는 것은 당연한 일이라 여겼다. 시집 식구들이 도민 씨와 꿈꾸는 삶을 여지없이 부수려 했다.

리엔이 베트남 국적을 포기하지 않는 것도 가족들의 불만을 샀다.

"베트남 국적을 포기하지 않으려면 베트남 사람하고 결혼하지 왜 한국 사람하고 결혼해."

"형, 내가 리엔을 택한 건 한국 사람이 될 수 있을 거라 생각했기 때문이 아니에요. 난 처음부터 베트남 사람인 리엔을 내 사람으로 선택했어요. 형도 알다시피 다국적기업이 왜 있겠어요? 재미동포 중에는 미국에 살면서도 한국 국적을 가진 사람이 많대요. 미국에서는 외국 국적을 가진 사람들에게 자신의 나라를 사랑하고, 미국도 사랑하라고 강조한다잖아요. 마찬가지 아니에요? 그러다가 한국 국적이 아주 좋으면 그때 한국 국적을 가질 수도 있는 거잖아요."

"이게 둘만의 문제는 아니잖아. 이런 사소한 일이 모여서 집안의 화목을 그르칠 수가 있단 말이야."

"에이구, 그예 분란이 일어나는구먼. 이런 일이 생길 것 같아 그렇게도 결혼하지 말라고 말렸건만."

리엔은 깜짝 놀랐다. 집안에서 결혼을 반대했다는 건 처음 듣는 말이었다. 그래서 그렇게 전화를 자주 하라고 했었구나 하는 생각이 들었다. 시어머니의 성격이 무뚝뚝하다고 얼마나 강조했던가. 리엔의 표정을 본 도민 씨가 화제를 돌리려 애를 썼다. 도민 씨는 더 이상 다투고 싶어 하지 않았다. 하지만 집안사람들은 꼭 작정이나 한 것처럼 말을 쏟아냈다. 한국어를 몰랐을 때였다면 알아듣지 못했을 것이니 오히려 나았을 것이다.

"막내야, 말이 다르고 풍속이 달라서 힘든 건 모두 마찬가지다. 넌 내가 무슨 말만 하면 풍속이 달라서 그러니 내가 이해를 해 줘야 한다고 했지. 하고많은 여자 중에 넌 왜 하필 베트남 여자를 골라서 내 며느리에게 내 맘대로 말도 못하게 만드냐. 내가 처음부터 걱정했잖아. 튀기 손자도 싫다. 창피해."

순간 리엔에게 '튀기'라는 말이 강하게 내리꽂혔다. 처음 들었지만 무슨 뜻인지 설명해 주지 않아도 짐작할 수 있는 낱말이었다. 그러고 보니 처음 만났을 때도 시어머니는 그런 말을 했던 것 같다. 그땐 한국어를 몇 마디밖에는 몰랐던 때라 귀에 들어오지 않았지만, 시어머니가 튀기라는 말을 하는 순간 그때도 들었다는 생각이 들었다. 시어머니의 표정과 거친 느낌이 나는 그 말이 무슨 뜻인지 묻고 싶었지만, 도민 씨에게 그 말을 옮길 수가 없어 묻지 못한 말이었다. 어리둥절한 리엔의 손을 잡은 도민 씨가 온화한 표정으로 안심하라고, 다 잘 될 거라고 말하고 있었다.

리엔의 볼에 눈물이 주르르 흘러내렸다.

"도대체 왜들 이러세요. 리엔은 제가 선택한 사람입니다. 항상 드리는 말씀이지만 제가 리엔을 좋아한 게 먼저입니다. 좋아한 사람이 베트남 사람인 겁니다. 베트남 사람이기 때문에 제가 좋아한 게 아니라구요."

도민 씨는 시집 식구들에게 호소를 했다.

모국어와 문화를 빼앗긴 외국인 아내에게 무조건 강요한다고 한국어와 한국 문화가 고스란히 옮겨지진 않는다. 오히려 상실의 아픔이 자리를 잡을 것이다. 내 것을 버려야 하는 서러움, 잃은 것에 대한 그리움, 내 것을 갖지 못한 공허함, 아무리 애를 써도 지워지지 않는, 지워질 수 없는 고국의 흔적들. 네 것을 인정하는 여유로움은 내 것과 네 것이 함께 어울릴 수 있게 만든다.

"엄마, 리엔이 살갑게 굴어 좋으시다면서요. 어떤 사람들은 며느리를 상전으로 모시고 사는데, 리엔은 며느리라서 마음이 편하시다면서요. 외국인이고 아니고 하는 게 무슨 상관이에요. 저 사람 가슴에 못질하지 말아 주세요, 엄마."

도민 씨의 표정은 엄숙하고 진지했다. 그 표정으로 한 사람씩 응시하자 눈이 마주친 사람들은 어색한 표정으로 눈길을 돌렸다.

"막내야, 무슨 할 말이 또 있는 거냐?"

"예, 엄마. 두극이에 관한 얘기에요. 조금 전에 ……튀기라고 말씀하셨지요."

도민 씨는 조심스럽게 튀기라는 말을 입에 올리며 리엔을 바라보았다. 도민 씨가 리엔 가까이로 옮겨 앉았다. 나, 믿지? 도민 씨가 눈빛으로 말했다. 리엔이 보일 듯 말 듯 고개를 끄덕였다. 도민 씨는 숨을 몰아쉬었다.

"우리나라 대한민국, 단일 민족이 아니랍니다. 여러 민족과 교류가 있었어요. 겉모습이 크게 달라지지 않아서 표시가 안 났을 뿐이에요. 아니 단일 민족이냐 아니냐 하는 건 이 자리에서 중요하지 않아요. 중요한 건 우리가 리엔을 가족으로 받아들였고, 지금까지 그리고 앞으로도 리엔과 함께할 거라는 점이죠. 더 중요한 건 우리가 두극이의 부모라는 겁니다."

도민 씨가 말을 멈추었다. 도민 씨를 택한 것은 리엔의 뜻이었다. 그러나 두극이의 출생은 두극이의 의지와는 무관한 일이었다. 두극이는 아무 것도 선택할 수 없었다.

"두극이를 혼란스럽게 해서는 안 된다고 생각해요. 두극이가 튀기라는 거, 틀림없는 사실입니다."

도민 씨는 다시 말을 멈추었다. 그러나 이어지는 도민 씨의 말투는 차분했다.

"이 사람은 엄마의 아들이 사랑하는 사람입니다. 이 사람과 제가 부부가 되었고, 그 사이에서 두극이가 태어났으니까 두극이는 엄마의 창피한 손자가 절대로 아니라는 겁니다. 엄마는 제가 창피하세요?"

"무슨 그런 해괴한 소릴 하냐!"

시어머니가 펄쩍 뛰면서 손사래를 쳤다. 도민 씨가 마구 휘젓는 시어머니의 손을 잡았다. 도민 씨가 시어머니 손을 잡은 채 시어머니를 한참 동안 바라보았다.

"다른 어떤 이유 때문이 아니라 두극이가 리엔과 저의 아들이니까 엄마의 손자라는 사실을 잊지 말아 주세요."

도민 씨의 목소리가 갈라졌다. 리엔은 조용히 일어나 차와 과일을 내왔다. 말을 하는 사람도, 듣는 사람도 갈증을 느끼고 있었던 모양이다. 평소처럼 이런 차니 저런 차니, 뜨겁니 식었니 따지지 않고 모두들 말없이 차를 마셨다.

"저희들은 두극이가 두 나라를 조국으로 하여 태어난 아이로 키울 겁니다. 앞으로 자라나는 아이들은 한반도가 아니라 세계를 무대로 살아가게 되지 않겠어요. 베트남어와 베트남 문화를 두극이가 어떻게 활용할지 그건 순전히 두극이의 몫이겠지요. 두극이가 자신을 튀기라 여기며 열등감에 사로잡혀 살게 해서는 안 된다고 생각해요. 두극이가 두 나라의 문화를 온전히 누리며 살게 하는 것이야말로 우리의 의무가 아니겠어요."

도민 씨는 시어머니를 위해 쉬운 말로 되풀이했다. 왜 이런 고민을 하도록 국제결혼을 했느냐고 원망하는 건 일을 해결하는 데 아무런 도움이 되지 않는다. 두극이는 이미 태어나 있다. 또래들과 어울리게 될 때 집안사람들이 그런 것처럼 튀기라고 놀림을 받을지도 모른다. 아이들이 놀릴 때마다 달려가서 그러지 말라고 혼을 낼 수도, 달랠 수도 없는 노릇이다. 두극이가 강해질 수밖에 없다. 두극이를 가장 강하게 하는 방법은 스스로를 소중하고 자랑스럽게 여기도록 하는 거다. 말이 길어질수록 도민 씨의 목소리는 절박하고 단호했다. 아주버니가 도민 씨의 무릎을 잡았다가 놓았다. 잠자코 듣고 있던 시어머니가 도민 씨의 말을 가로막았다.

"막내야, 저 건너 월포댁 아주머니는 친정이 안동이다. 우리가 가자미식해를 먹을 때 안동식혜를 먹더라. 그런데 요새는 안동식혜보다 가자미식해를 더 잘 먹어. 작은애도 지금 우리말도 잘하고, 우리 음식도 잘 만들잖아. 그러면 우리나라 사람이지."

"엄마, 말씀 잘하셨어요. 이 사람은 우리나라 사람도 됩니다. 그런 것처럼 저도 베트남 사람도 된다는 거지요. 월포댁 아주머니가 가자미식해를 잘 자신다고 친정이 안동에서 포항으로 바뀌는 건 아니잖아요. 그건 이 사람이 국적을 바꾸어 한국인이 되더라도 베트남 사람이라는 건 변함이 없고, 두극이가 한국인 아빠와 베트남인 엄마 사이에 태어난 아이라는 것도 바뀌지 않아요."

시어머니는 고개를 갸우뚱거렸다. 시어머니가 다시 말을 할 때까지 아무도 입을 떼지 않았다. 그 틈에 동서와 시누이가 리엔에게 과일 접시를 밀며 권하는 시늉을 했다.

"막내야, 월포댁 아주머니는 친정이 안동이라도 가풍은 모두 포항 식이다."

"엄마, 이 사람도 우리 집 가풍을 따르고 있잖아요."

도민 씨가 계면쩍은 웃음을 지으며 말을 이었다.

"두극이가 태어났을 때 애써 끓여준 미역국을 이 사람이 좋아하지 않는다고 엄마가 많이 섭섭해 하셨잖아요. 산모가 미역국을 먹는 나라는 우리나라뿐이에요. 리엔에게는 미역국이 아니라 족발탕이 익숙하다는 거지요. 베트남에서는 족발을 푹 끓인 여해우함이라는 음식을 먹는대요. 한국과 마찬가지로 피에 좋다구요."

"미역국이 아니라 족발이라니, 이상해요."

산모가 미역국을 먹는 나라는 세계에서 한국뿐이라는 것을 리엔은 처음 알았다. 시누이가 한 마디 하자 미역국에 익숙해져 있는 식구들이 모두 웃었다. 여해우함에 익숙한 리엔도 덩달아 웃음을 지었다. 두극이가 태어났을 때 미역국을 차려 주며 몸에 좋다고 자꾸만 권해서 먹느라 혼이 났던 생각이 났다. 음식이 아니라 약이었다. 시어머니 정성을 생각해서 보약이라 생각하고 먹었던 것이다. 시부모에게 처음 절을 했을 때 걱정하던 일은 두고두고 되풀이되는 화제다. 베트남에서는 죽은 사람에게만 절을 한다. 살아 있는 사람에게 절을 하면 그가 빨리 죽기를 바란다는 뜻으로 오해받기 쉽다. 혹시 무슨 나쁜 일이 생기면 어떻게 하느냐고 걱정할 때마다 도민 씨가 손발을 동원하면서까지 안심을 시켰던 것이다. 허리 숙여 인사하지 않는 베트남 문화 때문에도 애를 먹었다. 얼굴 마주 대고 얘기를 나누다가도 어른이 외출을 하려고 일어서면 허리 숙여 인사를 해야 한다는 걸 알면서도 실천하기는 여간 어렵지 않았다.

두극이를 걱정하는 마음이야 같겠지만, 두극이의 앞날을 두고 가장 고민하는 사람이 누구인지는 분명해진 셈이다.

해마다 베트남에 가겠다고 도민 씨가 리엔에게 한 약속은 지켜지지 않았다. 아기를 가졌을 때엔 몸이 약해 해외여행이 무리라고 의사가 말렸다. 두극이가 태어났을 땐 두극이가 너무 어려 긴 여행도, 갑자기 달라진 기후도 견디기 힘들 것 같아 또 뒤로 미루었다. 이런저런 이유로 미루던 베트남행이 이루어진 건 두극이가 세 살에 접어들었을 때였다. 도민 씨의 휴가가 길지 않아 오랜만에 간 고향에서의 일주일은 턱없이 짧았다.

베트남에 다녀오는 여비가 만만찮아 도민 씨가 집 걱정은 말고 한참 동안 지내다가 돌아오라고 했을 때가 두극이가 다섯 살 때였다.

하지만 두 달 동안 머물다 온 게 화근이 되었다. 시어머니 마음이 몹시 상해 있었다. 아들 혼자 밥을 끓여 먹는 것도 마음에 들지 않았고, 여전히 베트남 국적을 가진 며느리가 베트남에 영영 눌러 앉는 건 아닌지도 불안했다. 포항시 청하면에 혼자 사는 시어머니가 울산 아들네 집에 가서 밥을 해 주려고 해도 남편이 받아들이지 않았다. 하루 이틀이야 견디겠지만 허구한 날 회사에 출근한 아들을 기다려야 하니 무료하기 짝이 없을 것이기 때문이다. 다음 베트남행은 도민 씨와 같이 잠깐 다녀오는 걸로 마음을 달래야 했다.

아무리 애를 써도 도민 씨의 힘으로 어쩔 수 없는 문제가 있었다. 리엔이 베트남 국적을 가지고 있었기 때문에 아내이지만 주민등록상에는 남편과 두극이, 아버지와 아들밖에 없었다. 엄마와 아내는 없다. 도민 씨가 몹시 죄스러워했다. 도민 씨의 힘으로는 해결할 수 없는 일임에도 '내 탓'이라며 자책했다.

"우리 집은 확실한 글로벌 공동체잖아요."

리엔이 오히려 도민 씨를 위로해 주었다.

두극이가 유치원에 다닐 때까지는 아이들과 잘 어울렸다. 초등학교에 입학할 때까지도 베트남 엄마가 문제가 되지는 않았다. 두극이는 엄마가 베트남 사람이기 때문에 주눅이 들지는 않았다. 리엔과 도민 씨가 공들인 덕분인지도 모르겠다고 안심했다. 국제결혼이 흔한 일이 된 것도 두극이가 베트남에서 온 엄마를 쉽게 받아들이는 걸 도와주었을 것이다. 그런데 국제결혼이 흔해진 것이 두극이에게 좋은 일만은 아니게 되었다. 일본인 엄마를 둔 아이를 적대시하면서 아이들로 하여금 두극이가 자신들과 다른 아이라는 사실을 깨닫게 했다. 두극이의 한국어가 시원찮은 것도 아니고, 두극이의 외모가 다른 아이들과 구분되는 것도 아니었다.

"너네 엄마가 베트남 사람이라며?"

"응."

이유는 단지 그것이었다. 베트콩으로 불린 두극이의 고달픔은 이미 그때부터 시작되었다. 베트남 처녀와 결혼하세요, 따위의 현수막이 길거리에 나붙으면서 리엔도 종종 돈에 팔려온 베트남 처녀 취급을 받곤 했다. 도민 씨는 그 말을 리엔보다 더 싫어했다. 때론 도민 씨가 정색을 하며 그 말을 한 사람에게 거칠게 따지고 들어서 리엔이 말려야 했다.

"Tôi yêu ahn(또이 이에우 안, 당신을 사랑해요)."

도민 씨를 순식간에 진정하게 만드는 말이었다.

사랑한다는 말은 도민 씨뿐 아니라 서러워하는 두극이를 달랠 때도 가장 힘이 있는 말이었다.

"아빠가 엄마를 무척 좋아했어. 아빠는 엄마 없이는 못살 것 같았거든."

"Mẹ không thể để bố con ở Hàn Quốc một mình được

(매 콩 테 데 데 보 껀 어 한 꾸억 못 미잉 드억)."

엄마도 아빠를 혼자 한국으로 보낼 수 없었노라, 도민 씨와 마치 시합하듯이 진지하게 말했다. 엄마 아빠가 이렇게 정답게 다투는 모습을 두극이가 무척 좋아했다.

도민 씨는 가난하고 힘이 약한 베트남이 어떻게 내로라하는 강대국을 물리쳤는지를 실감나게 들려주었다. 베트남 역사를 말할 땐 정작 리엔보다 도민 씨가 더 신명이 났다.

"13세기에 몽골족이 베트남에 쳐들어왔을 때였어. 두극아, 알지? 고려를 괴롭혔던 원나라 말이야."

"응, 알아, 아빠. 칭기즈칸이 세운 나라잖아."

"그렇지."

도민 씨가 두극이와 손바닥을 맞추었다.

"베트남은 바익당강 전투에서 대나무로 민든 정크선과 니무배를 이용해서 몽골군을 물리쳤지. 디엔비엔푸 전투에서도 대나무를 이용해서 식량이며, 탄약과 포, 이런 걸 옮겼어. 자전거도 이용했어. 등짐을 지기도 했지. 그렇게 해서 프랑스를 물리쳤거든. 프랑스뿐 아니라 중국, 일본을 물리치고 그리고 미국과 한국과도 싸운 적이 있었지. 누군가 이런 말을 했어. 전쟁은 무기가 하는 것이 아니라 사람이 하는 것이라고."

두극이는 책에서 읽은 내용을 아빠와 확인했다. 베트콩이라는 별명 때문에 괴롭다는 말은 가슴속에 묻어두고서.

"두극아, 넌 대한민국과 베트남의 멋진 피를 물려받았어. 한때 전쟁을 하기도 했지만 지금은 한국과 베트남이 우호적인 이웃 국가야. 이젠 베트남이 어려울 땐 한국군이 베트남을 도울 거야. 넌 대한민국과 베트남을 위해서, 아니 인류를 위해서 틀림없이 훌륭한 일을 해낼 거야. 아빠 널 믿어. 아빠가 없을 땐 네가 엄마를 지켜야 한다, 사나이 대장부 하두극, 알겠나?"

"예, 아빠. 믿어 주십시오."

두극이가 어른스럽게 대답했다.

"두극아, 너도 청년이 되면 대한민국 국군으로 입대해서 나라를 지켜야 해."

도민 씨가 두극이를 와락 껴안았다.

"두극이 너를 낳기 위해서 아빠가 머나먼 베트남으로 날아가 엄마를 만난 거야. 결혼식을 올리고 나서 아빠가 먼저 한국으로 돌아와야 했거든. 그때 엄마가 얼마나 보고 싶었는지 몰라."

리엔은 그런 부자의 모습을 사진처럼 가슴에 새겼다.

"두극아, 우리 여기서 너무 오래 있었던 거 아냐? 할머니가 기다리시겠다, 어서 가자."

엄마가 서둘러서 쉼터를 내려갔다. 엄마 걸음이 허둥거렸다. 용연지를 벗어나자 희귀멸종식물원과 습지원 관찰로를 이용했다. 조금이라도 빨리 집으로 돌아가려고 질러가는 것이다.

관찰로 양 옆에는 마침 꽃무릇이 만발해 있었다. 여름이 지나고 아직 가을꽃이 흐드러지기 전, 꽃이 조금은 귀할 때 핀 꽃무릇이 장관을 이루었다.

"꽃무릇이야, 엄마."

"꽃무릇!"

"상사화 종륜데 서로를 그리워하는 꽃이래. 꽃이 필 때는 잎이 없고, 잎이 무성할 땐 꽃이 피지 않아."

"……."

엄마가 대답이 없었다. 두극이가 고개를 돌려 엄마를 바라보았다. 입은 웃고 있었지만 엄마 눈은 젖어 있었다. 엄마의 발걸음이 더욱 빨라졌다. 식물원에 너무 오래 있었다고 할머니가 야단을 칠 것 같다. 엄마가 그걸 걱정하는 모양이다.

청하로 175번길에서 집으로 가는 오솔길로 굽어들자 엄마 걸음이 점점 더 빨라졌다. 엄마 걸음이 하도 빨라 좀 천천히 가자고 말하려고 엄마를 바라보았다. 엄마가 울고 있었다. 깜짝 놀랐다. 도

대체 어떤 말을 해야 할지 모르겠다. 이럴 땐 두극이가 중학생이라는 게 더할 수 없이 답답하다. 엄마가 왜 이러는지 아빠라면, 알 것이다.

아빠, 아빠, 씨이.

아빠가 너무나도 원망스러웠다. 베트남에 사는 엄마를 한국에 오게 했으면 끝까지 엄마를 지켜주어야지 먼저 하늘나라로 가 버릴 수는 절대로 없는 일이다. 눈시울이 뜨거워진 두극이가 하늘을 올려다보았다. 구름 한 점 없는 푸른 하늘이다. 구름이라도 있으면 위로가 되려나.

엄마는 숫제 달리고 있었다. 엄마가 뭐라고 중얼거리고 있었지만 무슨 말을 하는지 한 마디도 알아들을 수가 없었다. 줄곧 뛰다시피 집에 도착한 엄마가 왈칵 할머니방 문을 열었다.

"어머니."

누군가에게 쫓기는 사람처럼 허겁지겁 나타난 엄마를 보고 할머니가 깜짝 놀랐다.

"에미야, 너 왜 그래, 응?"

"어머니, 어머니."

엄마가 할머니를 부둥켜안고 통곡을 했다.

"도대체 무슨 일이냐, 응, 에미야? 에미야."

"어머니, 그이가 보고 싶어요. ……그이가 보고 싶어요."

두극이도 눈물이 팍 쏟아졌다.

아빠가 애비일 때

추석날 한바탕 울음바다가 된 것 말고는 한동안 평화로웠다.

그날, 울음을 터뜨리는 엄마를 보고 두극이도 울음이 터졌다. 이상한 것은 할머니도 덩달아 통곡을 했다는 거다. 할머니가 엄마를 야단칠 때와는 다른 울음이었다. 방바닥을 치지도 않았고 고함을 지르지도 않았다. 눈물을 흘리며 하염없이 흐느꼈다. 가끔씩 엄마 등을 쓰다듬기도 했다. 할머니가 우는 모습을 보며 신기해진 두극이는 눈물이 그쳤다. 엄마와 할머니는 울음 내기라도 하는 것처럼 한참 동안이나 더 울었다. 할머니가 우는 걸 보고 새삼스럽게 아빠가 할머니 아들이라는 생각이 들었다. 할머니도 엄마나 두극이처럼 아빠가 보고 싶은 걸까.

청하에서 할머니와 사는 게 힘들다고 하면 엄마는 할머니 홀로 두고 가면 안 된다고 했다. 엄마도 힘들어 하면서 왜 그래야 되는지 도무지 이해할 수가 없었다. 할머니를 부둥켜안고 우는 엄마를 보며, 엄마에게 할머니가 필요할지도 모른다는 생각이 얼핏 들었다.

추석날 울음바다를 이룬 덕분에 얻은 평화는 시간이 흐를수록 불안했다. 평화는 오랜 시간 지속되는 일이 없기 때문이다. 영화를 볼 때도, 책을 읽을 때도 행복한 시간이 전개되면 꼭 그 다음에는 불행한 일이 터졌다.

무슨 일이 터질 것 같아 조마조마하고 답답했다. 무슨 일이건 빨리 터졌으면 하는 마음과 제발 아무 일이 없었으면 하는 마음이 서로 싸웠다. 학교에 가지 않는 휴일엔 두극이는 일부러도 더 식물원으로 갔다. 말이 자원봉사자지 식물원에서 놀고 있는 셈이다.

소장님이 시간이 날지 모른다는 기대를 가져본다. 소장님이 카메라를 메고 관찰로로 들어설 때가 두극이는 제일 반갑다. 쪼르르 달려가서 이것저것 물어볼 수가 있기 때문이다. 카메라 없이 다니는 소장님은 사무실에서나 밖에서나 도무지 말을 붙일 수가 없다. 아니 어른들은 줄곧 바빠서 방해가 될까 봐 조심스럽다.

혹시 말을 붙일 수 있을까 하여 사무실에 들어갔다가도 이내

서가로 눈을 돌린다. 처음부터 책을 보려고 들어간 것처럼. 식물원에는 식물과 관련된 책이 산더미 같다. 책에서 읽은 사실을 관찰로로 달려가면 눈으로 확인할 수도 있다. 용연지 쉼터에서 독서를 해도 분위기가 그만이다. 숲속마루는 더 아름답다. 가끔씩 문학의 밤이니 숲속음악회니 하며 숲속마루에 사람들이 많이 모일 때가 있다. 참나무 아래 놓인 통나무 의자가 예스럽다. 죽은 나무를 잘라 만든 것이다. 평상도 객석으로 마련되어 있다. 게다가 모닥불을 피워놓을 수도, 큰 가마솥을 이용할 수도 있어 운치가 그만이다. 참느릅나무 아래 만들어진 아담한 무대는 숲의 일부인 듯 자연스럽기 그지없다.

용연지 쉼터나 숲속마루 무대를 떠올리니 지난번 악기를 깨뜨려 마음고생을 겪었음에도 오카리나를 불고 싶은 마음이 슬며시 피어오른다. 엄마가 오카리나 소리를 들으며 얼마나 좋아했던가. 별안간 할머니가 뱀 얘기를 하는 바람에 난리가 나긴 했지만. 오카리나 소리를 들으며 외가의 닭 울음소리를 떠올리는 엄마가 재미있었다. 오카리나 소리가 새 소리 같다는 말은 하지만 닭이라니 우습다. 하긴 닭도 새는 새다. 엄마 앞에서 멋지게 오카리나 연주를 해 보고 싶다. 엄마와 지난 추석날 오래오래 얘기를 나누었던 '그리운 아버지의 자리'에서 이번에는 얘기가 아니라 오카리나 소리를 들려주고 싶다.

음악 선생님은 언제든지 집에 가지고 갈 수 있다고 했지만 또 오카리나를 깨뜨릴까 봐 마음이 내키지 않는다. 엄마에게 오카리나를 사 달라고 조르고 싶다. 오카리나가 생기면 식물원 선생님에게 부탁을 해서 오카리나는 식물원에 보관할 작정부터 한다. 할머니가 싫어할지도 모르기 때문이다. 오늘 저녁엔 잊지 말고 오카리나를 사 달라고 해 봐야지. 도자기로 된 오카리나는 가격이 비싸다지만, 플라스틱보다 도자기 오카리나가 소리가 좋다니 우선 욕심이 생긴다. 멋진 연주를 할 수 없는 것이 연습을 하지 않았기 때문이 아니라, 악기 탓인 것처럼. 학교 것을 사용해도 되는데 사 달라고 하려니 엄마에게 미안하다. 저절로 공손한 말을 생각하게 되었다. 한국어는 듣는 사람에 따라 격식체나 비격식체가 있고, 합쇼니 하오니 해니 해라니 여러 가지가 있어 번거롭기 짝이 없다고 은근히 성가셔 했는데, 베트남어로 높임말을 하기 위해서 단순히 '아(ạ)'만 붙이려니 부탁하는 공손함과 간절함이 부족한 듯해 아쉽다. '사 줘.'에 '요'를 붙여 '사 줘요.'라고 하는 꼴이니 말이다.

– 매, 매 무오 사오 오카리나 쪼 껀 디! 껀 무온 토이 사오 오카리나 람! 네우 꼬 러 람 버 노, 꼰 꿍 콩 파이 로 서, 비 노 라 꿔 꼰 마(엄마, 오카리나 사 주세요. 오카리나 불고 싶어요. 내 것이 있으면 깨뜨

려도 걱정하지 않아도 되잖아요).

홀로 중얼거리며 식물원 입구에 들어섰다.

"두극아, 세직이 형이 와 있다."

인사를 하는 둥 마는 둥 매표소를 지나치다가 세직이 형이라는 말을 듣고서야 비로소 매표소 아줌마에게 공손하게 인사를 했다. 갑자기 마음이 바빠졌다. 소장님도 만나고 싶고 세직이 형도 그렇다. 포스텍에 다니는 세직이 형은 가끔씩 식물원에 들렀다. 두극이가 청하로 이사 오기 전부터 식물원에 왔던 세직이 형과 자주 마주치자 친형처럼 가까워졌다. 한참을 못 보면 기다려지기도 했고. 한 달에 한 번쯤은 식물원에 오기 때문에 한 달을 주기로 형이 보고 싶어졌다. 만약에 형을 매주 만났다면 일주일 만에 형이 보고 싶었을 것 같다. 아빠는 이제 다시는 돌아오지 않는데 왜 매일 보고 싶을까.

두극이가 사무실에 가서 인사를 하니 식물원 선생님들이 미리 소장님 얘기를 했다.

"소장님은 오늘 오전엔 특강이 있어 나가셨어. 오후엔 사무실에 계실 거야."

"저는 관찰로부터 한 바퀴 돌고 올게요."

억지로 점잖을 빼고 있던 두극이는 사무실에서 나오자 용연지를 향해 달렸다. 세직이 형은 틀림없이 용연지 쉼터에 있을 것이다. 관찰로를 도느라고 아직 도착하지 않았더라도 벤치에서 기다리면 만날 수 있다.

"두극아."

따뜻한 비수리차를 마시거나 고구마나 감자를 구워 먹으며 쉴 수 있는 '찻집 꽃멀미'에서 나는 소리였다. 빠른 속도로 달려가던 두극이는 대왕참나무 앞에 가서야 겨우 멈출 수가 있었다. 찻집으로 들어가니 뜻밖에도 세직이 형이 앉아 있었다.

"형, 왜 여기 앉아 있어?"

"이상해? 모닥불을 피워 놓았더라구. 따뜻한 차를 마시고 싶어서."

"형, 오늘은 혼자네."

"준환인 갑자기 일이 생겼어. 자원봉사자님께서는 잘 있었니?"

세직이 형 옆에 자리를 잡았다. 통나무 의자는 앉을 때마다 묵직한 느낌이 든다. 아직은 춥지 않은 계절인데도 따뜻한 불기운이 싫지 않았다.

"세직이 형, 차 마시고 바로 갈 거야?"

"아니, 네가 왔는데 놀다가 가야지. 우리 자리로 옮길까, 두극아?"

형이 같이 있어 준다니 신이 났다.

두극이는 훤칠하게 큰 세직이 형의 손을 잡았다. 이렇게 남자 어른 손을 잡을 때가 참 좋다. 형이 손을 빼더니 뒷다리를 걸어 넘어뜨리려 했다. 넘어가지 않으려 버텼다. 제법 힘이 세졌다고 형이 칭찬을 했다.

"형, 꿈이 바뀌었어."

"어떻게?"

형이 놀라지 않아서 두극이는 조금 실망스러웠다. 얼마나 고민을 했는데 형은 자신의 일이 아니라고 별로 관심이 없어 보였다. 기운이 빠지는 느낌이다.

"소방관이 되고 싶어."

"그것도 좋겠지. 과학자 꿈은 접은 거야?"

사실 형하고 얘기할 땐 언제나 기분이 좋다. 친구인 듯하면 선생님 같고, 선생님인가 싶으면 그냥 형이다. 요즘 할머니 눈치를 살핀다고 조마조마하던 참이라 형과 얘기를 나누는 게 더욱 즐겁다. 할머니가 뭔가를 물으면 너무 빨리 대답해서 탈이 나곤 한다. 너무 빨랐구나 싶어 천천히 대답하면 그게 또 말썽을 일으켰다. 세직이 형에겐 뜸을 들이다가 대답을 해도 괜찮고, 후다닥 대답해도 형이 잘 받아준다.

"얼마 전 과학 시간에 선생님이 산불 얘기를 하셨거든. 화왕산인가 거기서 억새 태우기를 하다가 사고가 났는데 사람이 죽었대. 그 얘기를 듣는 순간 토할 것 같았어."

눈물이 그렁해진 눈으로 두극이가 형을 올려다보았다. 형이 애처로운 눈길로 두극이를 내려다보았다.

"그래서 아빠 생각이 많이 났구나, 너. 난 워낙 어려서 부모님을 여의었기 때문에 나보다는 그래도 네가 낫다고 생각했거든. 그런데 그게 아니네. 아빠하고 함께 한 시간이 많아서 아빠를 더 그리워할 것이라는 생각을 내가 미처 못 했어. 형이 네 마음을 몰라 줘서 미안해, 두극아."

"형, 그때 내가 아빠랑 같이 갔으면 아빠가 사고를 안 당했을지도 몰라."

그날 컴퓨터 게임에만 빠지지 않았더라면 아빠와 같이 산에 갔을 텐데. 아빠와 곧잘 산에 다녀왔는데 그날은 선뜻 따라나서지 않았다. 엄마가 역사극 영화를 본다고 아빠와 같이 나서지 않자 덩달아 집에 머물렀던 것이다. 홀로 등산길에 나섰던 아빠는 산에 불이 난 것을 발견하고 불을 끄려다가 사고를 당했다. 아빠가 혼자였기 때문이다. 왜 아빠 혼자 가게 했을까. 왜 그랬을까.

"또 그 소리, 그렇게 생각하지 마. 누구 때문이 아니야. 누구 때문이라고 따지고 들면 거기서 제외되는 사람이 별로 없다고 그랬 잖아."

"아빠가 그렇게 같이 가고 싶어 했는데, 난 게임만 하고 있었거 든."

"그러면 게임을 만든 사람도 책임이 있고, 컴퓨터를 만든 사람 도 책임이 있어. 아니 길버트, 볼타, 맥스웰이나 에디슨 같은 전기 를 만든 과학자들에게도 책임을 물어야 해."

"에이 형, 과학자들에게 무슨 책임이 있어."

"과학자들의 책임이라니, 말도 안 되지? 마찬가지야. 너 때문도 아니야. 우리 부모님이 그랬던 것처럼 아빠도 사고로 돌아가신 거 야."

"그럴까, 형."

잠시 생각에 잠겼다.

"꼭 소방관이 되고 싶어. 산불이 나도 아무도 죽지 않게 빨리 소방차를 타고 가서 불을 끌 수 있잖아."

형이 말없이 두극이를 바라보았다. 마주보던 두극이가 눈길을 떨구고 중얼거렸다.

"형, 내 꿈이 너무 자주 바뀌는 거 같지? 게임에 빠져 있을 땐 프 로게이머가 꿈이었거든."

형이 픽 웃었다. 두극이는 형이 비웃는 것 같아 기분이 조금 나빠졌다. 아무리 형이 대단한 대학교에 다니더라도 남의 꿈을 비웃을 수는 없는 일이었다. 시무룩해진 두극이는 쉼터 난간에 기대고 주위를 한번 둘러보았다. '그리운 아버지의 자리' 안내판에 눈길을 주고 있을 때였다. 형이 두극이의 뺨을 손가락으로 톡 쳤다.

"두극아, 어릴 땐 꿈이 자주 바뀌는 모양이다. 나도 프로 야구 선수가 꿈인 적도 있었고, 사과밭 주인이 되고 싶기도 했거든. 한때는 너처럼 소방관이 되고 싶기도 했어. 소방관이 활활 타는 불길 속에서 사람을 구하는 모습이 멋있어 보였거든."

형이 눈을 찡긋 했다. 왜 형이 픽 웃었는지 그제야 이해가 되어 기분이 풀렸다. 두극이는 텔레비전에서 본 소방관들의 모습이 떠올랐다. 출동 명령을 받은 소방관들이 빠른 동작으로 옷을 갖춰 입고 차에 오르는 모습을 흉내 냈다.

"아주 훌륭해."

형이 기운을 북돋웠다. 두극이는 우쭐해졌다. 난간을 붙들고 넘어가려 하자 형이 벌떡 일어나 두극이를 안았다.

"하두극 소방관, 타고 내려갈 기둥이 준비되지 않은 게 안 보이나. 아직은 참게나."

형이 간지럼을 태웠다. 두극이는 형에게 지지 않으려고 기를 썼다.

"두극아, 항복! 형이 배가 고파서 힘을 쓸 수가 없다."

형의 말을 듣자 두극이는 또 서운했다. 이 말은 형이 이제 학교로 돌아가겠다는 뜻이기 때문이다. 더 일찍 식물원에 왔으면 좋았을 텐데.

"형, 이제 언제 또 와?"

이제 또 한 달은 기다려야 형을 볼 수 있을 것이다. 가끔은 한 달이 지나도 형이 오지 못할 때도 있었다. 그럴 때엔 몹시 허전했다. 소장님을 자주 본다고 위로가 되지는 않았다. 소장님과 형이 차지하는 마음자리가 다른 모양이다.

형과 나란히 쉼터를 내려와 향수원 관찰로로 향했다.

"언제라고 약속을 하면 네가 많이 기다리잖아. 우리는 전생부터……."

"인연이 깊어서 약속하지 않아도 만나게 되어 있어."

두극이가 얼른 형의 말을 받았다. 형이 곧잘 쓰는 말이기 때문이다. 형이 두극이의 머리를 쓰다듬어 준다.

"형제 모습이 보기 좋으네. 도련님들, 잘 가요."

매표소 아줌마가 배웅을 한다. 아줌마 목소리는 직박구리 지저귐처럼 높고 쾌활하다. 형제라는 말이 직선으로 귀에 꽂힌다. 두극이는 조금 남아 있던 서운한 마음을 날려버렸다.

청하로 175번길로 들어섰다. 형을 배웅할 생각이다. 버스를 타러 가는 길이긴 하지만 형은 두극이를 먼저 보낼 것이다. 이별한 뒤에는 남은 사람이 더 힘든 법이라며 형은 꼭 뒤에 남는 쪽을 택했다. 형에게 손을 흔들고 난 뒤 마구 달렸다. 틀림없이 형이 보고 있을 것 같아 뒤돌아보니 형이 손을 높이 들었다.

집으로 달리는 발걸음이 시간을 재촉했다. 기다려지는 오후다.

"오늘 화제는 소방관이냐?"

소장님은 빙그레 웃었다. 소장님이 카메라를 멘 채로 관찰로에 들어서면 별안간 한가해 보인다. 식물 사진을 찍을 때는 사진작가 같다. 꽃을 찍으려고 땅에 엎드리다시피 하거나 곡예사들처럼 몸을 유연하게 비틀며 꽃에 카메라 렌즈를 맞출 때는 학자의 모습은 어디로 가고, 예술가만 남곤 한다. 가끔은 소장님 흉내를 낸다고 두극이도 한껏 몸을 낮춰보지만 카메라 셔터를 누르기가 무섭게 얼른 일어나선 누가 보았나 싶어 주위를 두리번거리기 일쑤다. 그 학자며 예술가가 쉼터에서 두극이 곁에 앉아 있을 땐 그냥 편안한 이웃집 아저씨가 된다.

"소장님, 산불이 나게 하고 싶지 않아요. 산불이 나더라도 아무도 죽지 않게 하고 싶어요."

"기특하다, 두극아. 위험하고 힘든 일이거든. 아빠 때문이야?"

두극이가 고개를 끄덕거렸다. 잠시 침묵이 흘렀다.

"두극아, 얘기 하나 해 줄까?"

침묵을 깨려는 듯이 소장님의 목소리가 대나무처럼 꼿꼿했다.

"산불과 싸우려면 소방관이 아니라 산림청 직원이 되어야 해.
헬리콥터에 산림청이라고 적힌 거 봤지?"

전혀 본 적이 없었다. 불은 언제나 소방서와 연결된다고 생각
해 왔다.

"살림청······요?"

살림은 할머니가 자주 사용하는 말이다. 할머니 친구들이 집에
온 날이면 할머니는 곧잘 살림이 헤프다는 둥, 살림하는 이가 손이
너무 크다는 둥 하며 엄마를 나무라곤 했다. 살림이라는 말만 들
어도 속이 상한다. 그 살림이 헬리콥터에 왜 새겨져 있다는 말인
가. 살림을 중얼거리며 혼란스러워진 두극이가 미간을 찌푸리고
소장님을 올려다보았다.

"산 산, 수풀 림, 관청 청. 산이나 숲과 관계가 깊은 행정 기관
이야. 책에서 본 적 없어? 불이 나는 지역이 산이라서 산과 나무를
잘 알아야 되거든."

"어, 산 림 청이었구나."

그제야 살림이 아니고 산림이었구나 싶다. 식물원 책에서 종종 만난 산림청이건만 산림이 아니라 살림이 떠올랐다. 살림살이를 걱정하는 어른들처럼 살림이 먼저 떠오른 자신이 우습다. 살림도 [살림]이고, 산림도 [살림]이다. 한국에서 자란 두극이도 혼란스러운데 엄마는 어떻게 한국어를 공부했을까. 새삼스럽게 엄마가 대단하다는 생각이 든다. 그러고 보면 아빠도 대단하다. 베트남 사람인 엄마는 한국어도 잘한다. 한국 사람인 아빠는 베트남어도 잘했다. 잠시 엄마, 아빠 생각에 빠져 있던 두극이의 눈에 낯익은 신발이 들어온다. 아차, 지금은 소장님과 함께 있지, 얼른 소장님을 바라보았다. 소장님의 눈빛에서 1월에 남 먼저 꽃이 피는 납매처럼 좋은 냄새가 난다.

소장님은 두극이가 산림을 살림으로 착각하고 있다고 생각한 모양이다. 굳이 산림청의 음과 뜻을 설명한 걸 보면.

"우리는 지금 산림청에서 어떤 일을 하는지 알아보려는 게 아니고 산불 얘기를 하고 있지?"

"소장님, 우리 아빠가 많이 뜨거웠겠죠!."

두극이가 진저리를 쳤다.

"두극아, 산불을 발견하면 보통은 도망을 가게 되거든. 난 아빠가 산불이 번지는 걸 막으려다가 불길을 피할 시기를 놓친 게 아닌가 하는 생각이 든다."

소장님의 강의가 시작될 즈음이다. 소장님은 가벼운 농담보다 진지한 얘기를 더 좋아한다. 청중이 많든 적든 따지지 않는다. 청중이 초등학생이든 식물을 공부하는 대학생이든 가리지도 않는다. 청중이 누구냐에 따라 사용하는 어휘가 조금씩 달라질 뿐, 내용은 같다. 청중이 중고등학생이면 식물 세계를 곧잘 인간의 세계와 비유하기를 즐겨한다.

"두극이 네가 추측한 걸 먼저 말해 봐."

이것도 소장님 방식이다. 소장님은 언제나 두극이의 생각을 먼저 물어본다.

"산불을 발견했을 때 그 면적이 아빠가 감당할 수 없을 정도로 넓었을 거예요. 불을 끌 물이 없어 나뭇가지나 등산화를 이용하지 않으셨을까요."

두극이는 조심스럽게 말을 하면서 소장님을 바라보았다. 소장님이 고개를 끄덕였다.

"그런데 나뭇가지나 등산화가 아니고 보통은 등산복을 벗어서 불을 끄려고 한다더구나."

엄마는 아빠가 등산복을 입고 있었는지 어쨌는지는 두극이에게 말한 적이 없다.

"아, 예. 아빠가 열심히 불을 껐지만 불은 점점 거세어졌어요. 아빠는 남의 일이라고 대충 하는 법이 없거든요. 이젠 아빠가 도망을 가야 할 차례지만 아빠는 힘이 없어서 달릴 수가 없게 되었을 거예요. 그래서 그만……."

"두극아, 아빠는 힘이 있었어도 도망가지 못하셨을 거야."

"무슨 뜻이에요? 근처에 아빠 말고 다른 사람이 있었을 거라는 거예요? 그 사람이 아빠를 도망가지 못하게 했을까요?"

"아니, 두극아. 사람이 도망 못 가게 한 게 아니고, 나무가 그렇게 했을 거야."

"나무가요? 어떻게요?"

소장님이 나지막하게 말하기 시작했다. 엄마가 잠자리에서 들려주던 목소리처럼.

흔히 화재를 화마라 하고, 이 불마귀가 쫓겨난 후의 모습을 화마가 지나간 상처라 한다. 산불이라는 이름이 붙으면 상처는 어마어마하게 크기 마련이어서, 누구네 집이나 누구네 과수원 정도가 아니고 국가적 재난이 되어 버린다. 원래의 모습으로 돌아가는 데는 50년에서 100년이라는 긴 시간이 필요하다.

"산불을 생각하면 우리나라 산에 소나무가 많은 것이 좋은 일이 못돼. 소나무 한 종류만 있는 단순림이라는 것도 마찬가지이고."

"소나무가 이롭지 않은 나무예요?"

"그런 뜻은 아니지만, 산불 얘기만 하면 그래. 침엽수림에 산불이 잘 나거든. 산불은 우리나라에서는 자연적으로 발생하는 일이 거의 없어. 사람들이 실수를 하거나 일부러 불을 지르는 거지. 땅 표면에서 난 불이 수관화로 발전하면 끄기가 매우 힘들어진다."

소장님의 산불 강의가 이어졌다.

수관화는 나무의 가지나 잎이 무성한 부분만을 태우며 지나가는 산불인데, 흔히 침엽수인 소나무나 잣나무에서 나타난다. 침엽수는 줄기와 잎에 나뭇진이 많고, 밑가지가 마르기 쉬워서 몹시 위험하다. 바람이 불어 불이 날아다니면 더욱 걷잡을 수가 없다. 산불을 끄기 힘든 이유에 경사와 기복이 심한 것도 들어있다. 가파르고 울퉁불퉁하니 차를 타고 올라갈 수가 없는 곳, 길도 만들어져 있지 않은 곳, 그곳을 헉헉거리고 올라가 갈퀴로 나뭇잎을 모두 긁어내어 산불이 번지는 걸 막아야 한다. 산불진화대원에게 가장 필요한 조건이 산불을 끄는 도구인 등짐 펌프를 휴대하고 산에 오를 수 있는 건강한 신체다.

소장님은 순비기나무 열매처럼 은근한 향내로 머리를 맑게 해

주었다.

아빠는 지표화를 발견했을 것이다. 불을 끄려고 애를 쓰는 동안 순식간에 수관화로 변한 산불을 보며 아빠가 얼마나 당황했을까. 1초에 80미터의 속도로 번진다는 산불. 수관화 속에 사람이 있으면 도망을 갈 수 없다. 세계에서 가장 빠른 사람도 1초에 10미터를 겨우 넘는다. 꼼짝없이 불의 감옥에 갇혔을 테지. 찻집 꽃멀미에서 모닥불을 피워놓고 고구마나 감자를 구울 때 그 엄청난 불의 힘을 느낄 수 있었다. 무릎까지도 오지 않는 불머리인데도 가까이 갈 수가 없다. 그런데 나무보다 더 높이 타오르는 불길 속에서, 그것도 세계에서 가장 빠른 사나이보다도 몇 배나 빠른 속도를 가진 산불을 어찌 따돌릴 수 있을 것인가. 마지막으로 본 아빠의 모습이 살아 있을 때와 별로 다르지 않았다는 두극이의 말을 들은 소장님이, 아빠는 연기 때문에 질식했을 거라 했다. 하지만 두극이는 뜨거운 불속에서 죽음을 맞았을 아빠 모습이 떠올라 가슴이 터질 것 같았다. 그 순간 아빠는 무슨 생각을 했을까.

아빠 생각에 몰두하다가 오솔길을 지나쳤다. 청하장터를 지나야 한다. 오후라서 할머니를 만날 리가 없는데도 장 구경을 나온 할머니를 만나면 좋겠다는 생각이 든다. 할머니를 만나 아빠를 그리워하는 마음을 잠재우고 싶다. 아니 할머니를 보는 순간 현실로 돌아올 테니 만나지 않았으면 좋겠다. 갈피를 잡을 수가 없다. 두극이가 아빠를 그리워하는 만큼 할머니도 아빠가 보고 싶을까. 모르겠다.

두극이는 산림청 직원보다 소장님처럼 식물학자가 되면 더 좋지 않을까 하는 생각이 들었다. 헬리콥터 조종사가 되어도 멋있을 것 같다.

"헬리콥터 터미네이터는 한꺼번에 만 리터의 물 폭탄을 투하할 수가 있다."

소장님의 얘기를 되새김질한다.

비행기에 불이 났을 때 비행장에서는 아주 큰 소방차가 출동한다. 소방차 중에서 가장 큰 덩치를 가지고 있어서 괴물소방차라는 별명이 붙은 이 소방차가 싣는 물의 양이 12,000리터다. 그런 물을 호스를 통해서가 아니라 한꺼번에 하늘에서 떨어뜨린다.

투하한다는 말이 신기했다. 물을 쏟아 붓는다는 표현보다 투하한다는 말이 헬리콥터의 힘을 더 강하게 나타내는 것 같다. 바람이 가장 잠잠한 새벽에 진화선을 만드는 것이 산불과 싸울 때 조금은 유리하다고 한다. 산불의 기세를 꺾을 수 있을 것 같은 때에 응원군 헬리콥터 소리를 듣는 산불진화대원의 헉헉거리는 숨소리가 들리는 듯하다. 산에서 불과 싸워야 하니 체력이 금방 바닥이 나서 오래오래 일할 수 없는 모양이다.

카랑카랑하게 건조한 날. 햇빛이 눈부신 오후. 파란 하늘. 이런 따위가 근심스럽기만 한 사람들도 있었다. 산불 걱정이다. 해가 지는 것은 산불진화 헬리콥터의 철수를 의미한다. 나무가 타버리는 바람에 나무에 의지했던 바위덩이가 아래로 굴러떨어지는 것을 캄캄한 밤이라 미처 발견하지 못해 다치기도 한다. 산불은 몇 킬로미터를 뻗어 누그러질 줄 모르는데 시야가 확보되지 않는 야간작업은 인간의 힘이 얼마나 보잘것없는지 뼈저리게 느끼게 한다. 호흡을 어렵게 하는 재와도 싸워야 한다. 소방 헬리콥터가 떨어뜨려 주는 물이며 밥이 아니면 꼼짝없이 굶어야 한다. 무전기를 타고 들려오는 힘겨운 소리, 소리들. 맹렬한 산불 앞에서 물러설 수도 없다. 불에 탈 것 같은 뜨거움과 맞서야 한다.

"꽃가루는 섭씨 200도 불길에서도 살아남아."

그렇지만 공항 검색대에 보안견의 코를 능가하는 로봇이 등장하지 못한 것처럼 꽃가루만큼 강한 섬유를 아직 개발하지 못했다며 소장님이 두극이를 쏘는 듯이 보았다. 소장님의 눈빛이 강렬해서 두극이는 제가 해 볼게요, 그런 소리가 나올 뻔했다. 곤충의 생태를 이용한 로봇 얘기를 들려주기도 한 소장님이다. 세직이 형처럼 과학자가 되는 공부를 하는 게 좋을 것 같다. 왜 이렇게 되고 싶은 게 많을까. 소장님은 되고 싶은 게 많은 것은 나쁜 일이 아니라고 위로해 주었다. 어떤 길이든 선택할 수 있도록 기초를 튼튼히 하는 게 중요하다는 걸 잊지 말라고 했다. 공부를 많이 하는 것은 선택의 길을 다양하게 만드는 것이라고 했다. 이건 소장님이 중고등학생을 안내할 때 자주 하는 말이다.

집에 도착했을 때도 세직이 형이나 소장님과 나눈 대화에서 헤어나지 못했다.

"두극아, 할머니가 장터에 다녀오셨다."

엄마가 한국어로 말했다. 할머니에게 먼저 가 보라는 신호다.

"할머니, 장터 좋으셨어요?"

두극이는 지금까지 빠져 있던 소방관이고, 헬리콥터 조종사고, 과학자고 하던 것들을 한꺼번에 날려버리고 할머니에게로 달려가 할머니 표정부터 살폈다.

"아유, 귀한 우리 강아지."

"어머니, 저번엔 두부가 빨리 떨어졌어요."

"그랬구나. 우리 강아지가 더 많이 먹은 거구먼."

할머니가 두극이를 강아지라고 부를 때가 할머니의 기분이 가장 좋을 때다. 할머니가 강아지라고 말할 때는 불안해 하지 않고 할머니를 대해도 좋다는 허락을 받은 것이나 다름없다. 할머니는 인자하고 따뜻하고 품이 넉넉해진다.

"어머니, 차 한 잔 내올까요?"

"그래라, 에미야. 이왕이면 베트남 식으로 내오너라."

할머니가 말하는 베트남 식은 설탕을 듬뿍 곁들이는 거다. 엄마는 베트남 중에서도 남부 사람이라 달콤한 음식을 좋아했다. 베트남에서는 하노이를 중심으로 한 북부는 짠 음식을, 후에나 다낭 같은 중부 지방은 매운 음식을, 그리고 호치민에서 메콩델타로 이어지는 남부 지방은 달콤한 음식을 좋아한다고 했다. 이런 날 엄마는 두극이와 함께 베트남으로 훨훨 날아가곤 한다.

닭 울음소리가 새벽을 여는 곳. 마을 사람은 예외 없이 수로를 끼고 생활을 한다. 집집마다 빗물을 담아 두는 두멍이 있다. 그물이나 낚시로 고기를 잡는다. 가끔은 좁은 수로를 마아 물을 퍼 낸 후 파닥거리는 고기를 줍기도 한다. 일부러 두극이에게 보여주려고 외할아버지가 수로를 막고서 물을 퍼낸 뒤에 고기를 잡기도 했다. 어른 손가락 크기의 고기들이 물을 듬뿍 머금은 검은 진흙에서 팔딱팔딱 뛰던 모습이 눈에 선하다.

땔감이며 곡식이며 야채 따위 짐을 잔뜩 실은 거룻배를, 아이도 아낙네도 쉽게 노를 저어 물길을 따라 흐른다. 물질이 넉넉하지 않음에도 따뜻하고 여유롭다. 새벽부터 이웃집을 방문하는 것이 자연스럽고, 이가 빠진 그릇을 손님에게 내놓아도 부끄러워하지 않는다. 그 음식을 만드는 사람의 마음이 중요하지 그릇이 중요하지는 않기 때문이다. 음료를 마시던 유리컵에 향을 꽂아도 조상을 모시는 마음이 모자란다고 탓하지 않는다. 조상은, 신은 항상 같이 살아가는 존재이지 다른 세계에 머물러 사는 동떨어진 존재가 아니었다.

엄마는 고향 마을을 말할 때면 꿈꾸는 표정이 된다.

늘 여름이기만 한 고향 마을은 '려느억'으로 집을 지었다. 려는 코코넛이고, 려느억은 코코넛과 비슷한, 물가에 사는 식물이다. 비가 많이 오는 지방이라 습기를 잘 견딜 수 있는 려느억이 집을 짓는 재료로 선택된 것이다. 시원해서 좋은데 해마다 새로 지어야 하기 때문에 성가시다고 했다. 많은 집들이 양옥으로 바뀌었음에도 여전히 '냐라려(려느억으로 지은 집)'에서 살던 마이가 떠올랐다. 마이는 두극이와 나이가 같은 여자애였다. 언제나 말없이 두극이를 뚫어지게 바라보곤 하던 아이다. 몹시 야윈 마이의 작은 얼굴엔 온통 눈밖에 보이지 않았다. 마이의 눈을 보고 있으면 왠지 슬프고 마음이 따끔거렸다. 메콩델타를 떠날 때 마이가 말했다.

"Tôi cũng muốn nói tiếng Hàn Quốc tốt(또이 꿍 무온 노이

띠엥 한 꾸억 뜻. 나도 한국어를 잘 하고 싶어)."

두극이는 마이의 커다란 눈에서 눈물이 뚝 떨어질 것 같아 얼른 말했다.

"또 올게."

한국어였다. 어쩐지 그렇게 말하고 싶었다.

"기다린다."

마이도 한국어로 말했다.

"그렇게 해. 네가 한국에 와서 교수가 되면 좋겠어. 국회의원이 되는 것도 좋지."

마이에게 베트남어로 말하면서 두극이는 자신도 모르게 다음에 메콩델타에 올 땐 마이가 한국어를 공부할 수 있는 책을 많이 가져다주리라 다짐했다.

책에서 소개하는 베트남과 외가 마을이 있는 베트남은 다른 곳 같다. 책에서 만나는 베트남은 관광객을 위한 베트남이어서인지도 모르겠다. 두극이에게 베트남은 메콩델타이고, 외할머니고, 그리고 마이의 눈이었다. 다른 아이들처럼 외가가 가까웠으면 좋겠다. 그러나 베트남에 가고 싶다는 말을 끄집어낼 수가 없다. 할머니의 고함이 들려오는 것 같다.

너무 오래 할머니를 혼자 있게 했다.

"할머니, 할머니."

두극이가 마루를 쿵쿵 건너서 할머니를 찾았다.

"할머니, 윤수가 우리 집에 놀러오고 싶대요."

"그래라. 사람 사는 집에는 애들 소리가 담을 넘어야 하는 법이다. 솜씨 좋은 엄마에게 맛있는 거 많이 해 달래라, 우리 강아지."

눈앞에 말채나무가 나타났다. 나무 아래 내리막길 끝에 집이 있다. 두극이는 언덕에서부터 큰 소리로 할머니를 불렀다. 두극이는 집에 가면 할머니부터 찾았다. 할머니가 늘 말하는 '인사성'이다, 그건. 보통 땐 마당에 들어서면서 할머니를 찾지만 윤수와 같이 집에 가는 두극이는 한껏 신바람이 났다. 윤수와 함께 간다는 걸 할머니에게 알리고 싶다. 신이 나니 또 걱정이 된다. 불안하다. 할머니를 부르긴 했지만 할머니가 시장에 가고 없었으면 싶다. 장날마다 마실하듯 장터에 다녀오는 할머니다. 하지만 할머니는 집에 있을 것이다. 주말이면 할머니는 장터 외에는 외출하는 일이 좀처럼 없기도 하지만, 장날도 아니거니와 장날이어도 벌써 장이 파했을 시각이기 때문이다. 남들은 주말이면 놀러 가는데 할머닌 거꾸로 한다. 하기야 매일 주말이니 그럴 거다.

할머니의 목소리가 들리자 두극이는 가볍게 한숨을 쉬었다. 할머니가 윤수를 반겨 주었다. 다행이었다. 윤수가 재롱떨듯이 할머니에게 말을 걸었다.

"할머니, 우리 엄마가요, 청하 장터에 물곰도 파느냐고 물어보고 오래요."

"그러엄, 팔고말고."

할머니가 윤수 손을 덥석 잡았다. 할머니가 윤수 손을 잡고 놓을 생각을 하지 않았다. 윤수가 우리 엄마가요, 우리 엄마가요, 하며 끝도 없이 떠들었다.

"아이고, 연하기도 하다. 우리 두극이도 저 애비만 있었으면 이렇게 연하고 그늘도 없을 텐데………."

윤수를 환영하는 할머니의 태도가 지나치다. 그렇지 않아도 불안해진 두극이였는데, 아빠 얘기가 나오자 마음을 정했다.

"할머니, 윤수하고 할매림에 다녀올게요."

"두극아, 뛰지 말고 천천히 가거라. 넘어져서 다칠라."

윤수와 큰 소리로 인사를 하고 집에서 뛰어나왔다. 마을을 벗어나자 넓은 들판을 가로지르는 농로가 시원스럽다. 두극이는 빠른 걸음으로 앞서 나갔다가 되돌아오곤 했다.

"야, 신짜오, 좀 천천히 가자."

두극이보다 통통한 윤수는 달리기가 좀 힘든 모양이다. 축구할 땐 잘만 뛰면서. 가던 길을 멈추고 두극이가 윤수를 잠시 바라보았다.

"이 길은, 들어서기만 하면 막 뛰고 싶어져."

윤수도 주변을 한번 휘이 둘러보더니 마구 뜀박질을 한다. 햇살이 따사로운 가을날 오후. 주변의 모습이 더할 수 없이 한가롭고 여유롭다. 청하향초가 진한 향기를 내뿜는다. 벼 냄새도 코끝을 자극한다. 눈길을 어디에 두더라도 황금물결의 넘실거림이 마음을 넉넉하게 한다. 이 풍경 속으로 들어가면 풀의, 나무의, 하늘의 일부분이 될 것 같다.

윤수와 할매림을 다녀올 때만 해도 즐겁기 짝이 없었다. 돌아오는 길이었다. 마을길로 들어서자 두극이가 대문 기둥에 붙어 있는 도로명을 가리켰다. 비학로 323 – 3이라고 되어 있었다. 그 옆집으로 가서 다시 도로명을 가리켰다. 이번에는 청하로 34 – 2라고 되어 있다. 주변을 둘러본 윤수가 고개를 갸우뚱거렸다.

"그게 뭔데?"

"입구 두 집만 비학로야. 나머지는 모두 청하로 몇 번이고. 재미있지 않냐?"

"야, 너 대단하다. 이런 걸 어떻게 알아냈어?"

윤수의 감탄에 우쭐해하며 나는 듯이 골목길을 달려갔다. 윤수가 뒤에서 같이 가자고 소릴 질렀다. 윤수를 놀리듯이 더 빨리 달렸다. 숨이 턱에 찼다. 할머니를 부르며 마당에 들어서니 엄마가 어두운 표정으로 서 있었다. 뭐가 또 잘못되었구나, 싶다.

할머니가 고함을 쳤다.

"요즘 세상에 어느 애가 어른 사는 집에 놀러 오니? 할미를 얼마나 우습게 알았으면 제 멋대로 애를 데려와, 데려오길. 그놈은 또 얼마나 촐랑거리는지. 너라도 속을 썩이지 말아야지. 이 꼴 저 꼴 안 보고 내가 빨리 죽어야 하는데."

"할머니, ……할머니."

제발 할머니, 두극이는 속으로 간절히 빌었다.

"어머니, 그만 진정하셔요, 어머니."

엄마 부탁이 할머니 귀에 들릴 리가 없다.

"뭔 일이냐, 도대체. 엎어지면 코 닿을 데를 기어코 같이 갈 건 또 뭐고."

할머니가 시작이다. 윤수를 데리고 온 것도, 할매림에 간 것도 모두 할머니 마음을 상하게 만들었다. 이제 곧 윤수가 들어올 텐데. 윤수에게 이런 모습을 보이는 게 싫다. 억울했다. 윤수가 놀러 온다는 말을 할머니에게 하지 않았던가. 허락할 때는 무슨 마음이고, 윤수 앞에서 이건 또 무슨 일인가.

윤수가 마당에 들어서니 할머니는 언제 그랬느냐는 듯이 아주 다정하고 인자한 할머니로 변해 버렸다. 하긴 윤수가 아니더라도 할머니의 기분은 금방 좋았다가 금방 나빠지기 때문에 헷갈릴 때가 많다. 윤수가 가고 난 뒤가 걱정이다. 할머니가 엄마 탓을 할지 모른다. 두극이를 야단치는 일로 시작해도 결국에는 모든 잘못이 엄마에게로 돌아가기 일쑤다. 할머니가 다시 다정해졌는데도 저녁밥을 먹고 가겠다고 집에서 허락을 받았다던 윤수는 엄마가 빨리 오랬다며 급히 돌아갔다. 틀림없이 골목에서 할머니의 고함을 들었을 거다. 두극이는 버스를 타러 가는 윤수를 말리지도 않았고, 버스 승강장까지 바래다주지도 않았다. 마음이 어수선했다.

엄마는 조용히 저녁밥을 지었다. 투명인간 같다. 두극이도 제 방에서 숨을 죽이고 있었다. 마음이 어수선할 땐 엄마, 아빠가 직접 옮겨 쓰고 그림을 그려서 만든 이야기책을 읽곤 하지만 집중이 되지 않아 컴퓨터를 켰다. 아빠가 사고를 당하던 때부터 게임과는 담을 쌓았다. 식물 사진이라도 정리하자는 생각으로 식물원 폴더를 열었다. 집중이 되지 않기는 이야기책과 마찬가지였다. 엄마가 저녁밥을 하고는 있지만 과연 밥을 제대로 먹을 수 있을까. 또 할매림으로 달려갈 일이 생길지도 모르겠다.

주말이면서 청하 장날이다. 할머니는 장터로 나갈 차비를 한다.

"두극아, 할미 따라 장에 가자. 국화빵 사 주마."

국화빵이 별로 내키지 않는다. 맛도 별로 없다. 할머니는 팥이 들어 있는 국화빵이 무척 맛있나 본데, 두극이는 숯불에 구워 먹는 삼겹살이 훨씬 맛있다. 죽도시장도 개복치가 없는 날은 시큰둥한데, 좁은 청하 장터에 뭐 볼 게 있다고 장날마다 할머니가 집을 나서는지 정말 모르겠다. 두극이가 한숨을 쉬며 엄마를 보았다. 엄마가 고개를 끄덕였다. 윤수가 오던 날, 다행스럽게도 별 사고 없이 저녁밥을 먹었다.

좋아, 장터에 따라간다.

"와, 국화빵요? 알았어요, 할머니. 금방 나갈게요."

두극이는 대단한 일을 결심한 듯 집을 나섰다.

할머니는 청하로 큰길에 있는 두부 가게에 제일 먼저 들렀다. 두부 가게는 장날만 두부를 만들어 팔았다.

"아이구, 할머니 나오셨어요. 손잔가 봐요."

가게 아줌마가 옆에 선 두극이를 보고 말했다.

"우리 손자, 두극이라우."

할머니가 두극이를 끌어당겨 옆구리를 안으며 말했다.

"하도 손자 자랑을 하셔서 어떻게 생겼나 궁금하더니만. 똑똑하게도 생겼다. 누굴 닮아서 저렇게 미남일꼬."

두극이는 서 있기가 거북했다. 빨리 이 가게를 떠났으면 좋겠다.

"어딜 가 봐요, 우리 두극이만 한 애가 있는지. 우리 손자가 오니까 가게가 다 훤하잖아."

할머니가 으스대며 말했다.

"손자가 좋아해서 두부를 산다 하시더니, 그럴 만도 하겠어요."

두극이는 할머니와 가게 아줌마 대화를 들으며 얼굴이 화끈거렸다. 부끄럽고 민망해서만은 아니었다. 그러고 보니 주말과 장날이 겹치면 할머니가 장터에 같이 가자고 했던 것 같다. 장날이면 할머니보다 먼저 식물원으로 달아나든지 숙제 핑계를 대곤 했다.

두부에서 김이 무럭무럭 났다. 김이 나는 두부는 처음 보았다. 두부에 손을 올려 보았다. 난로처럼 따뜻했다. 할머니와 가게 아줌마가 그런 두극이를 보며 웃었다. 할머니는 아줌마에게 여전히 두극이 자랑을 하고 있었다. 두부를 사면서, 값을 치르면서, 시장을 한 바퀴 돌고 올 동안 두부를 맡겨 놓겠다면서……. 다른 손님이 오지 않았으면 할머니의 두극이 자랑이 끝이 없었을 거다. 할머니는 마지못해 두부 가게를 물러났다.

할머니가 앞장을 섰다. 두극이는 자신도 모르게 할머니 손을 잡았다. 할머니가 웃었다. 할머니를 따라 이리 기웃, 저리 기웃 하고 있을 때다. 어디선가 두극이를 부르는 소리가 들렸다.

"여기야, 여기."

소리 나는 쪽으로 고개를 돌리니 뜻밖에도 윤수가 있었다. 윤수가 청하 장터에 나타나다니. 윤수도 두부 때문에? 그럴 리가 없겠지. 윤수를 보고 있으니 윤수를 꼭 닮은 아줌마가 함께 두극이 쪽으로 걸음을 옮겼다. 윤수 엄마? 맞다. 윤수가 집에 왔을 때 청하 장터에서 물곰을 살 수 있느냐고 물었던 게 떠올랐다.

"안녕하세요, 할머니?"

윤수가 경쾌하게 인사를 했다. 윤수 엄마도 할머니에게 인사를 한다.

"안녕하세요, 두극이 할머니? 물곰을 살 수 있다고 하셔서요."

"그래요, 장날이면 물곰이 나오지요. 그러고 보니 윤수가 엄마를 닮았구먼. 후덕하게도 생겼다 했더니만."

"윤수는 엄마 닮아서 뚱뚱하다고 원망을 많이 해요."

윤수가 해해해 웃었다.

"뚱뚱하기는요. 실해서 보기 좋구만요. 우리 두극이는 생긴 건 제 아빠 그대로인데……."

키는 작지 않은데 약해 보이는 체격이 엄마를 닮아서라고 걱정을 하는 할머니다. 할머니가 엄마 말을 삼키고 있을 것이다.

"할머니, 오뎅 하나 잡수고 가시지요."

"그럽시다, 그럼."

할머니가 필요 이상으로 목소리를 높였다.

윤수도 두극이도 마다할 이유가 없었다. 윤수를 학교가 아닌 장터에서 만나는 것도 퍽 재미있다. 장날에 청하 장터에서 윤수와 함께 어묵을 먹게 되다니. 어른들을 따라가며 윤수와 장난을 쳤다.

윤수네와 들어간 가게는 매우 좁았다. 탁자 두 개가 있었는데, 의자와 의자 사이에 간격이라곤 없어서 다니기가 불편했다. 쪼르르 먼저 들어가 벽 쪽으로 자리를 잡았다. 할머니가 가까운 자리에 앉으려는지 윤수 옆에 앉는 바람에 윤수 엄마가 두극이 옆에 앉게 되었다. 어른들이 얘기에 열중하고 있어서 어묵은 온통 둘의 차지가 되었다. 윤수는 어묵도 더 주문을 하고, 떡볶이도 먹고 싶어 했다.

"두극이가 얼마나 고마운지 몰라요. 윤수가 초등학교 다닐 때 친구 때문에 많이 힘들어 했거든요."

어른들 대화에 두극이와 윤수가 등장했다. 둘은 서로 얼굴을 마주보았다. 떠들기를 멈추었다. 무슨 말인가 궁금해졌다.

"오죽했으면 시내에 살면서 면에 있는 중학교로 진학을 했겠어요. 아는 집으로 주소를 옮기면서까지요."

"두극이도 제 애비가 몹쓸 일을 당하고 나서 이곳으로 전학을 왔어요.……에미가 같이 살겠다고 와 줘서 얼마나 고마운지 몰라요. 언제든지 손자도 볼 수 있고. ……요즘은 사람 사는 것 같아요."

그때 작은애라 부르던 호칭이 저절로 에미로 바뀌었다고 할머니가 말했다.

"왜 안 그러시겠어요, 할머니. 저희 할머니 생각이 나네요."

할머니가 두극이와 윤수를 보았다.

"지난번엔 윤수가 놀랐을 거예요. 윤수가 왔을 때 내가 마구 고함을 질러댔거든요."

두극이는 난처해졌다. 할머니가 그날 일을 끄집어내는 게 싫었다. 어떻게 해서든 할머니 말을 막고 싶었다. 할머니 말을 막을 수 없으면 화장실을 핑계로 자리를 떠나고 싶었다. 할머니가 크게 한숨을 내쉬었다. 한숨 소리에 주춤 하다가 자리에서 일어난 기회를 놓쳤다.

"나도 모르게 불쑥불쑥 고함이 나와요."

윤수 엄마가 아무 말 없이 손을 뻗어 할머니의 손을 잡았다.

"그렇게 불같이 야단을 칠 땐 나도 나를 모르겠어. 에미와 두극이가 기가 죽어 있는 걸 보면 내가 또 미쳐 날뛰었구나 싶어서 얼마나 후회하는지 몰라. 더 기가 찰 노릇은 술주정뱅이처럼 무슨 말을 했는지 생각도 잘 안 나. 다시는 안 그래야지 암만 마음을 먹어도 또 그리고, 또 그리고. 도무지 나도 날 모르겠어. 두극이가 할매림인가 뭔가에 가면 더 속이 상해. 그 할망구에게 내 손자를 **빼**앗기는 거 같아."

할머니가 눈물이 그렁그렁 한 채 윤수 엄마를 바라보았다. 시선은 윤수 엄마에게 가 있는데 할머니는 아무 것도 보고 있지 않는 듯했다. 두극이는 할머니가 어디 아픈가 싶어 걱정이 되었다.

"그러셨군요, 할머니."

"내가 왜 이런 것 같수? 제발 나 좀 도와줘. 우리 두극이 에미, 멀리 시집 와서 마음고생이 심할 거야. 에미가 여간 사근사근하지 않아. 두극이도 그렇고. 요즘 할미 말을 그렇게 잘 듣는 손자가 어딨어. 내가 복을 까불고 있는 거지."

기어코 할머니의 볼에 눈물이 흘러내렸다.

"할머니, 할머니?"

윤수 엄마가 할머니 손을 가만히 흔들었다. 그제야 할머니의 몽롱하던 눈동자에 초점이 맞춰졌다.

"할머니, 윤수가 그러는데 두극이가 굉장히 똑똑하다면서요. 아마 할머니를 닮았나 봐요."

두극이는 민망했다. 자신이 굉장히 똑똑한가? 과학은 잘하지만 다른 건 그저 그렇다. 베트남어를 잘하는구나. 영어도 좀 괜찮은 가. 두극이는 똑똑하다는 말을 성적과 연결시키고 있었다. 할머니 가 윤수 엄마에게서 손을 뺐다. 소매 끝으로 눈가를 훔쳤다.

"날 닮았다니 그런 거 아니에요. 우리 두극이 에미가 여간 영특 하지 않아요. 동네에서도 칭찬이 자자해요. 인사성 밝지, 동네 어 른 잘 섬기지, 마음씨 곱지, 아는 것도 많지, 요리 솜씨 좋지…….
끼니 때마다 에미가 밥을 두 그릇씩 따로 떠놓지 뭡니까."

"왜 그러는데요, 할머니?"

"먼저 간 영감과 애비 몫이라네요. 저승 간 사람도 같이 사는 거라 하더구먼요. 베트남에서는 그리 하나 봅디다. 동네에서 며느 리 잘 봤다고 야단들이에요, 글쎄."

"그렇군요. 그런 걸 다 알아주는 할머니가 계시니까 두극이 엄 마가 솜씨도 발휘하고 칭찬도 받지요."

"아니에요, 애기 엄마. 늘그막에 무슨 복으로 그런 며늘애와 같 이 살게 되었는지……."

할머니가 애기 엄마라고 하는 바람에 별안간 애기가 된 윤수가 아기 시늉을 했다.

"할머니께서 전생에 복을 많이 지으신 게지요."

"애기 엄마도 부처님을 믿어요? 난 그냥 어쩌다 절에 가곤 하지만, 우리 에미는 집에도 불상을 모셔 놓았어요. 먼저 간 애비가 좋은 데 가라고 그런대요."

"좋아 보이네요, 두극이 할머니."

두극이는 윤수와 말없이 떡볶이를 먹고 있었다. 재재거리길 잘하는 윤수도 어쩐지 말을 않고 있었다.

"며늘애가 불쌍해요. 젊은 나이에 서방 없는 세월을 어찌 견뎌낼지……. 내 가슴이 무너지는데도 에미가 가련해서 자식 앞세운 아픔도 드러낼 수가 없어요. 그래도 에미가 그렇게 정성을 들이니 좋은 데 갔을 거구먼요."

"아마도 그렇겠지요. 그리 생각하시고 마음 편히 가지세요, 할머니."

"우리 에미는 영특하고 재주도 많은데 밖에서 일을 하게 되었으면 좋겠어요. 며늘앤 대학 졸업장도 있고, 베트남 말도 잘하잖아요. 가끔 죽은 제 서방이 생각나는지 몰래 우는 걸 보면 가슴이 미어집니다. 바깥일을 하면 마음 달래기도 나을 거구먼."

혼잣말처럼 말을 끝내는 할머니 목소리에 긴 한숨이 따라 나왔다.

"두극이 엄마가 바깥일을 하면 할머니가 적적하지 않으시겠어요? 살림도 하셔야 할 텐데 힘드시잖아요."

"그런 걱정 마세요. 죽으면 썩을 몸 아껴서 뭐 하겠어요. 조금

씩 꿈적거려야 몸도 덜 상할 테고. 며늘애가 오고 나서 할 일이 없
어 심심하기도 하고요. 남에게 맡긴 밭을 다시 맡아 보나 생각 중
이에요."

"엄마, 장터에서 윤수 만났어."

"애기 엄마가 물곰을 사러 왔더라."

"물곰이라고요?"

"그래. 죽도 시장에서는 못 사거든. 포항 근처에서 많이 잡히지
만, 모두 식당으로 들어가고 시장에는 안 나온대."

"윤수하고 윤수 엄마하고 같이 오뎅도 먹고, 떡볶이도 먹고 왔
어."

"그래서 오래 걸리셨군요. 장터로 나가 볼까 하는 중이었어요."

두부를 받아들면서 엄마가 말했다.

"에미야, 난 좀 쉬련다."

할머니가 방으로 따라 들어오지 말라고 엄마에게 말하는 것이
다. 엄마가 두극이 방으로 들어왔다. 엄마는 시장에서 무슨 일이
있었는지 궁금하고 걱정스러웠나 보다. 두극이에게 시장에서 있
었던 일을 다 들은 엄마가 말했다.

"벤 끅, 할머니에게는 아빠가 아들이잖아. 할머닌 아빠가 어디

멀리 갔다가 곧 문을 열고 들어올 것만 같으실 거야. 그런데 엄마와 두극이가 할머니와 살고 있으니 어쩔 수 없이 사실로 받아들이셔야 하잖아? 혼란스러우실 테지."

엄마가 두극이에게 말했다. 두극이가 어른이라도 된 것처럼. 엄마가 하는 말은 알 듯 모를 듯 묘했지만, 가슴을 울리는 뭔가가 있었다.

"할머니는 할머니대로 며느리와 손자를 보듬었다가 탓했다가 하면서 끓어오르는 울분과 아픔을 삭이고 계실 거야. 자식은 가슴에 묻는다고 했거든."

엄마가 고요하게 말했다. 할머니에게 가 봐야겠다며 엄마가 몸을 일으켰다. 두극이도 엄마가 자석이라도 되는 것처럼 따라서 할머니 방으로 갔다.

"어머니, 다리 주물러 드려요?"

"아니다, 괜찮다."

벽을 향해 등을 보이던 할머니가 돌아누웠다. 엄마가 할머니 다리에 손을 얹었다.

"괜찮대두 그러냐."

할머니 목소리에 힘이 없었다. 할머니 눈이 빨갛게 충혈되어 있는 걸 보니 아무래도 할머니가 울었던 것 같다.

"어머니, 애비가 보고 싶으시죠?"

할머니는 서글픈 웃음을 띠었다. 할머니가 엄마와 두극이를 말 없이 바라보았다. 한참을 그렇게 보던 할머니가 벌떡 일어나 엄마 손을 잡았다. 할머니의 눈에서 눈물이 흘러내렸다. 두극이가 얼른 휴지를 가져왔다. 할머니가 눈물을 훔치며 두런두런 말을 끄집어 냈다.

마른하늘에 날벼락 같은 아들 소식을 들었을 때의 하염없음을 끝도 없이 늘어놓았다. 하늘이며 부처며 원망할 수 있는 건 죄다 입에 올렸지만 도저히 아들의 죽음을 받아들일 수 없었다. 자신의 하소연을 풀어놓을 사람이 없었다. 영감이라도 있었으면 한 달이 고 일 년이고 자신의 넋두리를 들어주었을 것을. 남편도 없이 살 아갈 며느리 생각에 억장이 무너져 내렸다. 아들은 어쩌자고 그 멀리서 며느리를 데려와 그리도 서둘러 저세상으로 가버렸다는 말인가. 자나 깨나 제 아내밖에 모르던 자식이었는데 며느리와 두 극이를 두고 어찌 눈을 감았을까 보냐고 원통해 했다.

며느리가 짐을 싸서 청하로 들어온다고 하자 더없이 반가웠다. 그러면서도 어쩐지 가슴이 덜컹 내려앉았다. 젊디젊은 며느리가 혼자 사는 걸 어찌 볼 것인가 싶다가도, 그렇게 드센 팔자를 타고 난 사람이 하필 내 며느리가 되었나 싶어 못마땅하고 언짢아서 심

술이 났다. 며느리가 팔자를 고쳐야 할 것이 아닌가 하는 생각이
들다가도 막상 어딘가로 보내려고 하면 또 심술이 나서 자신을 가
눌 길이 없었다. 아들이 원망스러웠다. 영감이 원망스러웠다. 며
느리와 손자는 더 원망스러웠다.

"날더러 어찌 하라고. 왜 이런 험한 짐을 나 혼자 짊어져야 한
단 말이냐!"

할머니가 흐느껴 울었다. 엄마도 울었다. 두극이는 소매 끝으
로 눈가를 슬쩍 훔쳤다. 소리 나지 않게 방문을 열고 슬며시 방을
나왔다.

새벽을 열다

　두극이야 항상 일찍 등교하지만, 윤수가 다른 때보다 등교를 일찍 했다. 스쿨버스가 아니라 엄마 차를 타고 왔단다. 2반 교실이 시끌벅적했다. 2반 아이들은 대부분 일찍 등교했다. 오늘은 1학년 2반이 강당에서 연습을 할 수 있는 날이라서 그런 모양이다. 학교 축제 때문에 온 학교가 떠들썩하다. 윤수가 2반 아이들이 어떻게 연습하는지 가보자고 졸랐다. 윤수가 조르기 시작하면 대체로 두극이가 졌다. 하는 수 없이 강당으로 향했다.

　"대신 바로 강당으로 가지 말고 관송 숲길로 돌아가자."

　"알았어."

　윤수는 크게 양보를 하는 것처럼 그러자고 했다.

"윤수야, 너네 엄마 멋있더라. 우리 할머니하고 잘 통하던걸."

"울 엄마가 좀 그래. 울 엄마는 집단상담인가 그런 것도 해. 학교에도 가는걸."

윤수가 대수롭지 않게 말했다. 문득 울 엄마도 하는 생각이 들었다.

"울 엄마도 잘 할 수 있을 텐데."

"너네 엄마?"

"응. 울 엄마가 공부를 얼마나 열심히 하는데. 나보다 더 많이 해."

"신짜오, 너네 엄마는 다문화 선생님 하면 되잖아. 초등학교 때도 다문화 선생님을 만났어. 너네 엄마 같은 사람이 왜 다문화 선생님을 안 하서?"

그랬다. 엄마는 멋진 다문화 선생님이 될 수 있을 것이다. 왜 지금까지 엄마가 그 생각을 하지 않았을까. 그러고 보니 두극이 자신도 그런 생각을 한 적이 없다.

"신짜오, 너 문학기행 같이 갈래?"

윤수의 화제가 바뀌었다.

"문학기행? 그게 뭔데?"

"몰라. 독서 동아리에서 국어 선생님이 문학기행을 간대."

국어 선생님은 담임선생님이기도 하다.

"난 독서 동아리도 아닌데, 뭐."

"어디로 가는지 아나?"

"……?"

"식물원."

"문학이라면서 식물원엔 왜?"

"뭐 식물에 관한 시도 감상하고, 설명도 듣는다던데, 뭔 말인지 잘 모르겠어. 국어 선생님이 교무실로 오래, 점심시간에."

"누구? 나?"

"두극아, 내가 문학기행 가는데, 그것도 식물원으로 가는데, 너도 갈 거지?"

윤수가 또 끈질기게 조르기 시작했다. 그래도 선뜻 그렇게 하겠다는 말이 나오지 않는다. 윤수야 그렇다 치고 다른 애들이 얼마나 이상하게 생각할까. 윤수에게는 생각해 본다고 해 두었다. 윤수는 두극이가 같이 가겠다고 한 걸로 받아들였다. 참 못 말리는 윤수다.

청까실쑥부쟁이 향기가 코를 찔렀다. 관송 숲길이 끝나가고 있었다. 강당에서는 축제 연습 때문에 시끌벅적한 소리가 났다. 귀에 익은 음악이 나오는 걸 보니 1학년 2반이 열심히 연습하고 있는 모양이다.

축제 때에 독주를 하는 것도 아닌데 요즘 두극이는 오카리나 연습에 열을 올리고 있다. 엄마와 할머니, 세직이 형과 윤수를 초대해서 멋지게 오카리나를 불어보고 싶다. 소장님도 들어주면 좋겠다.

음악 선생님이 추천해 준 곡목은 '제주의 왕자'다. 재일동포인 작곡가의 아버지는 제주도 사람이라고 한다. 아버지를 생각하며 오카리나 곡을 작곡한 것이다. 오카리나 곡이 국악 같다. 음악 선생님은 기본 운지법만 알고 있으면 그 다음부터는 얼마나 연습을 많이 하느냐가 좋은 소리를 결정한다며 용기를 북돋웠다. 작곡의 배경을 알고 나니 도전하고 싶은 의욕이 더 강해졌다.

음악 선생님이 연습곡으로 추천한 제주의 왕자는 소프라노 C 키와 G키 오카리나를 번갈아 연주하면 아주 아름답다면서 소프라노 오카리나를 빌려 주었다. 알토 오카리나만 불다가 소프라노를 부니 힘은 들었지만 두극이는 마치 자신이 숲의 소리를 만들어내는 것 같아 신비로웠다. 음악 선생님이 보통 연습 때는 사용하지도 않는 소프라노 오카리나를 주면서 연습을 해 보라고 하니 열심히 하지 않을 수가 없다.

음악 선생님은 한 곡을, 하루 한 시간씩, 백일은 연습해야 비로소 연습했다는 말을 할 수 있다고 했다. 주말에 한 시간 연습하는 것보다 하루에 10분씩 매일 하는 것이 더 효과적이라고도 했다. 두극이는 점심시간이고 저녁시간이고 틈만 나면 식물원으로 달려 갔다. 오카리나 연습을 하기 위해서다. 자꾸만 어디로 사라지느냐 고 윤수가 궁금해 했다. 두극이는 식물원 핑계를 댔다. 주말엔 몇 시간이고 연습을 했다. 제주의 왕자는 연주 시간이 5분이 넘는다. 처음엔 길기도 길다, 싶던 5분이 연습할수록 짧게 느껴졌다. 시간 이 흐를수록 자신의 귀에도 소리가 좋아진 것 같다. 음악 시간이 면 선생님이 한참 동안이나 두극이 옆에 서 있곤 했다. 음악 시간 에 하는 연습곡은 다른 곡인데도 예전보다 불기가 훨씬 쉽다. 어 려운 고비도 선생님의 한 마디면 매끄럽게 넘어갔다. 때로는 옆에 있지 않았는데도 두극이의 소리를 듣고 도움말을 해 줄 때는 신기 하기 짝이 없었다. 바로 놓고 보아도 쩔쩔 매는 악보를 음악 선생 님은 거꾸로 놓고 봐서 더욱 신기하다.

빨리 엄마와 할머니를 초대하고 싶다. 하루 10분이 아니라 점 심시간과 저녁시간엔 가장 늦게 급식소로 가서 밥을 먹으며 연습 했다. 두극이는 순간 오카리나를 부는 시늉을 했다. 조금 더 열심 히 연습해야겠다는 생각이 든다.

"두극아, 너 뭐해?"

두극이는 허공에서 오카리나 운지를 하던 손을 화다닥 거두었다.

"아무 것도 아냐."

"야, 자백해. 뭔 일이야?"

"내가 요즘 오카리나를 많이 불어."

"신짜오, 빅뉴스다. 어디서 연습하는데?"

"오카리나는 식물원에 있어. 집에서는 연습 안 하거든. 지금쯤 엄마는 오카리나를 왜 사 달랬나 궁금해 할 거야."

"그래서 음악 선생님이 네 옆에 자주 서 계셨구나."

"음악 선생님?"

"선생님은 연습을 열심히 하는 사람을 금방 알아보시잖아."

"사실 엄마를 기쁘게 해 주고 싶어. 엄마가 오카리나 소리를 좋아해. 우린 그냥 새 소리라고 하는데, 엄마는 닭울음소리 같대. 베트남에서 자주 들었거든."

"그게 뭐 어려워. 너네 엄마하고 할머니를 초대하면 되지. 나도 갈 거야. 관객이 셋이면 해볼 만하잖아?"

"엄마 앞에서 잘 불고 싶어. 그래서 맹연습 중이야."

"신짜오, 잘 할 수 있어. 걱정 마."

두극이가 웃었다. 급식소 앞의 쥐똥나무 열매가 곧 익을 것이다. 쥐똥나무 잎이 다 떨어지기 전에 제주의 왕자를 잘 볼 수 있으려나. 윤수가 곁에 있어 좋았다.

국어 선생님에게 가니 윤수에게서 같이 가겠다는 말을 들었다며 반가워했다. 굳이 아니라고 할 분위기가 아니었다. 선생님이 식물에 관한 시를 잔뜩 주었다. 많은 시 중에서 요즘 식물원 관찰로에서 볼 수 있는 식물 시로 골라 달라고 했다. 식물의 생태를 시인들이 어떻게 표현했는지 살펴보는 게 이번 문학 기행의 주제라나.

어떻게 하는지 감이 잡히지는 않았으나 학교가 자주 방송에 나올 수밖에 없는 일을 끊임없이 만들어내는 것 같다. 식물원에서 문학 기행을 할 수 있는 학교다. 학교 안에는 아버지의 고향을 찾은 재일동포 가수가 기념으로 심은 이팝나무가 있다. 그 가수가 '청하로 가는 길'을 열창했노라 기록도 되어 있다. 이 곡으로 일본 레코드대상을 수상하고, 세계 공연도 다녀왔다는 말도 들었다. 그러고 보니 청하면 자체가 명품이다. 겸재 정선이 청하 현감 시절에 진경산수화에 담았던 회화나무가 면사무소에서 자라고 있고, 할매림 가는 길엔 어느 유명한 식물학자가 이름을 붙인 청하향초가 무성하다.

국어 선생님이 문학 기행 계획을 짜는 동안 두극이가 많은 시간을 함께 했다. 자연히 엄마 얘기도 나오고, 다문화가정 얘기도 나왔다.

"신짜오. 그렇게 불려도 괜찮아?"

"초등학교 땐 베트콩이었어요."

"다문화가정이 많아졌는데도 잘 안 되는 부분이 있구나. 어렸을 땐 더 힘들었겠네. 아무리 이해하려 해도 네 처지를 속속들이 알 순 없을 거다."

"다문화가정이라면서 자꾸 다른 애들하고 갈라놓지 말았으면 좋겠어요. 그냥 한국애라고 생각해 주면 안 되나요?"

"그렇구나. 나도 모르게 내가 널 한국애가 아닌 것처럼 대했구나."

국어 선생님이 미안하다고 했다. 국어 선생님이 미안해 할 일은 아닌 것 같다. 선생님이 일부러 두극이 마음을 아프게 하려고 말한 것은 아니니까. 국어 선생님이 담임선생님이라는 걸 실감했다.

선생님이 말을 이었다. 어느 글에서 읽은 내용이라 했다. 부자인 사람이 가난해져 보는 것, 두 눈이 멀쩡한 사람이 장님 체험을 해 보는 것은 분명 의미가 있다고. 그러나 언제든 부자로 돌아가고, 눈으로 세상을 볼 수 있는 사람은 결코 돌아갈 수 없는 사람의 처지를 알 수 없다고.

선생님의 말을 들으면서 선생님이 계획하는 문학 기행을 열심히 돕고 싶어졌다.

관찰로를 따라 '담쟁이, 질경이, 누리장나무' 순서로 식물의 생태를 소장님으로부터 듣게 될 것이다. 아이들이 수필이나 시로 표현할 수 있도록 한라돌쩌귀, 남천, 천남성은 작품 없이 생태만 설명하기로 하고, 몇 편은 시만 읽을 수 있도록 준비했다. 아이들의 집중력이 떨어진다면 일찌감치 용연지에서 느낌을 나누게 될 것이다. 용연지에서는 수련의 생태가 설명될 테니 '수련이 지는 법'이 마지막을 장식하는 시가 된다. 아이들이 설명 시간을 잘 버텨 준다면 느낌 나눔 장소가 숲속마루로 바뀐다. 그땐 '목련'을 감상하며 기행을 끝내기로 했다. 언제나 아름답기 그지없는 숲속마루지만 목련 집안인 화후박의 진한 향기와 아리따운 자태가 발길을 사로잡는 늦봄은 더없이 황홀하다. 자유롭게 식물을 관찰할 수 있는 시간을 가진 뒤에 자연체험학교에 마련되어 있는 시청각실에서 아이들은 체험 소감문을 쓰게 될 것이다.

문학 기행의 큰 줄거리는 그렇게 잡혔다.

문학 기행을 하는 날은 마침 날도 좋아서 아이들의 들뜬 마음을 북돋웠다.

담쟁이가 벽을 타고 오르는 것을 보라. 마음의 벽을 만들지 마

라. …… 누리장나무는 향이 진하다. 누군 어릴 적에 맡은 향이라 며 그리워하고 또 누군 누린내라고 꺼려하지만, 원래 누리장나무 의 향은 한 가지다. 어떤 향기를 지닌 삶의 주인공이 될 것인지 진 지하게 생각해 보라…….

소장님의 설명이 끝나고 이동하는 동안 아이들은 두극이에게 이것저것 물었다. 질문 내용이 장난스러운 것도 있었지만, 어쩐지 유치해 보이기도 하고 자신만 모르는 것 같아서 소장님에겐 입을 뗄 수 없었던 질문들을 지나가는 말처럼 슬쩍 던지곤 했다. 두극 이가 넙죽넙죽 대답을 잘하니 신기한 표정이다.

아열대원을 지날 때였다.

"소장님, 아열대원이니 여기서 자라는 식물을 베트남에서도 볼 수 있겠네요."

동아리장인 지영이가 불쑥 질문을 했다.

좋은 질문이라며 소장님이 지영이를 칭찬했다. 소장님이 식물 원의 아열대원과 베트남 남부의 기후에 관하여 학술적인 얘기를 쉬운 말로 설명한 뒤 베트남에서 어떤 식물을 볼 수 있는지는 두극 이에게 직접 들어보자고 했다. 두극이가 당황했다.

"신짜오, 하두극 박사, 할 수 있잖아. 해 봐."

윤수가 두극이를 부추긴다. 두극이가 난감한 표정으로 소장님과 국어 선생님을 번갈아 바라보았다. 소장님은 재미있다는 듯이 빙그레 웃었고, 선생님은 고개를 끄덕였다. 두극이가 아이들을 바라보았다. 선생님이 가볍게 두극이를 재촉하는 손시늉을 했다. 두극이가 입을 뗐다.

"저는 베트남을 잘 알고 싶지만 아직 잘 되지 않아요. 베트남은 남북으로 매우 길게 뻗은 나라입니다."

"맞아요. 칠레처럼 나라가 길쭉해요."

윤수가 끼어들었다. 끼어들지 말라며 아이들이 장난스럽게 꿀밤을 먹였다.

"긴 나라여서 북부와 남부는 기후가 다르다고 해요. 외가집 동네는 메콩강 하구인 베트남 남쪽 지방입니다. 제가 외가집 동네에서 본 나무는 우리가 사진에서 쉽게 볼 수 있는 코코넛이고 바나나입니다. 망고, 람부탄, 자몽도 있어요. 그리고 한국에서 어떻게 말하는지 모르는 부스어, 망꿋, 형씨엠, 밋도 있습니다."

"파인애플도 있지?"

누군가 소리쳤다. 아이들이 와르르 웃었다. 묘하게 긴장이 되던 분위기였는데 두극이가 한국에서 어떻게 말하는지 모른다고 하는 바람에 순식간에 떠들썩하게 바뀌었다.

"제가 지금까지 말한 나무는 모두 과일 나무예요."

"와, 좋겠다."

아이들이 연신 감탄이다. 동네에서 흔히 보는 나무가 온통 과일 나무라니.

"외가집 동네는 가난해요. 저는 외가집 동네에 과일 나무가 많아서 참 다행이라고 생각합니다. 집에서 먹기도 하지만 팔 수도 있어서요."

"집집마다 과일 나무가 있는데 누구한테 팔아? 파나요?"

두극이가 높임말을 쓰고 있으니 급히 높임말로 고치며 한 아이가 물었다.

"팔 수 있으려면 같은 나무가 많아야 되지 않습니까. 없는 과일도 많지요."

"베트남에 사과는 없나? 요?"

"사과도 있고 배도 있어요. 맛은 조금 다르지만. 맛이 같은 고구마, 옥수수, 호박도, 땅콩도 있어요."

고구마나 옥수수 얘기가 나오니 아이들이 와자지껄했다. 베트남이 멀리 떨어진 나라에서 가까운 나라로 느낌이 바뀌는 모양이다.

"이 배초향은 흔히 방아풀이라고 하는데요, 베트남 사람들이 가장 좋아하는 향과 비슷한 향을 지녔어요. 제가 베트남에서 가장 먼저 맡은 향내가 이런 것이었거든요. 사실 저는 이런 향을 좋아하지 않아요. 저는 배초향을 놀이터로 삼는 박각시나방에 더 관심이 갑니다."

꽃 위에서 그대로 정지 비행을 하는 박각시나방 얘기가 나오자 아이들이 또 와글거렸다. 그즈음에서 고구마 얘기로 되돌아가 소장님이 아이들을 진정시켰다.

"고구마가 우리나라에 들어온 게 1760년경이에요. 조선 시대죠. 원산지는 중남아메리카라고 알려져 있어요. 우리가 먹는 식물뿐 아니라 많은 식물이 온 세계로 여행을 합니다. 그럼에도 멸종 위기 식물원에서 여러분들이 보게 될 미선나무는 세계에서 오직 한 집안, 한 종류만 있는 나무죠."

소장님은 왜 멸종 위기 식물을 지켜내야 하는지 설명했다. 그리고 세계 각지로 여행을 하는 식물과 그 식물이 새로운 곳에서 터를 잡고 살아가는 모습도 설명했다. 두극이는 식물들이 온 세계로 여행을 하며 이웃이 되는 거라고 강조한 귀화식물 얘기가 마음에 들었다.

낯선 곳에서 왔다고 무턱대고 배척하지는 않는다.

조금씩 양보하고 협조해서 모두들 어울려 식물 세계를 이루고 있다.

소장님의 설명으로 베트남 과일나무에 관심을 보이던 아이들이 다시 식물원으로 되돌아왔다.

"토종식물, 귀화식물 얘기를 하려면 끝도 없으니까 다음 식물원 탐방 주제로 남겨 두고 우리는 문학 기행을 위해 쉼터로 올라가 봅시다."

소장님이 국어 선생님을 보았다. 쉼터에서 하는 소감 나누기는 선생님 몫이었다.

"자, 오늘 여러분들이 색다른 경험을 하고 있을 거예요. 지금까지 활동을 통해 어떤 점을 느꼈는지 말해 볼까요?"

아이들은 식물의 생태가 신기하다는 반응을 나타냈다. 소장님이 간간이 들려주는 인생 얘기도 감명이 깊었다고 했다. 시도 많이 알아야 쓸 수 있겠다며 놀라워하는 아이도 있었다. 용연지 주변에 자리를 잡고서 굉장한 무대 공연을 하는 것처럼 몇 사람이 시 낭송을 했다. 마침 새소리들이 배경 음악처럼 들려오고 있었다.

시 낭송이 끝나고 자유롭게 식물을 관찰하는 시간이 주어지자 윤수가 두극이 팔을 끌고 소장님 곁으로 갔다.

"소장님, 아까 두극이가 배초향에서 노는 박각시나방 얘기를 했잖아요. 제가 읽은 소설에서는요, 마다가스카르난초와 박각시나방이 운명처럼 묶였다고 나오거든요. 무슨 말인지 이해가 되지 않아요."

"난초와 박각시나방이라면 서로에게 영향을 미치며 진화를 하는 관계를 말하고 싶었을 거다. 넌, ……그래 네가 윤수구나."

소장님이 이름표를 보고 윤수 이름을 불렀다.

"두극이한테 물었는데 안 가르쳐 줘요."

"나 진짜 몰라, 그게 무슨 말인지."

"나한테는 배초향에서 노는 박각시나방 얘기 안 해 줬잖아."

"그거야 베트남 나무 얘기하다가 우연히 생각이 난 거야. 일부러 말 안 한 거 아냐."

"윤수야, 섭섭해 하지 마라. 두극이가 아니라니까, 봐 주지 뭐. 우리 함께 소장님 말씀을 들어보는 게 어떠냐?"

선생님이 윤수를 말렸다. 윤수가 떠들썩하게 구니 독서 동아리 아이들 몇이 몰려왔다.

"그래, 아이들이 체험 소감문을 쓰는 동안 간단하게 설명해 줄게. 동영상 자료를 보면서 설명을 들으면 이해가 빠를 거야."

"소장님, 그런 게 어딨어요. 얘들도 참가했으니까 소감문 적어야지요."

독서 동아리 아이들이 불만을 터뜨렸다.

"얘들아, 너희들 말이 맞다. 모두가 작성해야지. 소감문 쓰기 전에 아이들에게 나방 얘기 해 줄 수 있으시죠, 소장님?"

말투는 부드러웠지만 이런 사태를 해결할 책임이 있지 않느냐고 묻고 있었다. 소장님이 기꺼이 그렇게 하겠다고 했다. 하지만 자연체험학교로 이동했을 땐 박각시나방은 아이들의 호기심에서 멀어져 버렸다. 체험학교의 온갖 체험 도구들이 아이들의 눈을 사로잡았기 때문이다. 소감문 쓰기를 마치면 충분히 즐길 시간을 주겠다고 선생님이 약속을 하고서야 겨우 이동을 했다. 아이들은 바로 학교 앞에 이런 곳이 있을 줄은 꿈에도 몰랐다는 반응이다. 선생님이 인원 파악을 했다. 한 명이 모자랐다. 윤수다. 두극이가 창밖을 내다보니 윤수는 하늘거울을 체험해 보느라 바빴다. 윤수가 나무에 달아맨 그물침대 옆을 지나고 있었다. 새벽에 일어나 농사일을 하고 돌아와 그물침대에서 쉬던 외할아버지 생각이 났다.

문학 기행 시간에 주목을 받은 두극이가 또 주목을 받을 일이 생겼다. 국어 선생님이 다문화 선생님으로 엄마를 초대한 것이다. 윤수 엄마가 다리를 놓아 엄마가 초대되었다는 말은 나중에 들었다. 윤수가 엄마 차를 타고 왔다더니 다문화 선생님 일로 윤수 엄마가 청하에 왔던 모양이다.

국어 시간의 학습 주제는 이해와 배려이고, 소재는 여러 나라의 문화였다. 두극이는 의논할 것도 없이 베트남을 담당하게 될 것이고, 발표도 해야 할 것이다. 자료를 정리하기가 성가시다며 아이들 몇 명이 베트남 모둠에 들겠다고 야단이었다. 두극이는 규민이를 바라보았다. 규민이가 모둠에 들어오면 얘기가 흥미로워질 것이다. 규민이는 주로 베트남의 도시를 보고 왔고, 두극이는 시골 생활을 해 보았다. 그런 마음이 통했는지 규민이가 베트남 모둠을 희망했다. 두극이는 규민이의 눈높이로 손바닥을 들어올렸다.

규민이가 가장 강렬한 인상을 받은 것은 오토바이였다. 오토바이는 물결을 이루고 있었다. 교통 신호가 있는 곳도 있었지만 없는 곳이 더 많았다. 교차로를 지날 때 조마조마한 마음으로 지켜봤지만 신기하게도 오토바이와 버스와 택시와 사람은 잘도 서로를 피해 다녔다. 길을 다 건널 때까지 오토바이를 모는 사람과 눈싸움을 하듯이 뚫어지게 보아야 한다는 말이 아이들을 흥미롭게 했다.

아이들이 한참 오토바이에 빠져 있을 때 두극이가 메콩델타 지역의 거미줄처럼 얽혀 있는 수로 이야기를 끄집어냈다. 전날부터 허락된 노트북으로 틈만 나면 인터넷 여행에 빠졌던 아이들은 이런저런 얘기를 찾아 두극이에게 확인하느라 바빴다. 무슨 내용을 발표할 것인지는 순전히 두극이에게 맡겼다. 발표를 잘해서 받는 청찬은 무조건 두극이가 속한 모둠이 될 것이기 때문이다. 누가 발표할 나라에 대해서 두극이만큼 잘 알 수 있을 것인가. 아이들은 느긋하게 즐기기만 하면 될 것이다.

이윽고 수업이 시작되어 출입문이 열렸을 때 아이들의 시선이 일제히 출입문을 향했다. 국어 선생님과 함께 엄마가 들어왔다. 몇몇 아이들이 어, 안 입었네 하고 고개를 갸웃거렸다. 두극이는 아이들이 뭘 입지 않았다고 하는지 금방 알아챘다. 아오자이다. 두극이네 모둠의 노트북 화면은 베트남이다. 발표자의 나라를 따라 모든 모둠의 노트북 화면이 바뀔 것이고, 차례가 되면 베트남도 검색할 것이다. 엄마가 아침에 아오자이를 입을까 두극이에게 물었다. 엄마가 아오자이의 힘을 빌리고 싶지 않다고 하는 바람에 두극이도 기꺼이 동의했다. 한국에서 한복이 흔한 일상복이 아니듯 베트남에서도 아오자이가 일상복이 아니다. 여학교 교복으로 정해진 흰색 아오자이도 특별한 행사가 있는 날만 입는다. 결혼식장에서도 신부와 양쪽 집 어머니들 외에는 아오자이 차림을 보기가 어렵다. 그런데도 베트남, 하면 인터넷 사이트에서는 아오자이를 소개한다.

엄마가 아오자이 입기만 거부한 게 아니었다. 베트남의 쌀국수나 쌈을 어떻게 만드는지 요리법을 설명하는 것도, 직접 만들어보는 것도 거부했다. 쌀국수를 만드는 것이야 인터넷을 검색하면 누구나 만들 수 있을 만큼 잘 안내되어 있다. 직접 만들어 먹는 것도 어차피 베트남 쌀국수가 아니라 한국인의 입맛에 맞는 쌀국수가 될 뿐이다. 한국인이 외국에 나갔을 때 김치나 된장이 먹고 싶듯이 베트남 사람들이 왜 쌀국수를 많이 찾게 되는지를 알려주는 게 의미가 있지 않겠느냐고 두극이의 생각을 묻기도 했다.

엄마는 교실에 들어와 인사를 한 후에도 두극이를 찾지 못한 듯했다. 엄마와는 눈을 마주칠 수가 없었다. 두극이의 응원을 얻는 게 아니라 두극이를 응원하는 엄마이고 싶다던 엄마를 두극이는 열심히 응원하고 있었다. 엄마는 결국 두극이를 찾지 못하고 뒤에 준비된 의자로 갔다.

국어 선생님이 아이들과 의논해 발표 순서를 정했다. 칠판에 나라 이름 모둠 순서가 기록되었다. 베트남 모둠은 제일 끝 순서였다. 컴퓨터 화면이 전자 칠판에 나타났다. 발표하는 아이가 자료에 필요한 사항을 기록했다. 아이들의 발표 내용은 두 가지를 넘지 않았다.

"…… 이유에 대해서 우리 모둠의 생각을 말씀드리겠습니다."

이유를 꼭 말하게 되어 있었다. 아이들은 자신들의 생각이기보다 인터넷 자료를 그대로 옮겨온 것이 많았다. 발표한 자료에 해

당되지 않는 내용도 들어 있다. 인터넷에서 정보를 수집하기는 쉬워도 그것을 의미 있는 자료로 재구성하기는 쉽지 않았다.

마침내 베트남 모둠 차례가 되었다. 두극이가 앞으로 나갔다. 아이들이 웅성거렸다.

엄마가 앉아 있다. 교탁 앞에 서니 엄마만 보였다. 엄마는 곧 뛰어나올 것처럼 엉덩이를 반쯤은 든 채였다. 공포영화를 보고 있는 것처럼 엄마 얼굴이 굳어 있었다. 엄마가 기죽지 말았으면 좋겠다. 아빠도 하늘나라에서 열심히 엄마를 응원하고 있을 것이다. 아니다. 하늘나라가 아니라 엄마 마음속에 함께 있을 것이다. 엄마는 매일 아빠 밥까지 하고 있으니까.

엄마가 수업 시간에 온다는 말을 들었을 때 자랑스럽고 기뻤다. 외가에 다녀온 초등학교 3학년 때의 보고서까지 찾아보면서 발표를 잘해 보려고 애를 썼다. 보고서에는 아빠의 도움말이 붉은색으로 남아 있다. 그러나 막상 교실에 엄마가 들어오자 자꾸만 슬퍼졌다. 엄마가 보는 앞에서 베트남 얘기를 주저리주저리 할 수가 없을 것 같다. 다녀온 베트남 얘기에는 아빠도 있었다.

다른 아이들이 어떤 식이든 자료를 준비한데 비하여 두극이는 맨손으로 아이들 앞에 섰다. 아이들은 잔뜩 기대가 되는 표정으로 두극이를 보았다.

"한국의 모기는 앵, 애앵 소리치며 쳐들어가겠다고 떠들썩하게 선전포고를 하는데, 메콩델타의 껀무오이(모기)는 소리 없이 쳐들어가는 게릴라 전술을 씁니다. 모기가 없는 줄 알고 실컷 잠을 자고 일어나면 팔다리는 물론 옷으로 무장한 곳도 모기에게 물려 엉망이 되어 있습니다. 빨리빨리에 길들여진 한국에서는 절을 할 때 점잖게 천천히 하지만, 수로를 따라 유유히 이동하는 메콩델타에서는 절을 번개같이 빨리 합니다."

두극이가 발표하기 시작하자 아이들이 웅성웅성했다.

뭐야.

웬 모기 얘기?

절이 왜 나오는데?

"베트남은 조용히 움직이지만 머지않아 용이 꿈틀거리듯 멋진 나라가 될 것입니다. 수로를 따라 배로 이동하던 베트남이 오토바이로 교통수단을 바꾸고 있습니다. 베트남은 멋진 나라가 되기 위해 이렇게 속도를 낼 것입니다."

무슨 소리야?

모기하고 배하고 오토바이하고 무슨 관겐데?

뭔 말을 하는지 모르겠어.

다른 발표도 모를 내용이 많았지만 아이들의 반응이 이렇지 않았다. 베트남어를 말하고, 베트남에 몇 번 다녀온 두극이에게 아이들이 기대하는 게 많았던 모양이다. 웅성거리는 아이들은 아랑곳하지 않고 두극이가 엄마를 바라보았다.

"베트남에 관해서는 응웬 티 리엔 선생님이 자세히 말씀해 주실 겁니다. 그때 질문하십시오."

"신짜오, 베트남 말로 해 봐."

누군가 소리치자 와르르 웃음이 터졌다. 고개를 끄덕이는 아이도 있고, 박수를 치는 아이도 있었다. 두극이가 아이들을 천천히 둘러보았다. 아이들이 조용해졌다.

"대한민국의 수도는 쏘울이 아니라 서울입니다. 베트남 사람들은 베트남이 아니라 비엣남이라고 합니다. 저는 한국인 아빠와 비엣남 엄마 사이에서 태어난 한국인입니다. 하지만 비엣남 사람도 되어야 한다고 믿습니다. 저의 부모님은 제가 두 나라 아들로 태어났으니 두 사람 몫을 해야 한다고 늘 말씀하셨습니다. 그렇게 살기 위해 어떻게 해야 하는지 자주 생각합니다."

자리로 들어오면서도 같은 생각을 했다. 두극이가 아빠 몫까지 합쳐 얼마나 엄마를 응원하는지 엄마는 알겠지. 한국인 아빠와 베트남인 엄마를 둔 두극이가 엄마, 아빠를 얼마나 자랑스럽게 생각하는지 엄마가 절대로 잊지 말았으면 좋겠다.

두극이가 들어가자 국어 선생님이 엄마 차례가 되었다고 안내했다. 가슴이 쿵덕쿵덕 뛰기 시작했다. 선생님 말이 끝났는데도 엄마가 앞으로 나오지 않았다. 아이들이 왁자지껄 떠들었다. 두극이가 돌아보니 엄마는 생각에 깊이 잠겨 있었다.

"리엔 선생님 어서 나오시죠. 비엣남에서는 응웬 선생님이 아니라 리엔 선생님이라고 한다면서요. 자, 우리 박수로 선생님을 모시도록 합시다."

박수 소리를 듣고서야 엄마가 생각에서 깨어난 듯했다. 엄마가 앞으로 나가면서 두극이를 보고 살짝 웃었다. 쿵덕거리던 심장 소리가 조금 진정이 된 것 같다.

"안녕하세요, 리엔이에요. 한 가지 물어볼게요. 한국에는 어떤 성이 많아요?"

김, 이, 박, 최, 정……. 한국의 성 중에서 몇 가지가 많듯이 베트남의 성 중에는 응웬이라는 성이 거의 세 사람 중 한 사람 꼴이다. 응웬이라는 성보다 리엔이라 부르면 자신을 찾기가 훨씬 쉽지 않겠느냐며 살짝 미소를 지었다. '하'라는 성은 베트남에도 있다고 덧붙였다.

"한국에는 화산 이 씨가 있지요? 황해도 옹진 화산을 본관으로 하고 있다고 해요. 베트남 리 왕조 후손인 이용상이 나라의 난을 피해 바다에 표류하다가 고려에 닿은 거죠. 고려왕이 이용상을 거두어 주었고, 벼슬과 땅을 얻은 이용상은 원나라가 쳐들어왔을 때 전과를 올리기도 했답니다."

엄마가 성 씨에 관해 조사를 많이 한 모양이다. 두극이는 이제 마음이 편안해졌다.

"처음 1학년 1반 여러분을 만났을 때 여러분이 양말 바람이라는 것이 눈에 띄었습니다. 온수 보일러 덕분에 교실 바닥이 따뜻하다고 하더군요. 온돌은 코리안 트래디셔널 히팅 시스템이라고 국제 사회에 알려져 있죠. 두한족열(頭寒足熱)이라 하잖아요? 머리는 차게, 발은 따뜻하게. 그 건강 법칙을 따르고 있는 교실에 오게 되어 제 마음도 따뜻해집니다."

오우, 와, 어머나……

엄마 말에 아이들이 호의적인 반응을 보였다. 온돌 교실, 이건 확실히 청하중학교가 다른 학교의 교실과 다른 점일 것이다. 초등학교 땐 교실에서 실내화를 신고 다녔을 테니까. 아이들이 쉽게 공감할 내용을 엄마가 잘 선택한 것 같다. 얼쑤. 엄마가 말을 이었다.

한국에 처음 왔을 때가 겨울이었다. 사람들의 신발이 무거워 보였다. 한국은 신발로 안과 밖을 확실하게 구분했다. 신발이 있긴 해도 자유롭게 맨발로 마당이며 골목이며 돌아다니다가 그대로 집안으로 들어가도 전혀 거리낌이 없는 메콩델타의 생활이다.

처음 한국 방에 들어갔을 때 발바닥이 따뜻해서 놀랐다. 그건 햇볕에 달궈진 흙을 밟는 느낌과 달랐다. 게다가 추위에 얼어 있던 발바닥을 통해 느껴지는 따뜻함은 엄마를 즐겁고 신기하게 만들었다. 하지만 양말이 필요한 생활에 익숙해지는 데 한참이나 걸렸다. 두극이 외할머니는 일 년 내내 양말을 신을 일이 없었다. 겨울날 한국으로 돌아오려 준비할 때 외할머니가 어린 두극이에게 양말을 신겼다.

"엄마, 할머니가 내 양말 이상하게 만들어."

어느 쪽이 발등인지 뒤꿈치인지 알록달록한 양말이어서 두극이 외할머니가 분간하기 어려웠던 것이다.

두극이도 아이들도 와르르 웃음을 터뜨렸다. 그런 일이 있었구나 하는 생각이 들어서 더욱 외할머니가 보고 싶어졌다. 교탁 앞에 엄마가 서자 평소보다 몸집이 더 작아 보였다. 애처로울 지경이다. 하지만 엄마가 수업을 시작하자 엄마는 더할 수 없는 거인의 모습으로 다가왔다.

"전 베트남의 결혼식과 제사 얘기 하고 싶어요. 두 가지예요."

아이들 몇 명이 웃었다. 두 가지라는 말 때문일 것이다. 아이들의 웃음이 그치기를 기다렸다가 엄마가 말했다.

"한국에서도 집집이 지키는 법도가 있잖아요. 전 지금 베트남 고향 마을 결혼식 얘기를 할 거예요."

정도의 차이가 있긴 하지만 베트남 사람들은 미신을 많이 믿는다. 결혼식은 이틀 사흘 정도의 잔치다. 마을 사람들이 모여 북적이며 잔치 음식을 장만하고 덕담을 하고 즐거움을 함께 한다.

"신랑이 신부를 데리러 가는 시각이 정해지면 새벽 두 시가 되든 다섯 시가 되든 그 시각에 맞춰요."

"리엔 선생님은 몇 시였어요?"

"우리 집엔 두극이 아빠가 세 시에 오셨어요. 조상을 모시는 반트에서 결혼식이 있어요. 두 개의 촛불에 불을 붙이는데 불꽃이 높게 솟으며 타는 모습을 좋아하죠. 그렇게 잘 살라는 뜻이지요."

"리엔 선생님도 촛불이 활활 탔어요?"

엄마가 두극이를 바라보았다.

"물론이에요. 아주 활활 탔어요. 어떤 사람들은 촛불이 활활 타지 않는다고 그 자리에서 결혼식 취소하기도 해요."

엄마는 지금 두극이가 활활 잘 타오르던 초를 친척이 실수로 넘어뜨렸다는 얘기를 외할머니에게 들었다는 걸 모르고 있을 거다. 베트남 외가에 있을 때 외할머니가 두극이에게 말했었다. 그게 불길한 징조가 아니기를 반트에 빌고 또 빌었다고. 다행히 조상이 돌봐 주어 모두들 탈 없이 잘 지내주어 얼마나 고마운지 모르겠다고. 그때만 해도 외할머니는 엄마와 두극이에게 어떤 불행한 일이 일어날지 까마득하게 몰랐다. 외할머니뿐이랴. 아무도 알 수 없는 일이었다.

"제사는 한국보다 자주 지내는 편이에요. 한국에서 어떻게 제사 지내는지 저에게 설명해 줄 사람 있어요?"

아이들이 서로서로 마주 보며 고개를 갸웃거렸다. 제사 지내는 걸 틀림없이 많이 보긴 했는데 막상 순서를 생각해보니 어떻게 하는지 기억이 나지 않는가 보다. 중학생이니 어른들이 차려 놓은 제사상 앞에서 시키는 대로 절만 했을 것 같다. 베트남에서는 밥상을 차릴 때와 마찬가지로 제사상을 차릴 때도 식구들 모두가 힘을 합친다. 마을 제사를 지낼 때도 마찬가지다. 집집마다 한 사람씩 마을 제사상을 차릴 사람이 모이는데 남자든 여자든 나이가 많든 어리든 상관이 없다. 그릇도 음식도 별로 따지지 않는다. 중요한 건 마음이지 나이나 음식을 담은 그릇 모양이 아니기 때문이다.

"여러 문화를 알려면 먼저 자신의 국가에 대한 역사와 문화 알아야 한다고 해요. 다음에 만나면 여러분들도 저에게 한국 문화 얘기 해 줄 수 있겠죠? 기대할게요."

그 말을 끝으로 엄마가 교실에서 나가자, 제일 먼저 윤수가 달려왔다.

"두극아. 짱이다, 응웬 선생님. 아니 리엔 선생님."

다른 아이들도 다가왔다. 다문화 선생님이라고 해서 초등학교 때처럼 그 나라에 관한 재미있는 이야기를 하거나 맛있는 음식을 먹게 되는 줄 알았는데, 뭐 좀 혼난 기분이 든다는 아이도 있었다. 다른 나라 이야기만 들으면 되기 때문에 느긋하게 앉아 있었는데, 느닷없이 우리 것에 대해 질문을 해서 놀랐다는 아이도 있었다.

"진짜 선생님 같더라, 신짜오 엄마."

아이는 지나가는 소리로 말했겠지만 두극이는 그 말이 엄마를 최고로 칭찬하는 것이라 여겼다. 그러면서 두극이는 지금까지 자신도 엄마를 자기 기준으로 보았다는 생각이 들었다. 한국인의 기준으로 보았을 때 엄마의 체격이 작은 것이지 베트남에서는 엄마 같은 체격이 보통 사람들의 모습이었다. 체격이 월등한 서양 사람들을 보고는 키가 굉장히 크다고만 생각했지 상대적으로 한국인이 애처롭다고는 여기지 않았다. 엄마가 가끔은 섭섭할 것 같다. 하지만 이 정도는 엄마가 이해해 주어야 한다. 두극이는 하루 생활 중 거의 대부분의 시간을 한국인으로 살고 있지 않은가 말이다. 한국인으로 살고 있다고? 두극이 자신은 그렇게 여기는데 아이들 눈에는 그렇지 않을 때가 더 많았다.

두극이는 그 어느 날보다 종례 시간을 기다렸다. 빨리 집으로 돌아가 수업을 마친 엄마 얘기를 듣고 싶어서다. 두극이를 본 할머니가 마침 생각이 난 듯이 전화를 걸었다.

그렇지. 우리 며느리가 초등학교도 아니고 중학교에서 선생을 했지 뭐야.

그야 모르지. 우리 며느린 한국에서 대학도 다녔잖아. 앞으로는 고등학교에서 아이들을 가르치게 될지도 몰라.

"오늘 내가 학교에 다녀온 뒤로 줄곧 전화통을 붙들고 계셨어. 지금 통화하는 할머니는 낮에 통화를 못 하셨거든."

할머니의 통화 내용에 귀를 기울이는 두극이를 톡톡 치더니 엄마가 작은 소리로 말했다. 중학교 1학년 교실에 가서 잠깐 이야기를 하고 왔을 뿐인데 할머니는 마치 교사 발령을 받은 것처럼 자랑을 하고 있었다.

"엄마, 뭐 어때. 할머니가 신문 기사를 쓰고 계신 것도 아닌데, 뭐."

그 말만으로는 두극이 기분을 전달하기에 부족하다.

"우리 반 애들 반응도 굉장했어."

엄마 눈이 동그래졌다.

"매 꿔 꼰 라 소 못(울 엄마 최고)!"

두극이가 엄마를 향해 엄지손가락을 치켜세웠다. 엄마가 웃었다.

전화를 끝낸 할머니가 엄마 자랑을 마구 늘어놓았다. 즐거웠다. 신났다.

"할머니, 엄마가 질문했을 때 아이들이 깜짝 놀랐어요."

"네가 그걸 어떻게 알았어?"

"엄마가 우리 반 교실에서 수업했으니까 당연히 알죠."

무심코 대답을 한 두극이가 엄마를 바라보았다. 두극이의 눈에는 '이건 할머니가 모르는 얘기였어?' 하는 물음이 들어 있었다. 엄마가 '안 했어.' 하는 몸짓을 했다.

"어머니, 죄송해요. 두극이 얘기를 하기도 전에 친구 분에게 전화 하시는 바람에……."

두극이 얘기를 못 한 것이지 일부러 안 한 게 아니라는 뜻이었다. 하지만 어찌 들으면 그 얘기를 못 한 탓은 엄마가 아니라 할머니에게 있다고도 들렸다.

"에미야, 그럴 수도 있지. 죄송할 게 뭐 있냐."

두극이와 엄마는 동시에 서로를 바라보았다. 그리고 동시에 터져 나왔다.

"할머니."

"어머니."

이어지는 할머니의 말은 더욱 엄마와 두극이를 놀라게 했다.

"내일은 두극이가 학교 안 가는 날이잖냐. 식물원에 가 보자. '여인의 숲'인지 하는 데도 가 보고. 참, 할매림이라고 했냐?"

두극이와 리엔은 다시 한 번 서로를 마주보았다.

"할머니 멋지세요."

"잘 생각하셨어요, 어머니."

할머니가 쑥스러운 표정을 짓는가 하더니 쌀쌀하게 말했다.

"다들, 건너가거라."

엄마와 함께 서둘러 할머니 방을 나왔다. 엄마와 눈이 마주치자 빙긋 웃음이 나왔다. 엄마도 방긋 웃었다.

할머니가 한복을 입을까 양장을 할까 옷을 바꿔 입는다고 바빴다.

"어머니, 식물원에 가시니까 편한 옷 입고 가는 게 좋으실 거예요."

"편한 옷이라면 바지 차림 아니냐. 손자가 초대했는데 이왕이면 예쁘게 입어야 하지 않겠니?"

"편하신 대로 입으세요, 할머니. 축하하는 건 마음이지 옷이 아니잖아요."

엄마와 할머니가 옷 얘기를 하는 모습을 지켜보던 두극이가 한 마디 거들었다. 할머니가 함박웃음을 터뜨렸다.

"그렇게 하자, 그럼. 에미, 넌 어떻게 입고 갈 거냐?"

"어머니, 제가 골라드려요? 제가 권하는 옷 입어 주시겠어요?"

엄마가 권한 옷은 제주 갈옷이었다. 저고리 섶이 길고 품이 넓었다. 바지가 아니라 치마였지만 옷 때문에 불편하지는 않을 것 같았다.

"에미야, 이건 또 무슨 옷이냐?"

"제주도에 주문했어요. 어머니와 제가 입으려구요."

"제주도에 다녀온 적이 없지 않느냐? 누구에게 부탁한 거냐?"

"예, 어머니. 컴퓨터에게 부탁했어요. 제일 멋진 거 보내달라구요."

"에미 너, 손이 왜 이렇게 크냐. 식물원에 가는 게 뭐 대단한 일이라고 비싼 옷을 겁도 없이 사길 사."

사나운 표정으로 갈옷을 방바닥에 내동댕이치면서 할머니가 고함을 치기 시작했다. 할머니, 어머니 하고 진정시키려 했지만 막무가내였다. 두극이가 벌떡 일어나 방을 나갔다. 할머니가 방바닥을 치며 통곡하는 소리가 두극이를 따라왔다. 발걸음이 떨어지지 않았다. 두극이가 다시 방으로 들어갔을 때 엄마는 일어났다 앉았다 어쩔 줄을 모르고 있었다.

"할매림에 간 거 아니었어?"

엄마가 할머니와 두극이를 번갈아 보면서 말했다. 엄마 말에는 대답 않고 큰 소리로 할머니를 불렀다.

"할머니, 제가 보이지 않으세요? 두극이에요."

두극이의 갑작스러운 고함에 할머니가 울음을 멈추었다. 두극이가 무릎걸음으로 다가가 할머니를 바라보았다. 그러더니 와락 할머니를 껴안으며 울음을 터트렸다. 얼떨결에 두극이의 품안에 안겨 있던 할머니가 느릿느릿한 동작으로 두극이 허리를 안았다. 할머니가 두극이 등을 토닥토닥 두드렸다. 거칠었던 할머니 숨소리가 점점 가라앉았다.

"두극아, 에미야, 뭐 하냐. 어서 나오너라."

할머니가 재촉하는 말을 듣고 두극이가 먼저 문을 열고 나왔다. 갈옷을 입은 할머니가 굽이 낮은 단화를 신고 있었다. 엄마방 문을 열었다. 엄마도 막 갈옷을 입고 나설 참이었다. 콧등이 찡했다. 제주의 왕자, 엄마가 오카리나 곡명을 알고 있었구나, 싶다. 어떻게 알았을까. 담임선생님이 스치고 지나갔다. 윤수 엄마도 떠올랐다.

눈만 뜨면 나무며 풀이며 실컷 볼 수 있는데 일부러 돈을 들여서 식물원을 찾을 일이 뭐 있느냐며 내켜 하지 않았던 할머니가 가겠노라 한 것도 기분 좋은 선물이었는데, 갈옷까지 입을 줄이야. 갈옷을 입은 엄마, 할머니와 함께 식물원으로 향하는 발걸음이 경쾌했다. 두극이의 등하굣길을 삼대가 나란히 걷고 있었다. 원래 숲속마루에서 오카리나 연주를 하겠노라 한 시각은 한참이나 남아 있었지만 일찌감치 식물원으로 향하고 있었다. 할머니가 식물원 구경을 하겠다고 했기 때문이다. 두극이는 들뜬 걸음으로 앞장섰다.

할머니는 입구의 양치식물원에 자리를 잡은 고사리부터 할 말이 많았다. 표지판의 300여 가지나 되는 양치식물 안내판의 도움 없이도 고사리 얘기는 줄줄 이어졌다. 으름덩굴이며 모시풀을 보자 얼마나 반가워하는지 두극이는 소장님의 학문적인 설명과는 다른 맛을 느꼈다. 재미있었다. 신기하기도 했다. 식물이 얼마나 우리 삶 깊이 관여를 하고 있는지 할머니의 구수한 얘기에서 찾을 수 있었다.

골풀을 보고는 할머니가 얼마나 오랫동안 웃음을 터뜨렸는지 모른다. 이유도 모른 채 두극이와 엄마는 할머니의 웃는 모습이 우스워 웃음을 터뜨렸다.

"저, 골풀이 말이다."

그러다가 할머니가 또 자지러지게 웃었다. 웃음을 참으며 겨우 겨우 이어간 할머니의 얘기에서 먼 옛날 두극이보다 어렸던 때의 할머니를 만났다. 한 마을에 살던 소년. 하도 말을 듣지 않아서 소년의 아버지를 애태우던 소년. 그 소년을 야단치기 위해 머리카락을 땋듯이 만든 골풀 회초리를 들고 동네를 한 바퀴 도는 소년과 소년의 아버지를 쉽게 볼 수 있었단다. 할머니를 천진스럽게 웃게 만든 골풀을 보며 두극이는 자신도 모르게 눈시울이 뜨거워졌다.

향수원의 봉숭아는 엄마에게 매력적인 꽃이 되었다. 손톱에 물들이는 할머니의 소녀 시절 얘기에 엄마가 뛰어들었다. 할머니가 집에 봉숭아를 심어서 고부간에 손톱에 물을 들여 보자며 비밀스런 약속을 하듯이 속삭였다. 두극이는 짐짓 못들은 체했다. 할머니는 꽈리를 보며 꽈리 열매로 어떻게 놀았는지 설명한다고 열심이었다. 배고픈 시절에 검보라빛으로 익은 까마중 열매를 발견했을 때 얼마나 반가웠는지 들려주느라 시간이 가는 걸 잊어버렸다. 남자애들은 밀짚 대롱에 올려놓고 입으로 불어 밀짚 끝에서 꽈리 열매가 도르르 구르도록 하는 놀이를 하며 놀았다 했다. 골풀 회초리를 맞던 그 소년도 밀짚 대롱을 불었겠지. 제철이 아니어서 빨간 꽈리 열매도, 봉숭아꽃도, 까마중 열매도 볼 수 없었지만 그렇다고 시들어버린 풀이 할머니 얘기를 막지는 못했다.

할머니가 돼지감자라며 가리킨 건 뚱딴지였다. 꼬마 해바라기 같은 어여쁜 식물에 붙여진 뚱딴지라는 이름도 재미있는데, 돼지감자라니 더 엉뚱하다. 돼지나 다른 짐승들이 잘 먹지만 사람들도 먹었다.

"제 마음대로 생겼어. 물기가 많아서 갈증 날 때도 그만이야."

두극이도 인터넷에서 이미지 검색을 해 보았었다. 뚱딴지라는 이름에 끌렸기 때문이다. 두극이는 인터넷을 검색해야 정보를 얻을 수 있는 꽃을, 할머니는 밥상에서도 보고, 돼지를 기르기도 했다. 할머니와 한 지붕 아래에서 살고 있건만, 할머니가 멀고 먼 나라에서 온 것처럼 아득했다.

눈앞에 대왕참나무가 나타났다. 관찰로가 끝났다는 뜻이다. 두극이가 오카리나 연주를 할 숲속마루가 대왕참나무를 울타리로 안쪽에 마련되어 있다. 숲속마루에 들어가기 전에 대왕참나무 맞은편의 해당화를 한참 동안 감상해야 한다. 해당화가 나타나자 할머니 얘기 속에 이미 지나온 동백나무가 다시 등장했다.

해당화 피고 지는 섬마을에…….

동백 아가씨, 그리움에 지쳐서 울다 지쳐서…….

할머니가 노래를 부르기 시작했다. 엄마도 따라서 흥얼거렸다. 할머니가 워낙 좋아해서 엄마까지 이 가수 노래를 많이 알았다.

"나이가 내 또래인데 여전히 꾀꼬리야. 나이는 그렇게 먹어야 하는데……."

"할머니도 꾀꼬리세요."

두극이가 얼른 말을 받았다. 할머니가 수줍게 미소를 지었다. 그런 할머니가 무척 예쁘게 보였다. 예쁘다는 말은 나이가 적고 많고와는 관계가 없구나, 싶다. 두극이가 엄마와 할머니를 찻집 꽃멀미로 안내했다. 아직 윤수가 나타나지 않아서 시간을 벌 생각이었다.

"저희 식물원을 찾아 주신 방문객 여러분을 환영합니다. 따뜻한 차 한 잔 드시겠습니까?"

할머니가 큰 소리로 웃었다.

"한 잔 마시지요."

할머니가 점잖게 대답을 했다. 두극이가 모닥불로 끓인 비수리차 솥의 뚜껑을 열었다. 천장에 줄을 드리워 매달아 놓은 비수리차 솥은 불기가 없음에도 온기가 남아 있었다. 할머니가 차를 마시며 찻집 안을 두리번거렸다. 죽은 나무를 잘라서 쌓아놓은 장작더미를 보자 할머니의 옛 이야기가 다시 시작되었다. 보고 놀기 위해서가 아니라 땔감으로서의 나무가 귀하던 시절의 이야기였다.

"여기선 대나무가 흔하니 그것도 땔감으로 쓰는 모양이구면."

대나무가 비슷한 크기로 가지런히 정리가 되어 있었다.

베트남에도 대나무가 흔하다. 대나무로 침상도 만들고 소쿠리나 바구니도 만들고 닭장도 만들고 담뱃대도 만들었다. 엄마가 대나무 얘기를 보태고 있었다.

"그러냐. 내가 젊었을 때만 해도 노인들이 장죽이나 곰방대로 담배를 많이 피웠지. 그런데 닭장도 대나무로 만들었냐?"

할머니를 위해서 엄마가 바닥에다 닭장 그림을 그렸다.

"에미야, 이런 닭장은 한국에도 있었다. 그 참 희한하다. 알수록 베트남하고 우리가 많이 닮았다는 생각이 드는구나. 옛날에 누가 전했기에 그리도 닮은 게 많을꼬. 베트남이 바다 건너 아주 먼 곳에 있는 나라인 줄 알았더니 퍽 가까운 모양이구나."

"어머니, 베트남에 가 보시겠어요?"

"야야, 늘그막에 베트남은 무슨. 그런 데야 젊은 사람들이 다녀야지."

"어머니, 사돈 보러 가시는 거지요. 친정에서도 무척 좋아할 거예요. 예, 어머니?"

두극이는 할머니와 엄마의 대화가 느닷없이 베트남 외가 방문으로 발전하자 가슴이 두근거렸다. 엄마가 외가에 가기로 마음을 먹었다, 그것도 할머니와 함께. 오랜만에 외가에 갈 수 있을지도 모르겠다. 규민이가 베트남에 다녀온다고 했을 때 갈 수가 없어 무척 안타까웠었다. 벌써 몇 번이나 베트남에 다녀왔으면서도 자꾸만 가고 싶은 곳이다. 참, 엄마가 학교에 다녀가고 난 뒤에 규민이가 새엄마 얘기를 하기 시작했다. 다행이었다. 메콩델타, 외할머니, 쑤언 이모, 홍, 롱 외삼촌……, 그리고 마이. 엄마가 베트남에 가자는 얘기를 할 때를 놓치지 않고 졸라보아야겠다. 막 엄마를 부르려 할 때다.

"두극아, ……버스가 제때 안 와서."

머리를 긁적이며 윤수가 왔다. 늦은 김에 조금만 더 늦게 오지 않고. 두극이는 말을 못 꺼낸 게 못내 아쉬웠다.

"엄마, 이제 오카리나 불어볼게. 할머니 모시고 먼저 가. 반주 음악 부탁해야 해."

두극이는 엄마에게 숲속마루를 가리켰다. 엄마가 고개를 끄덕였다. 엄마와 할머니가 발걸음을 옮기자 두극이도 사무실 쪽으로 향했다. 윤수가 재바르게 두극이 곁으로 왔다.

"너네 할머니, 기분 괜찮냐?"

윤수가 그날 일을 빨리 잊었으면 좋겠다. 금방 기분이 좋았던 할머니가 순식간에 화를 내는 모습을 보면서 윤수도 놀라기는 했을 거다. 우리 할머니가 어째서 그런 소리를 하느냐고 다그칠 수가 없어서 속이 상한다. 지난밤만 해도 갈옷 때문에 소리를 마구 질러대던 할머니였다. 두극이가 앞장서서 툭, 툭, 툭 걸어갔다. 윤수가 천천히 가자면서 소리를 질렀다.

"엄마랑 할머니가 기다리잖아."

뒤돌아보며 빨리 오라고 재촉하려다가 두극이가 미끄러졌다. 황급하게 오카리나를 든 손을 위로 치켜들었다. 오카리나가 깨질까 봐서다. 윤수가 다가와 두극이를 일으켜 세웠다.

"오카리나 장사하냐?"

윤수가 오카리나를 받아들며 툴툴거렸다. 알토 오카리나와 소프라노 G키, C키를 모두 준비했으니 그럴 만도 했다. 두극이는 그냥 웃어 주었다. 생각보다 세게 넘어졌는지 무릎이 얼얼하다.

"두극아, 옷 터졌다."

윤수가 가리키는 곳을 보니 겨드랑이쪽으로 큰 구멍이 나 있다. 마침 왼쪽 겨드랑이쪽이라서 연주 자세를 취해도 보일 것 같지는 않았지만 신경이 쓰였다. 사무실에 들어가서 반주 음악을 틀어 달라고 부탁하고 나오자 윤수가 걱정스러운 얼굴로 바라보았다.

"괜찮냐?"

"안 괜찮으면?"

"오카리나 잘 불 수 있나 걱정해선데, 기분 나빠?"

윤수 말을 들으니 좀 심했나 싶다.

"윤수야, 겨드랑이에 폭풍이 불 것 같지 않냐?"

윤수가 해해해 웃었다.

숲속마루로 가니 엄마와 할머니는 평상에 앉아 있었다. 아직 오카리나를 불 준비도 되지 않았는데 반주가 나오기 시작했다. 윤수와 티격태격한다고 시간이 좀 걸렸나 보다. 황급히 참느릅나무 아래 무대로 올라갔다. 보관주머니에서 오카리나를 끄집어내기 바쁘게 불기 시작해야 했다. 숨이 가빴다. 윤수가 무대로 올라와 G키 소프라노를 주머니에서 끄집어내 주었다. 헐떡거리며 시작되어선지 줄곧 호흡이 모자랐다. 겨우 호흡을 가다듬었을 때는 곡이 거의 끝날 무렵이었다. 영 마음에 들지 않았다. 세상에서 가장 잘 불고 싶은 사람들 앞에서 이게 뭔가 싶어 속이 많이 상했다. 반주가 되풀이 되었다. 사무실에 반주를 세 번 계속해서 틀어달라고 부탁해 두었다. 처음보다는 제법 소리가 괜찮았다.

제주의 왕자.

재일동포 작곡가가 아버지의 고향인 제주도를 그리며 지은 곡.

아버지. 아빠. 용연지 쉼터에서 불어야 했나. 그리운 아버지의 자리가 아닌가.

아버지를 그리며 지은 곡을 엄마와 할머니를 위해 불고 있다.

가슴이 뜨겁게 타올랐다. 또 한 번의 연주를 끝내고 그제야 여유를 갖고 관객을 보았다. 엄마가 눈물을 닦고 있었다. 할머니도 손수건으로 눈가를 누르고 있었다. 지금은 곁에 없는, 같은 사람을 그리워하는 다른 느낌의 표현일까. 숲속마루를 무대로 택한 게 잘했다 싶다.

"앙코르!"

윤수가 소리를 질렀다. 어른들이 박수를 쳤다. 앙코르를 하지 않아도 한 번 더 불 작정이었다. 세 번째에야 비로소 엄마와 할머니와 윤수를 잊고 오카리나 소리에 빠져들었다. 연습할 때 느꼈었다. 처음엔 호흡을 잘 가다듬어도 매끄럽지 않았다. 두 번째엔 아직 몸에 배지 않는다. 세 번째에야 비로소 연주라는 말을 해도 어울릴 만큼 두극이 자신이 오카리나 소리에 빨려들 수 있었다. 두극이가 스스로 감흥에서 빠져나오는 데에 한참이나 시간이 걸렸다. 이런 느낌은 처음이었다. 오카리나 소리 속에 몽땅 녹아들어 자신의 모습은 흔적도 없이 사라진 것 같았다. 감았던 눈을 비로소 떴다.

"앙코르!"

이번엔 까불대는 윤수가 아니었다. 엄마와 할머니 뒤에서 소장님과 원장님이 박수를 치고 있었다. 세직이 형이 없는 아쉬움은

욕심이라 생각했다. 두극이는 무대에서 펄쩍 뛰어 내려와 넙죽 인
사를 했다.

"안녕하십니까, 이사장님? 안녕하십니까, 소장님?"

윤수도 씩씩하게 소리쳤다. 두극이와 윤수가 인사를 하자 엄마
와 할머니가 인사를 했다.

"앙코르 연주 해야지, 하두극."

원장님이 말했다. 앙코르 연주할 곡이 없다. 오직 제주의 왕자만
연습했었다. 연주를 기가 막히게 잘했다는 생각이 들어서가 아니라
원장님이 앙코르를 했기 때문에 꼭 한 곡을 더 불어보고 싶었다.

이목구비라는 말에서 귀를 뜻하는 이(耳)를 앞세운 이유가 좋은
소리를 듣는 것이 중요하기 때문이라고 했던 원장님이다. 모차르
트 선생이 와도 칭찬을 할 거라고 했던 원장님이다. 그리고 머리
와 입이 내는 소리보다 가슴과 마음이 짓는 소리가 좋다던 그 원장
님이 아닌가. 좋은 소리인지 알 수는 없지만 좋은 소리를 내기 위
해서 얼마나 오랜 시간 공을 들였는지 전하고 싶었다.

'작은 별'을 떠올렸다. 원장님에게 앙코르 곡으로 들려줄 곡은
아니지만. 알토 오카리나를 집었다. 엄마가 새벽닭 소리 같다고
좋아하던 알토 오카리나 소리. 할머니 방안 가득히 별이 쏟아져
들어올 것 같았던 그 밤에, 뱀 소동 때문에 달아났던 그 작은 별들

을 다시 모으려고 준비한 '투쿠투 기법'으로 오카리나를 불 생각이다. 숲속마루에 별들이 가득 쏟아지게 하고 싶었다. 두극이는 '작은 별'을 몇 번이나 불어댔다. 엄마의 가슴에 새겨진, 아직도 별이 빛을 잃지 않은 새벽을 여는 닭울음이다. 한국과 베트남의 시차는 2시간. 한국에선 새벽이라도 베트남에선 아직 깜깜한 밤중이지만, 한국의 새벽을 따라 베트남에도 새벽이 오고, 아침이 올 것이다.

새벽닭 우는 소리, 투쿠투투쿠투,

꼬끼오.

당 람 지 버 이

터진 겨드랑이를 할머니가 꿰맸다. 엄마는 바느질이 서툴렀다. 할머니 솜씨는 놀라웠다. 터지지 않은 곳과 비교하니 할머니가 꿰맨 부분이 더 꼼꼼하고, 튼튼해 보였다. 엄마와 두극이는 연신 감탄이었다.

"에미야, 내가 이래 뵈도 여학교 다닐 때는 십자수 선수였다."

"십자수요?"

두극이도 엄마도 처음 듣는 말이었다. 할머니가 장롱을 뒤지기 시작했다. 십자수와 장롱이 무슨 관계가 있는지 물어도 기다리라는 말뿐, 할머니는 숨을 헐떡이며 이곳저곳을 뒤졌다. 놓아두던 곳에 그냥 두어야 하는데, 괜히 잘 놓아두려다가 찾지를 못한다고 할머니가 투덜거렸다.

"요즘에야 이런 게 고와보이지도 않겠지만."

할머니가 내놓은 건 조선시대에나 사용했을 법한 물건이었다. 십자수를 보자 여학생들의 휴대폰 걸이에서 얼핏 보았던 것도 같다.

"이게 뭐하는 건데요, 할머니?"

"베갯잇이야."

"베갯잇요, 어머니?"

"그러니까 베개 옷이다."

할머니가 새색시일 적에 만든 거란다.

"영감 거라고 꽤나 공을 들였는데……."

할머니가 서글프게 웃었다. 학교 다닐 때 배운 것을 다른 친구들은 지겹다고 몸서리를 쳤는데 할머니는 십자수를 놓는 것이 그렇게도 재미있을 수 없었다며, 할머니가 서글픈 웃음을 지웠다. 할머니에게도 틀림없이 아기였을 때, 학교 다닐 때, 할아버지를 처음 만났을 때가 있었겠지만 할머니는 태어날 때부터 할머니인 것처럼 할머니의 어린 시절, 학창 시절, 새색시 시절 얘기가 낯설었다. 주름진 할머니의 얼굴이 발갛게 물들었다.

"지금 생각해 보면 두극이 큰아빠, 고모를 키울 때가 제일 행복했던 것 같다. ……막내는 ……애비는 재롱을 부릴 때도 큰애들보다 더 귀했다. 내리사랑이라 그렇겠지."

두극이는 할머니가 아빠 이야기를 끄집어내자 불안해지기 시작했다. 아빠 얘기가 나오면 할머니 감정이 거칠어지기 쉽다. 그 불똥은 엄마에게 떨어질 때가 많고. 마음이 급해졌다. 가장 행복했던 그 시절에서 두극이와 엄마가 있는 시대로 할머니를 빨리 모시고와야 했다.

"할머니, 제가 가르쳐 드린 베트남 말, 연습하셨어요?"

"베트남 말?"

"예, 할머니. 왜 그거 있잖아요, 그거."

"그거? ……아, 그거. 그런데 잘 안 되더라. 어려워."

무슨 말이냐며 엄마가 어리둥절해 했다. 할머니와 두극이는 비밀을 공유한 즐거움으로 킥킥 웃었다.

두극이는 불현듯 할머니에게 처음으로 베트남어 인사말을 가르쳐 주던 날이 떠올랐다.

그날 엄마와 두극이는 대화에 빠져 있다가 방문 앞에서 물끄러미 바라보는 할머니를 우연히 발견했다. 할머니의 표정이 쓸쓸하기 그지없었다.

"뭔 얘기가 그리 깨가 쏟아지는고."

할머니가 중얼거리며 돌아섰다. 두극이와 엄마는 서로 마주보았다. 곧 불같은 노여움을 터뜨리리라. 하지만 이상했다. 고함을 칠 적당한 때를 기다릴 필요가 없는 할머니가 아닌가. 엄마가 다급한 걸음으로 할머니 방으로 갔다. 두극이도 불안한 마음으로 뒤를 따랐다. 할머니는 아픈 사람처럼 기운이 없어 보였다. 할머니의 그런 모습을 보니 가슴이 아팠다. 노여워 길길이 뛰지 않아 다행스러워야 하는데 가슴이 아프다니, 이상한 일이었다. 엄마가 가만히 말을 걸었다.

"어머니, 베트남어로 어떻게 인사하는지 가르쳐 드려요?"

"그런 거는 알아서 뭣에 쓰려고……."

내켜하지 않으면서도 여운이 담겨 있어, 신 짜오(안녕)니, 당 람지 더이(지금 뭐 해?)니 하며 수다를 떨었더랬다. 가만히 듣고 있던 할머니가 시어머니를 친정엄마처럼 함부로 대하느냐고 고함을 치는 바람에 물러나왔는데, 할머니는 그 인사말을 기억하고 있다가 가끔 두극이와 엄마에게 베트남어 인사를 해서 놀라게 만들었다.

"벤 끅, 할머니가 많이 외로우신 모양이다."

엄마가 그렇게 말했었다. 고개를 끄덕이긴 했지만 이해하기 어려운 어른의 세계였다. 할머니가 예전만큼 고함을 치지는 않지만 여전히 언제 터질지 몰라 불안한데 엄마는 불안해 하지 않는 것도 이해하기 어렵다. 엄마와 둘이 있을 때만 베트남어로 말하던 엄마였는데, 할머니가 곁에 있어도 아무렇지도 않게 베트남어를 사용했다. 그렇게 하고 나서 엄마는 무슨 내용이었는지를 항상 할머니에게 전해 주었다. 할머니는 느긋했다. 두극이가 학교에서 있었던 얘기를 할 땐 베트남어가 아니라 처음부터 한국어로 말할 때가 많았다. 한국어로 말해야 아이들 말을 실감나게 흉내 내어 그때의 분위기가 잘 살아난다고 그럴듯한 설명을 붙였다. 두극이가 목소리까지 바꿔 가며 교실 분위기를 연출할 때엔 엄마와 할머니는 물론이고 직접 연기를 끝낸 두극이도 배꼽을 잡았다.

엄마가 베트남에 전화를 할 때 갑자기 할머니가 전화기를 달라고 했다.

"무슨 일이세요, 어머니?"

"에미야, 나도 한 마디 하자."

"예?"

어리둥절해진 엄마가 머뭇거리고 있자 할머니가 전화기를 빼앗듯이 넘겨받았다.

"머이 바 뗀 한 꾸억 처이 냐."

분명 한국어는 아니었다. 그러나 베트남어를 말한 것도 아니었다. 도저히 알아들을 수가 없었다. 엄마가 그럴 지경이니 베트남의 외할머니는 더욱 무슨 말인지 몰랐을 것이다. 갑자기 엄마 목소리가 사라져서도 놀랐을 테고, 느닷없이 낯선 목소리로 낯선 말이 들려서도 놀랐을 것이다.

"와, 할머니 잘 하시는데요. 그게 바로 베트남 외할머니에게 한국에 놀러 오라고 초대하는 거예요."

두극이가 큰 소리로 할머니를 칭찬했다. 두극이가 엄지손가락을 치켜세우며 엄마에게 눈을 찡긋거리자 그제야 엄마가 상황을 짐작한 모양이다. 발음과 성조가 정확하지 않은 할머니의 말을 엄마의 설명을 듣고서야 알아들은 전화 속의 베트남 외할머니가 울먹였다. 엄마가 느닷없이 전화기를 두극이 귀에다 갖다 대는 바람에 외할머니의 울먹임을 듣게 되었다. 엄마가 울까 봐 걱정스러웠다.

엄마가 자주 말했었다. 한국의 딸과 손자 걱정에 잠을 이루지 못할 외할머니의 모습이 눈에 선하다고. 엄마가 베트남에 있는 외할머니에게 전화할 때 단 한 번도 보고 싶다고 하는 말을 들은 적이 없다. 두극이는 통화 차례가 되면 보고 싶다는 말로 시작하는데 말이다. 두극이가 보고 싶다는 말을 하면 외할머니는 보고 싶고 또 보고 싶다고 말하곤 했다.

"엄마, 외할머니가 엄마 많이 보고 싶어 하시지?"

엄마가 고개를 흔들었다. 단 한 번도 보고 싶다는 말을 들은 적이 없다 했다. 하여튼 어른들은 이해하기 어렵다. 어른이 되면 어른은 보고 싶지 않다는 말인가. 그럼 아빠는?

"외할머니가 뭐라셔?"

"항상 똑같지, 뭐. 할머니에게 잘하라는 거."

엄마는 보고 싶다는 말은 않고 하나도 중요하지 않은 도마뱀이나 느억미아신떠(사탕수수 주스) 얘기를 하곤 한다. 느억미아신떠 얘기는 여름에 단골로 등장하는 얘기다. 사탕수수 즙에 얼음을 채운 음료인데, 두극이에겐 한국에서 먹는 그 어떤 시원한 음료보다 맛있다고 하면서, 외할머니에겐 느억미아신떠보다 맛있는 한국 음료가 많다고 하는 엄마다. 구운 '반짱(쌀 종이)'을 먹고 싶어서 쌀가루로 만들어 보아도 도대체 그 맛이 나지 않는다며 눈물이 그렁그렁해지곤 하면서도 외할머니에게는 깔깔거리며 실패담을 전하는 엄마이기도 하다.

더 야릇한 건 이렇게 깔깔거리면서 통화를 하고 난 후다. 엄마의 메콩델타 얘기는 그때부터 본격적으로 시작된다. 두극이는 꼼짝 없이 엄마 얘길 다 들어주어야 한다. 엄마 얘기를 들으면 외가 모습이 눈에 선해지긴 했다. 이런 때엔 어김없이 엄마의 도민 씨가 등장한다.

친정어머니는 사위가 사고로 세상을 떠났을 때부터는 더욱 극

진히 조상을 받들고 있을 것이다. 반트에 오리를 올려놓고 조상신에게 빌고 또 빌 것이다. 아무쪼록 굽어살피사 리엔이 끅과 씩씩하게 살아가도록 해 달라는 어머니의 기원이 끝도 없이 이어질 것 같다.

반트가 눈앞에 그려진다. 제일 먼저 눈에 들어오는 '복록수(福祿壽)' 세 글자. 행복과 부유함과 오래 살기를 기원하는 마음이다. 모름지기 조상을 잘 받들어야 복록수를 누릴 수 있으리라. 조상신 제단 옆에 소박한 크기로 자리한 불상도 빼놓을 수 없다. 환하게 웃고 있는 풍채 좋은 모습은 정겹기 그지없다. 아이들도 쉽게 다가갈 수 있는 친근한 모습이다. 부처님에게 빌면 껄껄껄 웃으며 '그거야 쉬운 일이지.' 할 것만 같다.

반트의 한문을 읽고 풀이를 할 수 있었음은 도민 씨에게서 한문 공부를 한 다음이다. 어릴 때부터 본 한문이었지만 아무도 그 뜻을 몰랐다. 그저 조상을 잘 섬겨야 복을 받을 것이라 여겼을 뿐이다. 심지어는 설날 과일에 '대길(大吉)'이라는 글자를 붙일 때도 마찬가지였다. '복'은 워낙 널리 알려진 글자라 아는 사람이 많았지만 다른 한자는 그림에 불과했다. 그러고 보니 처음 한국에 왔을 땐 어학 공부를 하려고 유학 온 학생이나 다름없었다. 덕분에 두극이가 태어났을 땐 한국어에 제법 익숙해져 있었다.

"난 우리 아이가 2개 국어나 3개 국어에 능통한 유능한 인재이기보다 엄마와 아빠의 정서와 잘 통하는 아이로 자라게 하고 싶어."

도민 씨의 소박한 꿈은 한결같았었다.

리엔과 도민 씨는 경쟁을 하듯이 두극이에게 베트남어와 한국어를 들려주곤 했다. 호안끼엠 호수 얘기를 들려준 때는 도민 씨가 질세라 고조선 건국 신화를 들려주었다. 탁산 이야기를 얘기해주면 은혜 갚은 호랑이를, 산신과 물신을 들려주었노라 하면 해와 달이 된 오누이가 등장했다. 바잉쯩과 바잉자이를 먹게 된 명절 이야기엔 송편이며 떡국이 짝을 이루었다. 쩌우 넝쿨과 꺼우 열매 이야기를 하며 지금도 외할머니가 쩌우와 꺼우를 씹어서 이가 새카맣게 되노라고 했더니, 견우와 직녀 얘기를 들려주며 지금도 칠월 칠석이면 견우와 직녀가 눈물을 흘리기 때문에 으레 비가 오기 마련이라고 턱없이 진지한 표정을 지었다.

"어렸을 때 할아버지가 붓글씨를 쓰셨어. 그때 내 눈에 들어온 건 획이 간단한 한글과 복잡한 한자가 아니었던 것 같아. '국'이 'ㄱ'과 'ㅜ, ㄱ'이 합쳐진 것으로 보이지 않았거든. 당연히 '國(국)'도 11획의 글자가 아니라 하나의 그림으로 보인 거지. 난 그렇게 생긴 모양을 보고 글자를 눈에 새겼을 거야. 어른들은 내가 한자도 읽을 수 있는 천재라고 야단이 났었다고 하더군.”

도민 씨는 자신이 천재라는 소리를 듣고 자랐노라고 뻐겼다. 장난스러운 말투와 과장된 몸짓이 어색했지만 그래서 더 즐거웠다.

그런 천재인 도민 씨의 뜻에 따라 한자가 섞인 이야기책을 만들게 되었다. 한글로 된 이야기책은 쏟아져 나왔지만 한자가 섞인 책은 찾을 수가 없어 틈만 나면 그런 한자 섞인 책을 만들었다. 도민 씨는 훈민정음이 세계기록유산으로 등록되었다고 기뻐서 어쩔 줄 몰랐던 사람이지만, 한자어 어휘가 많은 한국어의 현실도 받아들여야 한다고 신중하게 말했다. 한자를 아는 것은 한자문화권이었던 베트남을 이해하는 데도 강한 힘이 된다고 덧붙였다.

한자는 물론 한글도 쓰는 게 아니라 그리다시피 했다. 작은 네모를 상상하며 채워 넣었다. 도민 씨가 세종대왕 시대의 갑인자가 이보다 더 멋있었겠느냐며 칭찬을 아끼지 않았다. 갑인자 시대의 한글은 획이 굵고 강직해 보였다. 자신의 솜씨가 그럴 리는 없겠지만 기분이 몹시 좋았다. 한글을 그리듯이 쓰다가 꾸옥응어를 쓸 때면 익숙한 것이 고맙기 이를 데 없었다. 그림이 문제였다. 글자는 제법 반듯하게 쓸 수 있었지만, 그림을 그릴 자신이 없었다.

“도민 씨, 혹시 그림 천재 아니었어요?”

도민 씨가 호탕하게 웃었다. 한국의 추위를 설명하기 위해 얼음 속에 들어가 있는 사람을 그렸던 도민 씨를 생각하면 기대할 수 없었지만 리엔의 그림 솜씨는 더 형편이 없었다.

"당신과 내가 함께 그림 천재 하지, 뭐."

처음 두꺼운 종이를 사 가지고 왔을 때, 이렇게 좋은 종이 같으면 만 년은 쓸 수 있겠다며 깜짝 놀랐다. 도민 씨가 색연필을 사 가지고 왔을 땐 차라리 리엔은 울적해졌다. 종이고 학용품이고 귀하기 짝이 없는 고향 마을이었다. 흔하지 않은 것이 당연한 일이라 아쉬워하지도 않고 없으면 없는 대로 자랐다.

"베트남은 대단한 나라야. 여러 강대국들을 물리친 나라니까. 미국과 전쟁 중이었을 때 한국이 참전했잖아. 그때 한국도 참으로 가난한 나라였어. 그때로부터 20여 년 전에 한반도 전역에서 전쟁을 치른 나라였기도 하고."

한국도 베트남도 부지런한 국민성을 지녔다. 영특한 국민이라는 것도 닮았다.

"젓가락을 사용하는 국민은 똑똑하다는 말이 있거든. 닭죽을 먹을 때도 젓가락을 사용하는 걸 보고 놀랐어. 젓가락질을 잘하는 베트남이 부자 나라가 되는 건 금방일 거야."

도민 씨가 다정하게 위로를 하며 글 아래 그림 그릴 공간을 비워둔 종이를 집어 들었다. 천재는커녕 그림은 서툴기 짝이 없었지만, 도민 씨의 그림 덕분에 웃음을 짓게 되자 울적한 마음이 위로가 되었다. 다른 종이에 연습을 하기도 하고, 그림이 다 비치는 얇은 종이나 복사를 할 수 있는 먹종이를 동원하기도 하면서 씨름을 한 끝에 마침내 완성을 했다. 이렇게 만든 책을 두극이 눈에 쉽게 띄도록 바닥에 놓아두었다.

리엔은 하루 종일 베트남어를 하며 두극이와 지냈다. 두극이를 데리고 밖에 나가거나 도민 씨가 퇴근한 뒤부터는 한국어를 사용했다. 말을 조금씩 하게 된 두극이는 신기하게도 낮에 책을 읽자고 하면 베트남어 책을, 다른 시간에는 한국어 책을 가지고 왔다. 어쩌다가 해가 뜰 무렵이나 해가 질 무렵에 책을 가지고 와야 할 때가 있었다. 도민 씨와 리엔은 두극이가 과연 어느 나라 책을 가지고 올 것인지 내기를 하곤 했다. 어느 나라든 승리한 쪽은 마치 올림픽에서 메달이나 딴 것처럼 즐거워서 어쩔 줄을 몰랐다. 두극이는 아빠를 닮아 한자로 된 낱말을 제일 먼저 기억했다.

"대를 이어 천재가 난 거잖아."

도민 씨가 그것 보라며 의기양양해 했다. 남편의 말은 맞기도 하지만 그렇지 않기도 했다. 한글과 꾸옥응어 사이에서 한자는 밤하늘의 빛나는 별처럼 눈에 띄었다. 글자를 가르치려고 애를 쓴 적은 없었다. 때가 되면 두극이가 배우고 싶어 할 것이다. 단지 한글과 꾸옥응어와 한자가 다른 문자라는 것만 구분하며, 말도 문자도 다른 체계를 가지고 있다는 걸 두극이 나름대로 받아들이는 것으로 만족했다. 평균 수명이 자꾸 길어지는 이즈음, 한 해라도 먼저 무엇을 할 수 있게 하려고 바동거리는 게 그리 큰 의미가 있을 것 같지 않았다. 두극이가 한국어와 베트남어에 똑같이 들어있는 한자를 보고 눈이 동그래졌을 때의 모습을 잊을 수가 없다.

두극이가 자라서 학교에 가면 한 해에 두 번씩 방학을 맞이할 것이다. 그러면 방학 한 번은 여름밖에 없는 외가에서 지내게 할 작정이었다. 두극이는 메콩델타의 아이들과 함께 자연과 더불어 살아가는 모습을 익히게 될 것이다. 인터넷이 뭔지도 모르는 아이들과, 아니 인터넷이 뭔지 몰라도 전혀 불편하지 않은 아이들과 어울리면서 느리게 사는 법이 어떤 것인지도 알게 될 것이다.

도민 씨와 더불어 그런 꿈들을 꾸며 지냈지만 뜻대로만 되지는 않았다.

리엔이 몸이 약해 더 이상 아이를 가지는 건 무리라는 진단이 내려지자 도민 씨는 두극이가 세 아이 몫을 할 거라며 욕심을 접었다. 두극이가 보는 이야기책을 두고 하는 말이다. 좀처럼 도민 씨에게서 찾을 수 없는 엄격함과 냉정함으로 자신의 주장을 굽히지 않았다. 아이가 새로 태어날 확률보다 두극이에게서 엄마를, 자신에게서 아내를 빼앗을 확률이 비교도 할 수 없을 만큼 높은 일이라는 것이다.

"서쪽 울주군에 가면 치술령이라는 능선에 망부석이 있어. 1500년 전 얘기야. 신라국의 박제상이라는 충신의 아내가 남편이 일본에 갔다가 죽었다는 소식을 듣고 통곡하다가 그 자리에서 바위가 되었다지. 그 부인은 남편을 그리워하다가 망부석이 되었지만 나는 아내를 그리워하다가 망부석이 될지도 몰라. 두극이로 충분해."

도민 씨가 리엔의 눈을 똑바로 보면서 대답을 재촉했다.

"우리에겐 두극이밖에 없는 거야, 알지?"

아내를 잃을지도 모른다고 망부석까지 동원하며 아이에 대한 미련을 깨끗이 접었던 도민 씨가 리엔을 두고 다시는 돌아올 수 없는 먼 길을 떠나버렸다.

리엔의 첫 친정 나들이보다 친정의 어머니와 아버지가 한국을 먼저 방문했다. 리엔이 베트남에 갈 형편이 못 되자 도민 씨의 휴가에 맞추어 다녀간 것이다. 어머니는 사흘을 견디더니 더위를 하소연했다. 어떻게 선풍기 바람이 아니면 24시간 내내 견딜 수 없는지, 한국의 여름이 얄궂기 짝이 없었다. 결국 어머니와 아버지는 일주일 만에 베트남행 비행기에 몸을 실었다. 다른 계절에 다녀가라고 해도 어머니는 고개를 저었다. 여름 날씨에 된통 고생을 한 터라 다른 계절은 엄두도 내지 못했던 것이다.

처음 베트남으로 친정 나들이를 했을 때 어머니는 도민 씨가 베트남어를 할 수 있어서 얼마나 고마운지 모르겠다고 눈물을 글썽거렸다.

"우리 사위 대단해. 우리 사위 고마워. 너무나 고마워."

그 사실을 처음 안 것도 아닌데 친정어머니의 반응은 새삼스러웠다.

"지앙 말이야."

"타이완으로 시집 간 지앙?"

지앙이 딸을 데리고 친정에 다니러 왔을 때, 지앙의 어머니는 사위와도 손녀와도 말 한 마디 나눠보지 못하고 눈이 마주치면 웃기만 했다고 했다. 지앙이 통역을 하지 않으면 벙어리 놀음을 해야 하니 기가 막힐 노릇이었다. 지앙이 제 남편과 나누는 대화는 항상 소리가 크고 빨랐다. 웃는 얼굴이 아니면 뭐가 불편해서 다투고 있는 건 아닌지 불안했다. 지앙이 그런 게 아니라고 아무리 설명해 주어도, 걱정하지 말라고 하는 말이려니 싶었다. 사위는 사위대로 식구들끼리 뭐라고 웃고 떠들면 같이 앉아 있다가도 슬며시 일어나 다른 곳으로 가버렸다. 사위가 곁에 있을 때는 웃는 것도 눈치가 보였다. 지앙이 곁에 없으면 온 식구가 타이완에서 온 어려운 손님인 사위를 어떻게 대해야 되나 싶어서 안절부절못했다. 게다가 더 안타까운 것은 손녀가 틀림없이 뭐라고 재롱을 떠는데 그 재롱을 받아줄 수가 없다는 것이다. 눈치껏 오줌을 뉘고, 물을 먹이고, 업어주는 게 다였다.

"리엔아, 내가 끅을 업고 동네에 나가면 애 어른 할 것 없이 난리가 난다."

"왜 엄마?"

"끅이 베트남 말을 하지 않니. 신기하겠지."

두끅이는 마을에서 영웅이었다.

친정아버지와 도민 씨는 자주 장기를 두었다. 아버지가 도민 씨와 장기를 둘 때 동네 사람들이 놀러오기를 은근히 기다리는 아버지였다. 한국인 사위와 장기를 두고, 같이 맥주를 마시며 대화를 나누는 아버지의 모습은 자랑스러워 보이기까지 했다. 아버지는 틈만 나면 베트남어를 잘 하는 사위라고 으스대고 싶어서, 대화의 주도권을 좀처럼 다른 사람에게 넘기지 않았다. 일부러 한 수 물려달라고 떼를 쓰기도 하고, 사위의 장기 솜씨가 좋으니 같이 한 판 두라고 동네 사람을 부추기기도 했다.

처음 친정아버지와 도민 씨가 장기를 두던 날의 긴장된 분위기는 오래오래 잊히지 않았다. 오래전 청혼을 하기 위해 리엔에게 준 도민 씨의 군복 차림 사진을 아버지가 장기판 위에 올려놓았을 때만 해도 분위기가 화기애애했다.

"난 따이한이 눈을 부릅뜨고 죽이려고 한 베트콩이었다."

친정아버지가 무겁게 입을 열었다. 해방 전사였던 친정아버지가 베트콩이었다고 말했다. 아버지의 표정이 딱딱했다. 도민 씨도 심상치 않은 분위기에 압도당했다.

"내가 살아오면서 호 아저씨에 대한 신뢰를 의심한 일이 두 번 있었다. 한 번은 나라에서 도이모이 정책을 시작했을 때였다."

자본주의 방식의 경제 정책을 받아들인 것이다. 그 덕분에 도민 씨도 베트남에서 근무할 수 있었을 것이다. 예전보다 경제적으로 확실히 나아지긴 했다.

"다른 하나는 남편에게 배워서 한자를 읽는 리엔을 보았을 때다."

오랜 시간 프랑스의 지배를 받았던 베트남이었다. 로마자에 익숙해져 있었다. 베트남어를 로마자로 표기한 꾸옥응어를 공식 문자로 채택하면서 베트남은 한자문화와 완전히 담을 쌓게 되었다. 너나 할 것 없이 복(福)도, 대길(大吉)도 문자가 아니라 그림으로 인식하기에 이르렀다.

군복을 입은 한국인, 도민 씨를 보았을 땐 사위로 받아들이기가 무척 힘이 들었다. 백 번 양보하여 내 딸이 좋아하는 사람이라 허락한 후에도 사위는 딸과 손자만큼 마음이 가지 않았다. 도민 씨는 일부러 군복 입은 사진을 보낸 게 아니라 그즈음에 군 복무와 관련된 일을 처리한 후 지갑에 끼워둔 사진을 우연히 다시 확인한 것이 청혼할 무렵이었노라 해명했다.

친정아버지는 인자하게 웃었다. 지나간 일이라고.

"난 지금 해방 전사도 베트콩도 아니야. 난 인간답게 살고 싶은 평범한 베트남 국민이지."

친정아버지가 도민 씨에게 사진을 내밀었다.

"Con rê ······Min(꼰 레······민, 사위 ······민)!"

친정아버지가 가슴 밑바닥에서 나오는 소리로 도민 씨를 불렀다.

"짜 보(장인어른)!"

도민 씨가 친정아버지와 장기를 두고 동네 사람들과 어울리는 동안, 리엔은 친정어머니와 함께 얘기꽃을 피웠다. 로안과 쑤언과 롱과 나누는 어렸을 때의 얘기는 해도 해도 끝이 없었다. 리엔과 로안은 나이 차이가 별로 나지 않지만, 쑤언과 룽은 나이 차이가 제법 나는 동생이다. 그럼에도 넉넉하지도 즐겁지도 않았을 것 같은 그때의 얘기가 왜 그렇게도 마음을 따뜻하게 만드는지 모를 일이었다. 텔레비전에서 나오는 그 어떤 드라마나 영화도 자신들의 어린 시절의 얘기보다 더 재미있는 건 없었다. 동생댁 옌이라고 소외될 일도 아니었다. 그리 멀리 떨어지지 않은 곳을 친정으로 둔 옌이 자랄 때 겪은 일도 리엔 형제자매와 별로 다르지 않았기 때문이다.

도민 씨는 두극이와 함께 미로처럼 얽힌 수로를 따라 다리를 건너보고, 배가 지나가는 걸 바라보고, 과일나무에 올라가보았다. 부레옥잠이 움직이는 방향에 따라 수로에 물이 드는지 빠지는지 짐작할 수 있었다. 두극이는 매일 드나드는 물이 그리도 신기했나 보다. 굳이 물속에 들어가 깊이를 확인하며 깔깔거렸다.

친정 나들이를 하면서 제일 난처했던 건 모기다. 모기는 용케도 낯선 한국인을 알아보았다. 아무리 신경을 쓰도 자고 일어나면 도민 씨와 두극이 팔다리는 모기에게 물린 자국으로 말이 아니었다.

"겨울날 이렇게 모기의 사랑을 받은 건 처음이야. 상처뿐인 영광이잖아, 이건."

도민 씨가 한국어로 말하며 호탕하게 웃었다.

어리둥절한 표정으로 바라보는 어머니에게 리엔이 베트남어로 말했다.

"모기까지 한국인을 이렇게 좋아하는 줄 몰랐대요."

리엔의 말을 들은 도민 씨가 기가 막힌 통역이라고 추켜세웠다. 도민 씨가 리엔의 어깨를 감싸 안았다. 모기 때문에 안쓰러워하던 어머니가 그 모습을 보고 비로소 안도의 숨을 내쉬었다.

첫 친정나들이는 일주일 만에 끝났다. 도민 씨가 출근을 해야 했기 때문이었다. 도민 씨가 다음엔 리엔과 두극이만 베트남에 보낼 것이라 했다. 그러면 한두 달 머물러도 되지 않겠느냐고. 리엔은 대답하지 않았다. 그렇게 오랜 시간 머물고 싶었다. 하지만 욕심을 내면 혹 그리 되지 않을까 두려웠다.

두극이가 다섯 살 때 한 친정나들이는 오래 머물 수 있어 느긋했다. 하지만 리엔은 베트남 아이들과 두극이가 노는 모습을 보며 가끔 가슴이 답답했다. 고향 마을 아이들은 텃세를 부리지 않았다. 아이들이 아무리 많아도 대장 노릇은 언제나 어린 두극이가 했다. 잘 사는 나라 한국에서 온 두극이는 체격도 월등했고, 아는 것도 많았다. 베트남어로 해결되지 않으면 아이들에겐 도무지 알 수 없는 생소한 외국어인 한국어를 사용했다. 체격으로 상대가 되지 않으면 억지라도 부려서 기어코 대장 자리를 지켰다. 아이들이 싫증을 낼 것 같으면 한국의 겨울 얘기를 들려주었다. 눈사람이며 눈썰매가 등장하고, 얼음에 구멍을 뚫고 하는 낚시 얘기로 아이들을 어리둥절하게 만들었다. 말로 모자라니 한국에서 올 때 입었던 외투를 가지고 나가 아이들에게 입혀 보며 추위를 설명했다. 마을 아이들을 몰고 다니면서 못되게 굴어도 아이들도 어른들도 몹시 관대하다는 걸 두극이는 일찌감치 알아챘다. 가르치지 않아도 알아버린 영악함이었다. 이런 두극이의 모습을 전해들은 도민 씨도 어이없어 했다.

"엄마, 내가 그랬다고?"

두극이는 자신이 아닌 다른 철부지 얘기를 하는 것이 아닐까 했다. 엄마가 미소를 지으며 머리를 살래살래 저었다. 두극이는 억울했다. 엄마는 모든 것을 기억해 두었다기 요리 펼치고 조리 펼치고 있는데, 자신은 아무 것도 모른 채 자신이 저질렀던 일을 반성하는 기분으로 들어야 하다니. 틀림없이 불공평한 일이다, 이건.

"벤 끅, 진정해. 그렇게 자라는 거야, 모두들."

"엄마는 내가 태어날 때부터 엄마잖아."

"그래서?"

"그렇다고."

"벤 끅, 다시 타임머신 탈 준비해."

엄마 목소리가 가볍고 부드럽다.

두극이가 이야기책을 얼마나 보았는지 원래 두꺼운 종이가 더 두꺼워졌지만 망가지지는 않았다. 두껍고 질 좋은 종이를 보았을 때 울적해 했던 일이 두고두고 생각나곤 했다.

두극이가 유치원에 가게 되자 한국어를 사용하는 시간이 훨씬 많아졌다. 밤에는 베트남어만 사용하기로 도민 씨와 의논했다. 두극이가 일곱 살 되던 해에 도민 씨와 함께 잠깐 다녀온 베트남에 리엔은 다시 가지 못했다. 두극이가 체험학습에 욕심을 냈기 때문이다. 리엔 또한 대학에 등록하는 바람에 욕심껏 공부를 하면서 메콩델타를 그리워하는 마음을 잠재웠다. 한국문학을 공부하고 싶었던 리엔은 외국인 장학금을 받으며 대학에 다닐 수 있었다.

두극이는 3학년이 되자 베트남에 다녀오겠다고 야단이었다. 혼자 다녀와야 할 상황인데도 두극이는 주저하지 않았다. 도민 씨가 오붓하게 둘이 지내보자며 두극이의 단독 베트남 방문을 앞장서서 추진했다. 마침 베트남으로 돌아가는 사람이 있어 호치민까지는 염려가 없었다. 호치민 공항에서 롱 외삼촌이 기다린다고 하자 두극이는 즐거워서 어쩔 줄 몰랐다. 도민 씨는 두극이에게 한

가지 숙제를 냈다.

외가 식구들에게 한국어를 가르칠 것.

두극이는 흔쾌하게 약속했다. 리엔도 숙제를 냈다.

베트남 기행 보고서를 쓸 것.

두극이가 얼굴을 찡그렸다. 두극이는 글쓰기가 약했다.

"두극아, 너 과학자가 꿈이잖아. 그러면 보고서 쓰는 훈련을 해야 돼."

도민 씨가 보고서 작성의 필요성을 강조했다. 표현력을 길러두지 않으면 자신이 이룬 학문적 업적을 체계적으로 정리할 수 없다고. 아니 알고 있는 것을 제대로 표현하지 못함으로 하여 다른 사람들에게 명예를 넘겨주는 일이 생길 수도 있다고. 두극이는 마지못해 약속을 했다.

두극이는 열심히 임무를 수행했다. 외가 식구들뿐 아니라 또래들에게도 한국어를 가르친 것이다. 베트남에서는 외국어로 이미 영어를 배우고 있었지만 미국이라는 나라는 전쟁과 상관없이 문화가 너무 동떨어진 나라여서 매력이 떨어졌다. 한국 사람은 생긴 모습도 비슷한데다가 살아가는 모습도 참으로 닮았다. 두극이는 아빠가 당부한 대로 어떤 모습이 닮았고, 어떤 모습이 다른지에

중점을 두었다. 그러나 그 다름을 단지 경제적인 잣대로 설명하려 들지 말라는 아빠의 부탁을 잊지 않았다. 두극이는 잘 사는 나라에서 왔노라고 우쭐대지 않으려 애를 썼다.

"엄마, 고소하다는 말을 설명하느라고 애 먹었어."

어떤 맛이라고 설명해야 하는데, 예를 들 수 있는 적당한 음식도 몰랐고, 음식 재료 이름도 말할 수가 없었다. 한국에서 고소하다고 하면 아주 손꼽히는 맛이다. 참기름을 먹어보지 않았느냐. 바로 그 맛을 고소하다고 한다. 깨로 기름을 짜면 냄새가 굉장하지 않느냐고 했지만 두극이 자신도 그 참기름 맛에 자신이 없었다. 참기름 냄새와 맛은 어른들의 입을 통해 귀로 들은 맛이지 고소하다고 입이나 코로 느낀 기억이 별로 없었다. 깨와 참기름을 동원해서 설명을 해도 워낙 반응이 신통찮아서 설명하는 두극이마저 참기름이 진짜로 고소한 게 맞는지 의심스러웠다.

"매(깨)?"

"mè(깨)."

이런 순서, 그러니까 동의를 하며 고개를 끄덕여야 낱말 설명이 가능하다.

"매(깨)?"

"mè(깨)? ⋯⋯? ⋯⋯?"

아이들은 고소하다는 말을 하다가 왜 갑자기 깨가 등장하느냐는 식이다. '고소하다'가 얼마나 매력적인 맛인지 설명하려던 의욕이 슬며시 자취를 감추었다. '고소하다'가 아주 괜찮은 맛이라서 기분이 유쾌하고 재미있을 때나, 미운 사람이 잘못되는 것을 보고 속이 시원하고 재미있을 때도 쓴다는 말을 준비했지만 전달할 엄두도 내지 못했다. 두극이가 고소한 맛을 떠올리며 입맛을 다실 때, 메콩델타 아이들은 달콤하고 시원한 '느억미아신떠(사탕수수 주스)'를 생각하며 눈을 사르르 감을 것이다.

그제는 다섯 살 때 동네 아이들을 쥐락펴락 하던 철없는 두극이가 아니었던 것이다.

"벤 끽, 아빠도 너처럼 난처해 했던 일이 자주 있었어."

"아빠가?"

"응. 내가 '울고불고'를 물었을 때도 그랬어."

"울고불고……라고? 그걸 왜?"

"'울고'는 알겠는데, '불고'라는 말이 왜 붙어 있느냐고?"

두극이가 슬쩍 엄마를 외면했다. 불고? 모르겠다. 오카리나를 부는 건 아닐 텐데.

"아빠가 대답해 줬어?"

"응, 한참 지나고 나서 재미동포의 글을 출력해 왔어. 한글과

한국 역사를 끔찍이도 사랑하는 분이더라. 너도 검색해 봐. 아주
기가 막힌 내용이야."

"어떤 내용인데, 엄마?"

"검색해 보래도 그래."

"엄마아, 엄마아아."

"정보를 조금만 공개할게. 우는 데도 암수가 있다고 했어. '울
불 짝말'이나 '우리말 울고불고', 정보를 검색하세요, 삔 끅!"

엄마의 바깥나들이가 잦아졌다. 다문화가정지원센터에 드나
든 덕분이다. 다문화가정지원센터를 드나드는 사람들은 참으로
다양했다. 중국, 미국, 베트남, 일본, 필리핀, 몽골, 우즈베키스탄,
캄보디아……. 센터의 도움이 고맙다, 하지만 아쉽기도 하다. 이
구동성으로 하는 말이 있었다. 다문화가정 지원을 워낙 여러 곳에
서 하고 있어서 필요한 것을 그때 그때 구하기 쉽고, 어려운 것을
바로바로 해결할 수 있는 것은 아니었다. 어떤 것은 이곳저곳에서
모두 도와주고 있는가 하면 어떤 것은 어느 곳의 문을 두드려도 시
원한 답을 얻을 수가 없었다.

엄마가 홀로는 별로 하지 않던 바깥나들이를 할 뿐인데 할머니
는 마치 엄마가 직장인이 된 것처럼 뒷바라지 운운하며 즐거워했

다. 할머니가 즐거워하니 두극이도 덩달아 신이 난다.

엄마가 다문화가정지원센터를 드나들면서 알게 된 베트남 결혼이주민 모임에 초대되었단다. 엄마만 가는 게 아니고 두극이에게도 같이 가잔다. 가족 모임이니 백퍼센트 참석 가족이 되어 보자고 부추겼다. 낯선 사람들을 만나야 한다는 것이 부담스러웠지만 어쩌겠는가. 아빠가 곁에 없으니 엄마를 지켜야 하는 사람은 두극이 자신이었다. 엄마를 지키는 일이 쉽지 않았다.

모임에 가 보니 두극이 또래는 별로 없었고 주로 초등학생이거나 더 어린 아이들이 부모를 따라왔다. 한국 생활로 치니 엄마가 선배 급이었다. 시끌벅적한 가운데 처음엔 한국어로 대화를 나누었다. 점점 분위기가 달아오르자 베트남어가 어지럽게 춤을 추게되고, 한국어는 자취를 감추고 있었다. 아빠들은 멀뚱한 표정으로 엄마들을 보고 있었다. 집에서 엄마, 아빠가 보여준 광경과 아주 달랐다. 마침 엄마가 말을 하는데, 주변이 비교적 조용했다.

"남편과 시집 식구들과 잘 지내는 데 한국어를 잘 하는 만큼 좋은 일은 없어요. 알려고 힘쓰지 않는데 저절로 알아지지는 않아요. 하지만 유치원에 들어가기 전의 아이를 가르칠 때는 우리에게 익숙한 베트남어로 하면 된다고 생각해요."

엄마가 말을 다했을 때 두극이가 아빠들을 위해서 한국어로 통역을 했다. 두극이 말이 끝나자 모두가 일제히 입을 다물었다. 누군가의 시작으로 어떻게 해서 한국에서 자란 두극이가 베트남어를 이렇게 잘 하느냐는 질문이 쏟아질 땐 소동이 났다. 갑자기 엄마는 모임의 주인공이 되어 버렸다.

엄마가 베트남어로 차근차근 얘기를 시작했다. 두극이는 엄마 옆에 앉아 아빠들에게 통역을 해 주었다. 통역을 하면서 엄마가 얼마나 자랑스러웠는지 모른다. 할머니가 친구들에게 전화를 하면서 엄마가 곧 고등학교 선생님이 될 거라고 말한 것이 눈앞에서 펼쳐지고 있었다.

"리엔 어이, 알아듣기 쉽게 말을 참 잘해요."

엄마가 미소를 지었다.

"대학에 다닐 때 발표를 많이 했었어요. 그리고 청하중학교 두극이네 반에서 아이들에게 수업을 해 본 적이 있었고요."

두극이는 통역을 하려다가 멈칫 했다. 옆에 앉은 엄마가 갑자기 두극이 손을 꽉 잡았기 때문이다. 무슨 뜻일까. 엄마와 다른 엄마들을 번갈아 바라보았다. 엄마 표정은 평온한데 다른 엄마들의 표정이 어두웠다. 엄마가 다시 두극이 손을 꽉 잡은 채 고개를 살짝 저었다. 통역을 하지 말라는 뜻으로 받아들였다. 두극이는 잠시 기다려보기로 했다. 엄마가 두극이를 보고 미소를 지었다.

"저보고 말을 잘 한다고 하시는데요. 그게 모두 식구들이 제 말에 귀를 기울여 주셨기 때문입니다. 저를 매우 귀한 사람으로 여겨 주셨어요. 요즘은 청하중학교에 다니는 우리 아들, 두극이가 오늘처럼 제게 큰 힘이 되어 준답니다."

엄마가 두극이가 하던 통역을 맡았다. 두극이와 청하중학교라는 이름만 들어갔지 내용은 완전히 달랐다. 그제야 다른 엄마들의 표정이 어두워진 이유가 짐작이 되었다. 대학 얘기 때문일 것이다. 엄마가 다문화가정지원센터에 다니면서 다른 결혼이주민들의 생활을 듣고 와서 전해주었었다. 다른 엄마들이 대학에 다니는 게 쉽지 않을 것 같다. 두극이가 잠시 그런 생각을 하는 동안 엄마가 새로운 얘기를 하기 시작했다. 아이들은 두 나라의 문화 속에서 자라나기 때문에 반쪽짜리 인생이 아니라 두 몫의 삶을 살아가고 있다고 말하면서 자기네들끼리 어울려 놀고 있는 아이들을 바라보았다. 아이들은 조금의 의심도 통하지 않는 한국인이었다.

"내가 하는 말을 여러분은 눈으로 확인하고 있지 않나요. 바로 이 아이가 두 몫 삶의 주인공, 하두극이에요."

두극이의 한국어 통역이 끝나자 감탄을 하던 사람들이 꼭 출발 신호를 들은 육상 선수처럼 한꺼번에 입을 열었다. 베트남어와 한국어가 섞여 뒤범벅이 되었지만 말하는 내용은 한 가지로 모였다.

우리도 할 수 있나요?

엄마가 고개를 끄덕였다.

"누구나 할 수 있는 일이에요."

엄마는 또박또박 말을 했다. 두극이에게 이제부터는 엄마가 두 나라 말로 하겠다고 선언했다. 선언 자체를 한국어와 베트남어로 말했다. 괜찮지? 하는 눈으로 엄마가 두극이를 보았다. 엄마가 그렇게 하고 싶다면 그럴 만한 이유가 있을 것이다.

엄마가 천천히 말을 하기 시작했다.

틀림없이 누구나 다 할 수 있기는 하지만, 그렇다고 해서 쉬운 일은 분명히 아니다. 조국을 뒤로 하고 한국행을 선택할 때도 누구나 할 수 있는 일이었지만 지금 이 땅에 있는 사람만이 그 일을 해냈다. 조국의 가족과 친지들이 가장 걱정하는 것이 말이 다르다는 것이었다. 외국에 가 보지 않더라도 누구나 외국에 가면 말이 통하지 않아서 힘이 많이 들 것이라는 걸 안다. 그걸 각오하고 외국을 선택한 것이다. 한국을 선택하면서부터 반드시 선택에 따른 어려움을 헤쳐 나갈 것이라는 다짐을 되풀이했을 것이다. 20년 이상 익숙했던 세계와 이별하는 일이 얼마나 어려운지는 한국 땅을 밟는 첫날부터 느끼는 것이다. 그 답답함, 막막함, 외로움, 서러움……. 그 낯설음을 단숨에 20여 년의 익숙함으로 바꿀 수는 없지 않은가. 하지만 주변의 상황은 단숨에 바꾸라고 재촉을 한다. 그렇다면 지금까지 살아온 것보다 몇 배의 땀을 흘려야 하는 건 당연한 일이 아니겠는가.

진지하고 심각했던 말투를 가볍게 고치면서 엄마가 말했다. 어려운 말은 끝낸 것 같다.

한국어 어휘를 질적으로 높이기 위해 한국어 독서를 게을리하지 않아야 할 것이다. 초등학생이 되자 시작된 두극이의 베트남어 새벽 독서 얘기도 조심스럽게, 하지만 빠뜨리고 싶지 않다는 태도로 말했다. 두극이보다 더 많은 시간을 한국어 독서에 쏟아붓는 엄마 얘기도 혹시 도움이 될지 모른다고 덧붙였다.

"중요한 것은 어느 한 사람 노력만으로는 절대로 우리 두극이처럼 되지 않는다는 거예요. 제가 한국에 도착한 날, 남편은 베트남어로 환영 인사 했어요. 제가 한국어 공부하려고 애쓰는 만큼 남편도 무척 애를 썼어요. 부부는 동반자잖아요."

큰 힘이 되어 주어야 한다는 간절한 바람을 실어 엄마가 아빠들을 바라보았다. 마지막 얘기는 한국어로 아빠들을 향하여 했던 것이다. 어떤 아빠는 엄마를 향해 고개를 끄덕였다.

그런 두극이 아빠가 사고를 당했으니 얼마나 슬펐겠어요?

두극이가 충격이 컸겠어요.

그랬다. 그 충격은 엄마에게도 두극이에게도 감당하기 힘들 정
도로 컸다. 그래서 포항으로 이사를 할 수밖에 없었다.

그러나 믿는다.

"어린 시절에 사랑하고 사랑받았던 경험은 평생을 간다고 어느
학자가 말했더군요."

엄마가 사람들을 향해 말을 시작했다가 두극이를 향해 말을 끝
맺었다. 두극이는 엄마를 향해 웃어 주었다. 두극이에게만 그렇겠
는가. 엄마의 가슴에도 도민 씨의 사랑은 오래오래 빛을 잃지 않
을 것이다.

"제가 살았던 울산 얘기 하나 해 드릴까요?"

"그러세요. 듣고 싶네요."

동의를 구한 엄마 얘기에 태화강 까마귀가 등장했다.

겨울이면 태화강의 떼까마귀와 갈까마귀의 군무가 펼쳐진다.
까마귀들은 이맘때부터 겨우내 태화강변에서 장관을 연출하여 보
는 이들을 환호하게 만들었다. 어쩌다 바라보는 이들에게는 까마
귀들의 군무가 아름답게 보이겠지만, 까마귀들과 같이 생활해야
하는 태화강 주변의 시민들은 까마귀 배설물 때문에 진저리를 칠
것이다.

"우리는 어쩌다 한 번 한국에 다니러 온 관광객은 아니잖아요.

힘든 일이 적지 않아요. 하지만 힘을 내야 해요. 남편과 아이들이 있으니까요."

엄마 말이 끝나자 사람들이 자신들의 어려움을 말하기 시작했다. 비슷한 처지의 사람들이 모이니 그 어려움을 해결하는 지혜가 모였다. 엄마는 이웃들에게서 배운 지혜를 반갑고 고맙게 받아들였다.

"벤 끅, 엄마가 힘을 많이 내야 할 것 같아."

"왜?"

"센터에서 만난 사람들 얘기를 들어보니 내가 너무 힘들다, 힘들다 않는 소리를 많이 하는 것 같았거든."

"아냐 엄마. 엄마가 최고 멋있던걸, 뭐."

엄마가 수줍게 웃었다.

"벤 끅, 할머니에게 전화할까?"

"좋아, 엄마."

시원스럽게 엄마 말에 동의를 했다.

엄마가 전화를 걸었다.

"Đang làm gì vậy(당 람 지 버이, 지금 뭐 하세요)?"

아오자이에 핀 무궁화

"우리 외식할까요, 어머니?"

두극이가 엄마를 쳐다보았다. 바깥나들이 끝에 엄마가 할 말이 아닌 것 같다. 그런데 할머니가 선뜻 그러자고 했다나. 모를 일이다.

"벤 끅, 결혼이주민 모임에서 왜 갑자기 태화강 까마귀 얘기한 줄 알아?"

"아빠 생각했지, 뭐."

두극이가 시무룩하게 말했다.

"알고 있었구나. 늘 좋은 일만 있지는 않다고 말하려는데 아빠 말이 떠오르잖아."

"6만 마리 까마귀 떼?"

"응."

"철새 까마귀들은 동물의 사체를 먹는 텃새 까마귀와 다른 종
류라며? 들판에 떨어진 곡식류를 먹는다고 했잖아. 대숲으로 떼
지어 들어가서 자고, 다음날 해 뜰 무렵 대숲을 나와 사방으로 흩
어진다고 했어. 아마도 이런 모습을 보고 견우와 직녀가 만날 수
있도록 까치와 까마귀가 다리를 놓아주었다는 설화가 만들어졌을
거랬잖아."

견우와 직녀는 그렇게 만나서 눈물을 흘리며 또 다음 만남을
기약하는데, 엄마는……

할머니는 외출 옷차림으로 청하로까지 나와 있었다. 빨리 만
날 생각으로 나오다 보니 큰길이라 했다. 할머니가 기다리기가 지
루했나 보다. 엄마가 허둥거렸다. 무조건 할머니가 좋아하는 걸로
먹어야 할 것 같다.

주문을 해 놓고 기다리는 동안 엄마는 베트남 결혼이주민 모임
에서 있었던 일을 할머니에게 들려준다고 바빴다. 두극이는 식당
에 들어올 때부터 시큰둥했다. 어른들과 아이들이 좋아하는 음식
은 왜 그렇게 다른지 모르겠다. 다음번엔 두극이 입맛을 먼저 챙
길 것이라 기대하며 주변을 살폈다.

"엄마, 저거 봐."

두극이가 엄마 얘기에 끼어들면서 숨 가쁘게 말했다. 두극이의 목소리가 퍽이나 심각했나 보다. 엄마가 말을 뚝 끊고 걱정스럽게 무슨 일이냐고 물었다.

"엄마, 저 사진 봐. 고래 뼈라고 되어 있어."

"고래라고?"

"또 고래 타령이냐."

할머니 목소리에 못마땅함이 가득 들어 있었다. 하지만 두극이는 그냥 그 자리에 얌전하게 앉아 있을 수가 없었다. 사진 앞에 바짝 다가갔다. 방어리 바닷가에 고래 뼈가 묻혀 있었다는 거다. 두극이는 눈에 가득 고래 뼈를 담아놓았다. 할머니와 엄마가 세상 얘기를 반찬 삼는 동안 두극이는 온통 고래 뼈에 빠져 있었다.

식당에서 돌아와서도 두극이는 고래 뼈 생각에서 헤어날 줄 몰랐다. 엄마와 둘이 되기를 기다렸다.

"엄마, 지금은 동해안에서 커다란 고래를 보기가 힘들대."

"죽은 고래 얘기가 싫구나."

"응, 엄마. 살아 있는 고래를 봤으면 좋겠어. 고래 고기도 싫고, 고래 사당에 모셔 놓은 고래 뼈 얘기도 싫어. 거대한 고래가 유유히 헤엄을 치면서 숨 쉬는 모습을 보고 싶어. 그러면 좋겠어. 꼭 그렇게 하고 싶어."

"엄마도 베트남에서 고래 사당에 가 본 적은 없어. 외할아버지가 보고 싶어 하시니까 모시고 갔으면 하는 거지."

"엄마, 우리 이번 겨울에 베트남 가자, 응?"

"그러자, 할머니도 모시고."

두극이는 잠시 생각에 잠겼다. 할머니가 베트남에 가고 싶어 할까.

"엄마, 이번 겨울에 베트남 가면 고래 사당 보러 갈 거야?"

외할아버지가 청년 시절에 보았던 붕 타우 고래 사당의 감동은 한 번으로 끝났었다. 베트남에 사회주의 국가가 들어선 후에는 고래 숭배가 금지되었다. 고래 사당을 다시 찾을 수 있게 된 것도 10년이 채 되지 않았다. 외할아버지는 마음속 깊이 고래를 묻어 두었던 것이다. 거대한 고래 덕분에 목숨을 구한 사람들의 얘기가 두고두고 가슴을 적셨다. 고래가 어떻게 풍랑에 떨고 있는 사람의 목숨을 구할 생각을 했을까. 외할아버지는 바다 멀리 동쪽 나라에 떨어져 있는 엄마와 함께 꼭 고래를 보고 오기를 소망했다. 전쟁터를 누빈 외할아버지여서 사람의 목숨을 많이 살린 고래님을 모신 사당에 가고 싶을까.

엄마가 아무리 간절하게 얘기해도 외할아버지의 마음이 되지는 않았다. 그러나 고래 뼈가 그 자리에 묻히게 된 사연은 몹시 궁금했다. 과학 선생님을 찾아가는 게 가장 쉬운 방법이었다. 인터넷을 뒤지려 해도 어떤 검색어를 입력해야 좋을지 몰라 시간만 낭비할 것 같았다.

"하 박사, 또 고래냐?"

선생님의 첫 반응은 할머니와 같았지만, 다음 대답은 역시 선생님이었다. 선생님은 학교에서 가까운 월포리 바다에 자주 갔었다. 어떤 때는 선생님이 만든 동영상에 월포리 바다에 들어간 아이들이 나오기도 한다.

"두극아, 네가 간 그 식당 앞 바다, 혹시 기억나니?"

"……해변에 바위가 많이 흩어져 있었던 것 같아요."

밥을 먹으러 들어가기 전에 잠시 바다를 바라보았다. 어디서 술을 마셨는지 술 냄새를 풍기던 사람들이 우스개를 하며 떠들고 있었다. 저 바위에서 바다낚시 해도 되겠네, 하던 말이 떠올랐던 것이다.

"고래는 목숨이 다 되었을 때 자신이 죽을 자리를 찾아가는 습성이 있어. 코끼리도 죽을 때 찾아가는 곳이 있다는 얘기 들었지? 그래서 코끼리 상아를 베어 파는 사람들이 코끼리 무덤을 찾으려고 애를 쓰거든."

"고래가 스스로 죽으러 왔다는 거예요?"

"바위가 흩어진 해변을 봐. 바위가 고래를 닮았잖아?"

그런 것도 같다.

"고래가 편안한 마음으로 다가왔을 것 같지 않아?"

선생님이 눈을 찡긋했다.

"포항시 청하면 방어리에 와서 죽은 그 고래는 멀리 베링해에서 내려온 고래일지도 몰라. 그 고래가 암컷이었다면, 그래서 이곳 동해에서 수컷을 만났다면 베링해에서 한반도 동해로 시집온 고래가 되는 거야."

동해안은 예전에 고래가 다니던 길이었다는 거다. 고래 반 물 반이라고 했던 때가 아득한 선사 시대 얘기가 아니라 일제 강점기 때만 해도 그랬다 한다. 일본인이 마구잡이로 고래를 잡았고, 한국인 어부도 고래잡이의 길을 마다하지 않은 탓에, 동해안에서 돌고래 떼는 어쩌다 볼 수 있지만 거대한 고래를 보기는 힘들어진 것이다.

"선생님, 고래를 잡는 게 불법인데 어떻게 고래 고기를 파는 식당이 있을 수 있어요?"

"두극이가 나를 난처하게 하는걸. 부끄러운 어른들 얘기를 하게 만들고 있잖아."

두극이는 선생님을 난처하게 하고 싶지 않았다.

"선생님, 다음 시간에 오카리나 수업 받으러 가야 해요."

두극이는 고래 사당 중에서 외가에서 가장 가까이 있다는 벤쩌에 가고 싶어졌다.

예복 차림을 한 수천 명의 베트남 사람들이 고래가 죽은 해변에 모여 있는 모습을 인터넷에서 보았다. 결혼을 축하하러 갈 때도, 마을 제사를 지낼 때도 차려 입지 않던 예복을 죽은 고래를 위하여 입고 있는 사람이 헤아릴 수 없이 많았다.

초등학교 3학년 시절 메콩델타에 홀로 갔을 때 두극이는 우연히 동네 제사에 참여하게 되었다. 새해를 맞이하는 제사였다. 마을 제사의 우두머리가 되는 할아버지는 검은 옷을 입었다. 두극이의 어린 눈에도 그 할아버지가 우두머리라는 것을 단번에 알아차렸다. 모두가 일상복인데 그 할아버지만 베트남 냄새가 물씬 풍기는 검은 아오자이를 입었던 것이다. 마을 제사가 끝난 뒤 음복을 할 때 두극이는 그 할아버지 옆에 앉았다. 새해를 맞이할 때 멀리서 손님이 마을을 찾은 것은 마을에 복이 있을 좋은 조짐이라고 가장 좋은 자리에 앉도록 한 것이다. 두극이는 뭐라고 표현할 수 없는 야릇한 기분에 휩싸였다. 눈가가 활활 뜨거워지는 것도 같고, 가슴속에서 은근하게 따뜻한 기운이 솟아오르는 것 같기도 했다. 해변에 와서 죽은 고래를 볼 때도 그런 마음일까.

동영상으로 한국계 귀신고래가 우는 소리를 들을 수 있었다. 그렇게도 거대한 동물이 어쩌면 그리도 순한 소리를 낼 수 있는지. 으르릉거리며 위협하는 소리와는 거리가 멀었다. 지구 46억 년 동안 나타난 동물 중에서 가장 거대한 몸집을 가진 고래. 어린 시절 공룡을 좋아하지 않은 아이는 아이가 아니라는 말을 들은 적이 있다. 체격이 작은 아이니 거대한 공룡이 매력적일까. 지금은 볼 수 없는 동물이라서 그런지도 모르겠다. 대왕고래는 황소 270마리의 무게와 맞먹는다. 코끼리 26마리를 합쳐야 대왕고래 한 마리가 된다.

잠자리에 들어서도 고래, 고래를 중얼거렸다. 고래를 보고서는 고래고래 고함을 질렀겠구나. 고래, 고래, …….

두극이는 눈이 빠지게 기다렸다. 기다리다 못해 포스텍으로 찾아갈까 하는 생각까지 들 때 세직이 형이 식물원에 왔다. 한 달을 넘긴 대신 세직이 형은 준환이 형과 함께 와 주었다. 마침 형들은 관찰로를 다 돌고 찻집 꽃멀미에서 차를 마시고 있었다. 꽃멀미 오두막에는 비수리차도 준비되어 있지만, 모닥불에 고구마나 감자를 구워먹을 수 있어서 좋다. 고구마 냄새가 코를 자극한다.

"두극아, 우리 고구마 먹자."

준환이 형이 고구마를 들었다.

"형, 지난번 국어 시간에 다양한 문화 탐험 수업을 했었거든. 그때 내가 베트남 문화를 맡았어. 내년엔 지구 문화 탐험 동아리를 만들 것 같아. 나, 거기 들어가려고."

"좋은 생각. 베트남에만 빠질 수도 있으니까."

준환이 형이 호호 불며 고구마를 한 입 물더니 여전히 뜨거운지 고개를 좌우로 마구 흔들었다. 서울에서는 군고구마도 안 먹고 사나 보다. 군고구마는 뜨겁기 때문에 껍질을 깐 후에는 김이 나가기를 잠시 기다렸다가 베어 물어야 하는데 말이다. 소백산 기슭 출신 세직이 형은 식은 고구마인 것처럼 점잖게 먹고 있어서 준환이 형의 호들갑이 더 눈에 들어온다.

"남자애들에겐 전쟁 얘기를 빼놓을 순 없잖아. 강대국을 차례로 물리친 나라가 베트남이야, 두극아. 미국을 이긴 나라는 지구상에서 베트남밖에 없을걸."

"형, 난 전쟁 얘기 싫어."

두극이가 준환이 형에게 정색을 했다.

"왜, 두극아, 무슨 일 있었어?"

세직이 형이 물었다.

있고말고다. 두극이 초등학교 때 별명이 베트콩이 아닌가. 하필이면 베트남 전쟁 때에 참전한 종국이 할아버지를 무턱대고 원망했었다. 종국이 때문에 가끔 전쟁놀이를 하고 놀았다. 아니 두극이 때문에 전쟁놀이를 생각했을 거다. 두극이는 베트콩 역할을 해야 했다. 두극이가 놀이에 끼고 싶고 아니고는 아이들에게 문제가 되지 않았다. 무조건 베트콩이 되어야 했다. 베트콩인 두극이가 언제나 책상 밑을 기어 다니다시피 숨어 있다가 두 손을 높이 들고 꿇어앉는 포로가 되면 전쟁놀이가 끝났다. 승리에 젖은 국군들의 웃음소리를 들으며. 아빠에게 외할아버지 얘기를 듣고부터는 무조건 책상 밑을 기어 다니면 절대로 안 될 것 같아서 아이들과 많이 다투었다. 전쟁은, 아이들끼리 하는 놀이조차 지긋지긋하다.

"두극아, 네가 알아들을지 모르겠다만, 베트남 전쟁의 두 얼굴을 너도 들어두기는 해야 할 거야."

세직이 형이 진지하게 말했다. 두극이가 가만히 한숨을 쉬었다.

"세직인 역사학자를 아버지로 두었지 않냐. 두극이 너 오늘 제대로 역사 공부 하게 될 거다. 나중에 배고프다고 난리 치지 말고 어서 고구마나 먹어 둬."

준환이 형이 비수리차를 마시며 고구마를 건네주었다. 세직이 형이 웃었다.

"베트남에 우리의 이충무공처럼 해전을 멋지게 치른 장군이 있었어. 역사를 살펴면 한사군 설치나 원나라 침공도 우리가 당한 것과 같아. 한반도와 인도차이나반도 침공 얘기야. 이런 얘기는 한국과 베트남이 같은 처지였기 때문에 베트남을 조금 더 친근한 나라로 여기게 할 수 있어."

두극이는 세직이 형의 그 다음 말을 기다리며 은근히 불안해졌다.

"두극이 네 별명이 베트콩이었기 때문에 진저리를 쳤잖아. 바로 그 베트콩 때문에 한국과 베트남이 묘한 관계가 된 거야."

아빠가 조심스럽게 말을 아끼며 했던 얘기를 세직이 형에게서 다시 듣게 되었다.

"두극이 어머넌 베트남 남쪽 분이 아니냐. 미국에 호의적이었을 것 같지 않냐, 세직아?"

"……."

세직이 형이 대답하지 않았다.

"한국군이 베트남 전쟁에 참전한 것은 베트남과 마찬가지로 못 살았기 때문이고, 강대국의 요청을 물리칠 수 없었기 때문이랬어. 그렇다고 민간인을 그렇게 잔인하게 학살한 것은 지나쳤다 했거든."

외할아버지가 아빠에게 그런 내용으로 말했다 했다.

"두극이가 상당히 정확한 표현을 하는구나."

두극이가 머리를 긁적였다. 아빠 말처럼 표현력이 길러진 건가.

"한국군이 자유의 이름으로 참전한 것도 부인할 수 없는 일 아니냐?"

준환이 형이 세직이 형에게 말하며 찻잔에 비수리 찻물을 부어주었다.

"많은 한국인들이 희생된 전쟁이다. 베트남 전쟁을 총지휘한 채명신 장군이 늘 하는 말이 있다더라. 자신이 죽으면 베트남전 참전 장군 묘역이 아니라 참전 사병 묘역에 묻어달라고. 감동적인 발언 아니냐."

"역사를 알아야 하는 건 과거의 잘못을 되풀이하지 말자는 뜻일 거다. 약소국인 한국과 베트남의 서러운 역사를 알고, 새로운 관계를 맺어야 할 때라고 생각해. 두극일 봐도 그렇고. 현재 한국은 베트남의 사위국이야. 그런 말을 할 만큼 많은 베트남 사람과 국제결혼을 한 거지."

준환이 형에 이어 세직이 형이 말했다. 세직이 형의 말이 끝나기가 무섭게 준환이 형이 말을 이었다.

"우리나라는 10대 경제대국으로 크게 발전한 나라잖아. 베트남이 미국과 전쟁 중일 때 우리 군대가 참전했어. 베트남에서는 우리도 어려운 나라라는 걸 알고 있었지. 그런데 비슷한 시기에 가난했던 한국이 지금은 경제강국이 되어 있단 말야. 요즘 흔히 쓰는 말로 벤치마킹 대상 나라지, 우리나라가."

두극인 두 형을 번갈아 본다고 정신이 없었다.

"형, 일본도 있는데 왜 우리나라야?"

"일본은 태평양 전쟁 때 많은 베트남 국민을 굶어죽게 한 나라야. 수확기에 접어든 벼를 갈아엎고 군수물자를 조달하기 위해 피마자를 심었거든. 피마자 씨로 전쟁 무기에 필요한 기름을 짜려고 말이야."

이번엔 세직이 형이 대답했다.

"하지만 난 우리도 베트남을 본받아야 한다고 생각해. 경제적으론 우리나라보다 뒤지지만 행복지수를 평가한 어떤 자료를 보면 세계 5위인 나라가 베트남이야. 경제대국인 우린 행복지수 순위로는 60위이고. 많이 가졌다고 행복을 느끼는 건 아닌 모양이야. 우리도 행복을 누리며 살아야 하지 않겠냐."

세직이 형이 두 개째 든 고구마의 마지막 조각을 입에 넣으며 말했다. 세직이 형이 인도차이나반도에서 유일한 유교문화권의 나라 베트남 얘기를 이어갔다. 탁월한 지도자에 관한 얘기도 감동적이었다. 두극이의 이해 수준에 맞춰 한국과 베트남 얘기를 들려주는 형들 사이에서 두극이는 군고구마보다 더 뜨겁고 달콤한 기운에 흠뻑 빠져들었다.

형들과 함께 먹은 고구마의 단맛이 가시지 않는다.

달콤한 과일이 눈까지 즐겁게 만드는 외가. 쭈어이, 쭈어이가 먹고 싶다. 외할아버지가 쭈어이를 잘라서 천장에 매달아놓던 외가 부엌. 하도 커서 두 팔과 가슴으로 안기에도 벅찼던 밋. 누런 밋 껍질을 벗기면 한 달은 먹을 것 같은 푸짐한 속살. 달콤한 부스어. 쑤언 이모는 부스어를 먹을 때 꼭 숟가락으로 먹게 했다. 부스어를 먹다가 입술에 묻기라도 하면 두 입술이 붙어서 다시는 뗄 수 없다고 마구 놀려댔다. 심하게 끈적거리기는 했었다. 설마 그러려고, 하긴 했지만 혹시 싫어 입술에 묻히지 않으려고 얼마나 조심했는지 모른다.

쑤언 이모.

이모를 부르니 롱 외삼촌도 그립다. 맨발로 다니다가 슬리퍼를 신고 두극이를 따라다니던 홍. 홍은 이제 아홉 살이다. 두극이가 혼자 메콩델타에 갔을 때와 비슷한 나이다. 홍이 몹시 보고 싶다. 홍은 '아인 끅(끅 형), 아인 끅'을 종일 입에 달고 다녔다. 외할머니 등에 업히면 그렇게도 좋아하고, 롱 외삼촌 오토바이를 타면 더 좋아하던 홍이 두극이가 곁에 있으면 외할머니 등은 두 번째였다. 롱 외삼촌이 오토바이를 태워줄까 하면 홍은 오토바이를 만지면서도 두극이를 보았다. 결국에는 '아인 끅'을 택하고야 만다. 롱 외삼촌이 오토바이 소리를 내며 출발하면 아쉬운 눈길을 보내기도 하지만 이내 잊어버릴 정도로 한국에서 간 사촌 형을 그렇게도 따랐다.

그리고 마이.

마이는 지금도 냐라려(려느억으로 지은 집)에 살고 있을까. 해마다 새로 엮어야 하는 냐라려이니 마이도 고달팠겠다. 마이네 집도 다른 집들처럼 양옥으로 바뀌었을까. 쑤언 이모에게 물어봐도 되는데 어쩐지 입이 떨어지지 않았다. 마이네 집엔 그 흔한 오토바이도 없었다. 자전거와 엄마와 아빠와 동생과 같이 반트에서 지냈다. 조상을 모시는 반트밖에 마련할 공간이 없으니 아예 방은 만들 생각도 못하고 있었다. 너무 야위어서 손가락 하나로 밀어도 넘어질 것 같은 소녀, 마이. 한국어는 많이 늘었을까.

롱 외삼촌은 먼 곳으로 나들이 갈 때가 아니면 거의 윗옷을 걸치지 않고 생활했다. 메콩델타는 그렇게 더운 곳이었다. 그런데도 밤이면 이불도 덮어야 했고, 문도 닫아야 했다. 오토바이도 추위를 타는지 마당에서 집안으로 들여놓았다.

두극이는 걸음이 빨라졌다.

"엄마."

집에 가면 항상 할머니부터 불렀지만 엄마 소리가 먼저 나갔다.

"엄마, 엄마."

숨이 가쁘게 엄마를 찾았다. 엄마가 깜짝 놀라 방문을 열고 나왔다.

"엄마, 우리 틀림없이 베트남 가는 거지?"

"할머니한테 인사는 안 드리고!"

엄마는 대답은 않고 엉뚱한 소리다. 두극이는 이내 풀이 죽었다. 할머니가 허락을 하지 않는 모양이다. 할머니는 베트남엔 엄마 혼자 다녀오라는 말만 되풀이했다.

"에미야. 두극이는 절대 안 된다."

엄마가 아무리 메콩델타가 그리워도 베드남에 가지 못하는 이유다. 엄마 혼자 다녀오라고 두극이가 아무리 말해도 엄마는 고개를 저었다. 두극이 혼자 베트남에 다녀온 적이 있으니 엄마에게 양보할 수 있는데 말이다. 여전히 베트남 국적을 가지고 있는 엄마가 할머니는 걱정스러운가 보다. 미국이며 캐나다로, 그것도 안 되면 필리핀이나 싱가폴로 조기유학을 떠나는 아이가 많은 한국인데, 베트남이라고 한국으로 유학을 보내고 싶지 않을까. 엄마가 두극이를 메콩델타에 가두어 놓을 생각이 없다고 아무리 말해도 할머니는 좀처럼 허락을 하지 않았다.

저녁을 먹고도 같은 생각뿐이었다.

"식물원 자원봉사자 하 더우 끅(하두극), 바쁘니?"

두극이가 식물원에 갈 때마다 촬영한 식물원 사진을 정리하고 있을 때 엄마가 가까이 다가왔다. 두극이는 날짜별로 정리를 해 두고서 시간이 날 때마다 식물이 계절 따라 어떻게 변하고 있는지 살피는 게 재미있었다. 두극이가 컴퓨터 앞에서 식물 사진에 열중하고 있을 때 엄마가 이렇게 말을 붙이는 일은 거의 없다. 아니 엄마는 두극이가 컴퓨터 앞에 있으면 아예 방을 나가 버리기 일쑤다. 두극이가 컴퓨터 게임이라도 하고 있을까 엄마가 걱정하는 일은 절대로 없다. 아빠에게 사고가 일어나고부터는 컴퓨터 게임을 하지 않는다는 걸 엄마가 알고 있었다.

"파초가 많이 시들었구나."

마침 파초가 컴퓨터 화면에 나타나 있었다. 엄마가 좋아하기 때문에 두극이는 언제나 파초를 카메라에 담아오곤 했다. 바나나라고 착각하고 반가워했던 엄마다. 엄마가 엉뚱한 말을 한다고 엄마 마음을 모를까. 엄마는 두극이가 아직 초등학생인 줄 아나 보다.

"벤 끅, 울산 살 때 근처에 식물원이 있었잖아. 그곳 온실에서 바나나 꽃을 봤어. 어른 얼굴보다 큰 자줏빛 꽃이 무척 반갑더라. 갑자기 그곳이 친근하게 느껴졌어."

"그래서 울산 가자고? 바나나 꽃 보러?"

두극이는 짐짓 어깃장을 놓았다. 엄마가 울산까지 바나나 보러 가자고 할 리가 없다. 코앞에 있는 식물원에는 바나나를 닮은 파초가 자란다. 베트남에서도 쉽게 볼 수 있는 닥풀이며, 맨드라미, 미모사도 엄마에게 위안을 준다. 닭의장풀이며 바랭이는 메콩델타 곳곳에 흔하다. 엄마가 뜸들이지 말고 빨리 말을 했으면 좋겠다. 어쩐지 가슴이 콩닥거리고 불안하다. 엄마가 답을 하지 않는 동안이 천 년이나 되는 듯 온갖 생각이 꼬리를 문다. 잠시 동안 수만 가지 생각이 번개 같이 스친다는 게 신기하다.

할머니가 베트남에 가지 말라고?

꿈에 아빠가 나타나기라도?

누가 돈 보고 한국으로 시집왔다고 했나?

베트남으로 도망가겠지라고?

팔자가 드세서 남편을 잡아먹었다고?

…….

두극이가 더 많은 나쁜 생각을 모으기 전에 엄마가 빨리 하고 싶은 말을 끄집어냈으면 좋겠다.

"벤 끅."

"응?"

엄마가 부르자마자 숨도 안 쉬고 대답했다. 엄마는 두극이를 부르기만 하고 가만히 있었다. 두극이는 생각을 멈추고 멍하게 있었다.

"벤 끅."

"……."

"벤 끅, 우리 울산 갈까?"

두극이는 숨이 꽉 막혔다. 울산에 가자고? 그곳에?

"……있지, 벤 끅. 그러니까 ……벤 끅. ……우리가 말이다, 벤 끅."

"……."

"울산에 다녀와야 베트남에도 갈 수 있을 것 같아. 아빠를 가슴에 안고는 너무 힘들어. 아빠를 위한 나들이야. 어느 날 갑자기 아빠가 우리 곁을 떠난 곳이 아니고, 우리와 함께 살았던 곳으로 남았으면 해. 괜찮지? 함께 가는 거지?"

그렇게도 뜸을 들이던 엄마가 한꺼번에 말을 쏟아냈다. 대답을 하려면 백일은 지나야 할 것 같은 말을. 엄마 말이 끝났는데 두극이 머리에는, 가슴에는 엄마 말이 계속되고 있었다.

엄마가 씩씩하게 마당으로 내려섰다. 엄마 복장이 묘했다. 꼭 등산을 가는 것 같았다. 산을 좋아하지 않는 엄마다. 아빠가 그렇게 되고는 더욱더 산을 멀리했다. 엄마가 앞장서서 차로 갔다. 엄마가 골목으로 나가서 보이지 않을 때까지 두극이는 물끄러미 바라보고 있었다. 아직도 같이 가야 할지 망설여졌다. 엄마를 지켜야 하는데 그럴 수 있을지 모르겠다. 이윽고 마음을 정하고 할머니에게 다녀오겠다고 인사를 했다.

"세월도 참 징그럽기도 하다."

할머니가 대답 대신 혼잣말처럼 말했다. 징그러운 세월이라는 게 어떤 것일까. 엄마 복장도 궁금하고 할머니 말도 무슨 뜻인지 모르겠다. 청하로 이사 온 후 식구들 중 그 누구도 아무렇지 않게 울산이라는 말을 하지 못했다. 그런데 바로 그 울산엘 가잔다.

"울산에서 청하로 아빠랑 오던 길을 따라 갈 거야."

"……."

아빠는, 엄마의 도민 씨는 해안 길을 몹시 좋아했다. 아니다. 이렇게 말하면 정확한 표현이 아니다. 바다를 못 보고 자란 엄마가 좋아해서 아빠는 어디를 가든 무조건 해안 길을 1번으로 택했다. 좀 돌아가도 괜찮고, 길이 좁아도 상관하지 않았다.

엄마가 운전을 다시 시작한 것도 오래되지 않았다. 그냥 세워

두면 자동차 수명이 짧아진다고 큰아빠와 고모가 종종 전화를 했다. 가까이 사는 고모가 와서 일부러 차를 몰기도 했다. 세워두려면 차라리 차를 팔아버리라고 고모가 짜증을 내도 엄마는 차를 몰지도 않고 팔지도 않았다. 다문화가정지원센터를 드나들지 않았더라면 아직도 차를 세워두었을지도 모른다.

차는 이제 31번 도로를 따라 달리고 있었다. 7번 도로를 달리는 동안은 차 안이 조용했다. 음악을 듣지도 않았고, 라디오를 켜 놓지도 않았다. 엄마도 두극이도 입을 열지 않았다.

"오랫동안 그날 아빠 혼자 산에 가게 한 걸 뉘우쳤어."

엄마가 입을 열었다. 앞을 보던 두극이가 엄마를 바라보았다. 엄마는 아무 말도 하지 않은 것처럼 앞쪽에 시선을 고정하고 있었다.

"그날 아빠와 같이 갔더라면 아빠가 그런 일을 당하지 않았을 거라고 생각했어."

두극이는 눈시울이 뜨거워졌다. 게임을 그만두고 아빠와 함께 갔다면 그런 일을 겪지 않았을 것이라 생각했던 두극이가 아닌가. 세직이 형이 과학자 얘기를 하며 위로해 주지 않았다면 지금도 같은 생각으로 괴로워하고 있었을 것이다.

"엄마."

틀림없이 엄마라고 불렀는데, 엄마라는 소리가 먼 나라에서 들리는 것처럼 아득했다.

"엄마."

이번에는 두극이 귀에도 엄마 소리가 들렸다. 두극이는 다시 정성을 다해 소리를 냈다.

"엄마."

세상에서 제일 다정하고, 제일 부드럽고, 제일 촉촉한 소리로 엄마를 불렀다.

"세직이 형이 그러는데, 내가 컴퓨터 게임을 한 것도, 엄마가 영화를 본 것도 아빠에게 일어난 일과 관계가 없댔어."

"……너도 그런 생각을 하고 지냈구나."

엄마 목소리가 바르르 떨렸다. 엄마를 바라보았다. 엄마 볼에 눈물이 흘러내렸다. 엄마를 울게 할 생각이 아니었다. 엄마를 위로하고 싶었다.

엄마가 차를 세웠다. 엄마가 먼저 차에서 내렸다. 두극이도 따라서 내렸다. 바람이 제법 찼다. 멀리 대왕암이 보였다.

"내가 죽으면 분골경진(粉骨鯨津)하라. 고래나루에 뼈를 뿌리라. ……문무대왕의 비문에 의하면 대왕은 죽어서 고래가 되어 나라를 지키고 싶어 했지."

대왕암을 지날 때마다 아빠가 되풀이한 말이다. 문무대왕처럼 나라 걱정을 하지는 않겠지만 아빠 역시 죽어서도 엄마를 지키고 싶을 거다. 거기까지 생각하고 나니 아빠를 위한 나들이라고 한 엄마 말이 조금은 이해가 되는 것도 같다.

엄마가 미소를 지으며 말했다.

"벤 끅, 우린 지금 치술령으로 갈 거야."

"치술령?"

"응, 치술령."

"그게 어딨는데?"

"이 길로 가면 많이 돌아가야 해. 지루할 거야. 참을 수 있지?"

두극이가 고개를 끄덕였다. 엄마가 다시 운전대를 잡자 치술령의 망부석 얘기를 하기 시작했다. 1500년 전 신라 시대의 얘기다. 나랏일을 위해 일본으로 간 신라의 박제상과 그 부인이 주인공이었다. 신라 눌지왕의 동생을 구하고 박제상이 일본에서 죽자, 남편의 소식을 듣고 통곡하다가 돌이 된 아내, 망부석이 엄마와 무슨 관계가 있을까.

"엄마 몸이 약해서 끅 동생을 낳기 어렵다고 했을 때 아빠가 들려준 얘기야. 끅 동생을 낳으려다가 혹시 엄마가 죽으면 아빠가 망부석이 될 거라 했어."

엄마가 울음을 삼켰다. 엄마 때문에 두극이는 정신을 차릴 수가 없다.

아빠 널 믿어. 아빠가 없을 땐 네가 엄마를 지켜야 한다, 사나이 대장부 하두극, 알겠나?

엄마를 지켜야 하는데 어떻게 해야 할지 모르겠다. 누군가를 지키는 일이 이렇게 어려운 일인지 정말 몰랐다.

"벤 끅, 아빠가 망부석이 되어 있을 것 같아. 아빠를 자유롭게 해 주고 싶어."

엄마가 목소리를 가다듬고 말했다. 차를 타고 가니 동쪽인지 북쪽인지도 모르겠다. 엄마랑 가고 있는 길은 동해안 도로인 동쪽이고, 치술령은 서쪽 울산에 있단다. 지루하더라도 참으라고? 차라리 지루하다는 생각을 할 수 있으면 좋겠다. 엄마가 눈물을 흘리는 걸 보는 것보다 지루한 편이 천만 배 낫다.

엄마가 혼자 올라가게 할 수가 없어서 치술령에 오르기로 했다. 가팔랐다. 박제상 유적지를 둘러보고 온 터라 치술령에 오르면 바다가 눈앞에 펼쳐지는 줄 알았다. 치술령 정상에 오르니 겹겹이 포개진 능선만 보였다. 커다란 바위가 있었고.

엄마가 바위 위에 손을 얹었다. 산에 오르는 걸 몹시 힘들어하는 엄마가 올라온 곳이라서 엄마를 따라해 보았다. 바위가 따뜻했다. 싫지 않았다. 바위에 손을 얹은 채 엄마가 속삭였다.

"이젠 외국인이라도 주민등록에 엄마로, 며느리로 기록될 수 있어요. 망부석은 내가 될래요. 도민 씨, 알죠?"

무슨 뜻인지 모르겠다. 엄마의 도민 씨는 알아들을까.

두극이는 팔을 한껏 벌려 망부석을 안으려 했다. 그렇게 하고 싶었다.

"벤 끅, 네가 곁에 있어 줘서 고마워."

"엄만 세월이 징그럽지 않아?"

엄마 말이 간지러워 엉뚱한 말이 튀어나왔다. 엄마가 어리둥절한 표정을 지었다.

"할머니가 그랬어."

엄마는 말없이 고개만 끄덕였다.

"벤 끅, 내가 1반 교실에 갔을 때였어. 발표하려고 교탁 앞에 선네 표정이 너무도 진지해서 화가 난 것처럼 보였거든."

엄마가 느닷없이 수업하러 학교에 왔을 때 얘기를 끄집어냈다.

"네가 아빠 얘기를 하더구나."

엄마는 두극이가 지나칠 정도로 진지한 표정을 지었던 이유를 비로소 짐작했다. 두극이가 청하로 이사 온 후 아빠 얘기를 통 하지 않았다. 아빠가 없는 삶에 익숙해진 것 같아 다행이다 싶기도 하고, 야속하기도 했다.

"네가 그 동안 어떤 생각을 하며 살아왔는지 엄마를 향해 외치고 있었다. 어느 날 느닷없이 제 곁을 떠난 아빠를 늘 그리워하고 있었노라 하소연하고 있었다."

진지하다 못해 한껏 구겨진 인상 속에 숨겨진, 두극이의 뜨거운 눈물이 보였다 했다. 엄마 가슴이 찢어지는 것처럼 아팠다.

두극이는 그날 선생님이 엄마를 부르는 것도 모르고 생각에 잠겨 있던 엄마 얼굴이 떠올랐다.

"엄마, 나 멋있었지?"

두극이가 장난스럽게 말했다, 고 생각했지만, 마음대로 되지 않았다.

"할머니 기다리시겠다, 이제 내려가자."

다행히 엄마가 거기서 멈추었다. 두극이가 서둘러 앞장섰지만 소매로 눈물을 훔치는 걸 엄마가 보고야 말았다. 엄마는 모른 척했다. 뒤에서 내려오는 엄마의 모습이 어떨지는 안 보고도 알 수 있었다.

돌아오는 길에 새까맣게 무리지어 있는 들녘의 까마귀를 보았다. 아빠와 탄성을 지르며 바라본 태화강의 수만 마리의 까마귀 군무가 떠올랐다. 엄마도 같은 생각을 한 모양이다.

"견우와 직녀의 다리가 되어준 까마귀들이니 이 세상과 저 세상을 이어주지 않겠니?"

엄마가 웃었다.

청하로 돌아올 때 두고 온 울산이 따라왔다. 뉴스 시간에 울산이라는 지명만 들어도 가슴이 터질 듯했던 것이 이제는 한때 아빠와 다정하게 꿈을 꾸었던 아름다운 도시로 기억할 수 있을 것 같다.

울산에 다녀와서도 엄마는 두극이를 붙들고 울산 얘기를 쏟아냈다. 처음 한국어를 배웠던 얘기, 외할머니와 외할아버지가 다녀간 얘기, 얘기, 얘기. 엄마가 얘기에 푹 빠져 있을 때 전화벨 소리가 들렸다. 하지만 엄마는 받으려고 방을 나가지 않았다. 엄마를 찾는 전화면 할머니가 못마땅해 할 것인데 걱정도 안 되는 모양이다.

"엄마도 아빠가 보고 싶지?"

"응. …… 그래, 벤 끅. ……내 아들 끅이 있어. 할머니도…….“

엄마는 두극이에게가 아니라 엄마 자신에게 말하고 있을 것이다. 두극이가 종종 그렇게 하는 것처럼.

두극이는 또 아빠 말을 떠올렸다. 엄마를 지켜야 한다는.

아빠, 걱정하지 마. 엄마와 할머니는 내가 잘 보살펴 드릴게.

"엄마, 낼 아침엔 톱 켜는 모자 노래로 깨워 줘."

마음속 다짐과는 딴판으로 두극이가 막 어리광을 피우기 시작할 때 할머니가 들어왔다.

"에미야, 베트남 사부인 전화다."

할머니가 외할머니에게 '더이(Đợi, 기다려)!'라고 해 두었을 것이다. '공손하게, 예의바르게', 그런 것과 상관없이 엄마가 가르쳐 준 대로 뜻만 전한 거다. 할머니는 전화기를 통해 나오는 소리가 한국어가 아니면 무조건 '더이'나 '콩(không, 없다)'이라고 말한다. 엄마가 눈짓을 했다. 두극이에게도 같이 통화를 하자는 뜻이다. 두극이도 할머니가 다른 말을 하기 전에 재빠르게 방을 나왔다.

외할머니가 아오자이를 만들어 보냈다고 했다. 베트남 하면 흔히 떠올리듯 몸에 짝 달라붙는 모습의 아오자이 말고 한국의 생활한복처럼 편하게 입는 아오자이라는 것이다.

외할머니가 보낸 아오자이에는 두 가지 꽃이 수놓아져 있었다. 노란 꽃은 마이(매화)인데 분홍색 꽃은 도무지 무슨 꽃인지 짐작할 수가 없었다. 하는 수 없이 엄마가 물었더니 외할머니가 한국 꽃이라고 했다.

짜우 짜이 끅(손자 극)이 가르쳐 준 한국 꽃.

그 꽃의 정체는 무궁화였다. 색깔만 비슷했지 도저히 무궁화라고 할 수 없는 모양이었지만. 결국 두극이가 설명한 무궁화는 외할머니가 알아듣기에는 부족했다. 인터넷도 되지 않는 외가 동네였다. 외할머니가 무궁화를 보기는 했단다. 한국 드라마를 통해서. 한류 덕분이다. 외할머니 얘기를 듣고 여러 번 들여다보았다. 그러고 보니 무궁화와 닮았다. 아오자이에 수놓은 무궁화는 참으로 신기하고 아름다웠다.

"아이고, 옷도 얄궂기도 해라."

그러면서 할머니가 아오자이를 만지작거렸다. 베트남의 사돈이 수놓은 꽃을 쓰다듬고, 톡톡 두드려보고, 살짝 문질러도 보았다. 엄마는 기회를 놓치지 않고 할머니를 졸랐다.

"꼭 어머니를 모시고 오랬어요, 어머니, 베트남에 같이 가셔요, 예?"

틈만 나면 엄마가 되풀이했다. 엄마가 권할 때마다 할머니는 돈이 흔해빠졌느냐며 고함을 질러댔다. 엄마는 할머니가 고함을 질러대는데도 포기하지 않았다. 두극이는 조마조마한 마음으로 엄마와 할머니를 지켜보았다. 이상한 것은 할머니의 고함이 방바닥을 치며 울고불고 하는 통곡으로 이어지지 않는 것이었다. 할머니가 그렇게 고함을 치는데도 엄마가 걱정하고 어려워하지 않는 것도 이상한 일이었다.

수요일이었다. 저녁 수업이 없는 날이다. 윤수가 곧장 집으로 가지 않고 두극이네 집으로 향했다. 두극이가 이번 겨울 방학엔 베트남에 가게 되었다고 하자 윤수가 같이 가겠다고 야단이다. 같이 가면 무지하게 좋겠지만 비행기 표가 만만치 않아서 걱정스러웠다. 윤수는 두극이의 대답을 듣기도 전에 부모님에게 이미 허락을 받았다. 엄마, 아빠가 같이 갈 수는 없지만 두극이네 외가에 간다면 보내준다고 했다나. 재재거리는 윤수답다. 엄마, 아빠를 설득하는 데도 오랜 시간이 걸리지 않았을 거다.

엄마는 흔쾌히 승낙을 했다. 윤수와 같이 외가에 가면 더욱 신이 날 것 같다. 마이가 기다리고 있는지 궁금하다. 마이는 어떻게 변했을까. 지금도 마이의 눈을 보면 슬플까, 마구 아플까.

이번엔 4년 만에 외가에 간다.

윤수까지 같이 메콩델타에 갈 걸 생각하니 가슴이 벅차다. 엄마는 아오자이를 단정하게 개어 할미니방 눈에 잘 띄는 곳에 두었다. 아무리 그래도 엄마가 허탕을 칠 것 같아 두극이는 걱정스럽다. 윤수가 할머니에게 잔뜩 재롱을 떨고 갔지만, 여전히 할머니는 시원한 대답을 하지 않았다. 할머니가 못 이기는 척하고 같이 가면 좋을 텐데. 할머니 고집이 원망스럽다.

"엄마, 우리끼리 베트남에 갔다 와도 돼?"

"걱정하지 마, 벤 끅. 할머니도 같이 가실 거야."

엄마는 할머니가 틀림없이 같이 갈 거라고 믿고 있었다.

"엄마, 뭘 믿고 자신만만이야?"

엄마는 큰 비밀이나 되는 듯이 속삭였다.

"아오자이를 갠 모습이 매일 달라."

그게 어떻다는 말인가. 엄마는 거기서 입을 다물었다.

엄마가 여름 한복을 주문했다. 외할머니와 외할아버지, 그리고 할머니 것까지 세 벌이었다. 살림이 헤프다고 할머니가 화를 낼 것 같아 두극이는 무척 걱정스러웠지만 엄마는 염려하지 않았다.

"에미야, 치수가 맞는 걸로 고르긴 한 거냐? 나한테 물어보지 않고."

할머니가 핀잔을 했다. 엄마는 할머니의 꾸중을 듣고도 방그레 웃었고, 할머니는 꾸중이 아니라 칭찬을 한 것 같은 표정을 지었다. 가끔은 어른들이 무슨 생각을 하는지 도무지 모르겠다. 더 모를 일은 할머니가 한복에 무궁화와 연꽃 수를 놓은 것이다. 무궁화는 한국의, 연꽃은 베트남의 국화라고 한 엄마 말을 듣고 십자수를 놓기 시작했다. 십자수 선수라던 할머니가 기어코 솜씨를 발휘한 거다.

모를 일은 또 있다. 할머니가 은근히 베트남 날씨를 물어보는 게 아닌가. 이 겨울에도 여름옷만 준비하는 걸 보면 여름인 것이

틀림없나 본데, 여름만 있다는 게 도무지 믿어지지 않는다 했다.

"할머니, 베트남 가실 거죠?"

두극이가 좋아라 하며 물을 때마다 할머니는 언제나 무슨 그런 터무니없는 소리를 하느냐며 펄쩍 뛰었지만, 할머니가 두극이보다 겨울방학을 더 기다리는 것은 또 무슨 까닭이란 말인가. 느긋한 엄마와는 달리 두극이는 답답하기 짝이 없었다.

"할머니, 외가집에 가면 벽을 타고 도마뱀이 왔다 갔다 해요."

"도마뱀도 자주 보면 귀엽다면서. 까짓것 도마뱀하고 같이 자지, 뭐."

할머니도? 드러내놓고 같이 간다고 하면 안 되나.

하루는 집에 오니 이웃집 할머니가 놀러 와 있었다.

"아이고, 아오자인가 뭔가 하는 걸 입어 봤거든. ……편하더라고, 그 옷이. ……그렇지, 그렇지. ……꽃은 시부인 솜씨야."

이웃집 할머니 말은 잘 들리지 않고 할머니 목소리만 간간이 밖으로 새어나왔다. 두극이는 할머니가 베트남에 같이 간다는 소리다 싶어서 후다닥 방문을 열고 할머니 방으로 들어갔다.

"노인네, 며느리 덕에 베트남 간다고 입이 귀에 걸렸어, 요즘."

이웃집 할머니가 막 그렇게 말하고 있었다. 두극이는 할머니와 눈이 마주쳤다. 언제 그랬느냐고 할머니가 버럭 화를 냈다. 이웃집 할머니는 조목조목 할머니가 했던 말을 손꼽았지만 할머니는 별 소리를 다 한다면서 기어코 놀러온 할머니를 쫓아내다시피 돌아가게 만들었다. 두극이는 도무지 갈피를 잡을 수가 없었다. 같이 가겠다는 거야, 아니야.

할머니가 '사부인이 보고 싶다'는 말을 베트남어로 어떻게 하느냐고 물었을 땐 두극이의 혼란은 극에 달해서 머리가 텅 빈 것 같았다. 엄마는 왜 그러느냐고 묻지도 않고 열심히 가르쳐 주었다. 뭐라고 중얼거리는 할머니 모습이 눈에 띄기 시작했다. 혀가 남의 것처럼 어둔하다며 엄마가 가르쳐 준 '바 통 지아'를 할머니는 결국 잘라버렸다. 안사돈을 친근하게 부를 때 바 통 지아라고 한다지만 그렇게 말하지 않는다고 마음을 모르겠느냐며 할머니는 이미 내버린 바 통 지아를 아쉬워하지 않았다.

또이 럿 녀 바(사부인이 보고 싶어요).

아, 할매.

―끝

현대에 들어와 전쟁을 하기 위해 우리나라가 그 나라 땅을 밟은 일이 있다. 베트남이다. 최근에 들어 한국 남자와 국제결혼을 한 외국여성 중에서 베트남 여성이 가장 많은 것은 아이러니다. 다문화가정 문제는 그렇게 이 소설의 모티브를 제공했다. 다문화가정이 겪는 바이컬추럴 문제와 함께 국제 관계에 관심을 갖게 되었다.

"다문화가정의 아이인데, 얼마나 이쁘게 생겼는지 몰라요. 그런데 얘가 우리말을 제대로 못해요."

어느 초등학교 선생님의 말은 마음을 바쁘게 만들었다. 의사소통이 되지 않는 삶. 이 아이가 살아가는 모습이 그려졌다. 관심을 넘어서야 할 시점이 된 것이다.

글을 쓰기 시작하면서 주변에 베트남에서 유학을 온 비엔이 있어 무척 큰 힘이 되었다. 베트남 여인이 한국 남자와 살아가는 얘기를 쓰고 싶다고 했을 때 비엔은 고개를 갸우뚱했다. 한국은 유학 오고 싶은 곳은 맞지만 살고 싶은 곳은 아니라고 고개를 저었다.

"난 한국과 베트남, 두 나라 모두를 위한 글을 쓰고 싶어요."

비엔의 마음을 열었다. 아니, 비엔은 열린 마음으로 다가와 내 말에 정성과 열정을 덧붙였다.

베트남에 가지 않고 어찌 베트남 얘기를 쓸 수 있겠는가.

비엔이 베트남의 진정한 모습을 보여 주기 위한 여행 일정을 짰다. 하노이에서는 대학에서 한국어를 전공한 프엉이 안내를 해 주었다. 베트남 중부에 위치한 훼는 한국어 전공 학생 하이 덕분 에 다시 가고 싶은 곳이 되었다. 그리고 한국 남자와 국제결혼을 한 투이의 친정에서 오랜 시간 머물렀다. 투이의 친정은 메콩델타 였다.

일본에 유학을 갔다가 캐나다 남자와 만나 캐나다에서 살고 있 는, 전주가 고향인 박정은 선생님의 책을 본 것은 행운이었다. 캐 나다에서 보내온 박 선생님의 도움말은 천군만마의 응원이었다. 이집트에서 한국 기업의 남자를 만나 한국에서 알콩달콩 살고 있 는 사라는 지금도 궁금하고 보고 싶다.

신화시대의 인류와 동물은 어떤 면에서는 다문화 코스몰로지에서 살았다는 주장을 펴온, 코리안신대륙발견모임 김성규 회장님의 다문화 범위와 카테고리 설정은, 나로 하여금 우물 밖으로 나와 하늘을 보게 만들었다.

내가 만난 여러 사람들의 정성과 애정이 모여서 열매를 맺은 게 이 소설이다.

오랜 시간 취재를 하고 글을 쓰는 동안 한국의 베트남 참전 문제가 무겁게 가슴을 짓눌렀다. 한국의 대통령이 베트남을 방문하는 일도 생겼다.

우리와 같은 분단의 아픔을 견딘 베트남인과 한국인 사이의 다문화 현상은 다른 국가들과의 관계에서도 크게 다르지 않을 것이다. 지구상에 유일하게 남아있는 분단국가인 우리나라. 다문화 현상은 남북 분단이 가져다준 남과 북의 문화 차이를 극복하는 예행연습일 수도 있지 않을까.